# Peter Pan de Rojo escarlata

La segunda parte
OFICIAL

ALFAGUARA
JUVENIL

# ALFAGUARA

Título Original: *Peter Pan in Scarlet*
© 2006, The Special Trustees of Great Ormond Hospital Children's Charity
Publicado con el apoyo del Hospital Infantil Great Ormond Street
(Reg. N° 235825)
© De la traducción: Isabel González-Gallarza
© Ilustraciones de cubierta e interiores: David Wyatt
© De la cita de pág. 8: "Dedicatory Ode", Complete verse, The Estate of
Hilaire Belloc, 1970. Reproducido con la autorización de PFD
(www.pfd.co.uk) en representación de The Estate of Hilaire Belloc.
© De la edición: 2006, Santillana Ediciones Generales, S.L.
Torrelaguna, 60, 28043 Madrid
© De esta edición: 2006, Distribuidora y Editora Aguilar, Altea, Taurus,
Alfaguara S. A.
Calle 80 No. 10-23, Bogotá, Colombia

Nuestro agradecimiento al *Precentor and Director of Music*
en Eton College por su permiso para utilizar las letras
de la canción *Eaton Boating Song*.

Adaptación para América: Violeta Noetinger

ISBN: 958-704-467-3
Impreso en Colombia. *Printed in Colombia.*

Primera edición: octubre de 2006

# Peter Pan de Rojo escarlata

## Geraldine McCaughrean

Ilustraciones de
### David Wyatt

Traducción de
### Isabel González-Gallarza

Publicado con el apoyo del Hospital Infantil Great Ormond Street.

## ALFAGUARA
## JUVENIL

# Prefacio

## Cómo surgió este libro

*Peter Pan y Wendy* fue primero una obra de teatro. Después, un libro. Durante los primeros años del siglo XX, la historia de Peter Pan tuvo un éxito arrollador que hizo de su autor, James Matthew Barrie, el más aclamado de Gran Bretaña...

En 1929 Barrie le hizo un fabuloso regalo a su organización benéfica preferida. Cedió todos sus derechos de autor sobre *Peter Pan* al Hospital Infantil Great Ormond Street. Eso significaba que cada vez que alguien ponía en escena la obra o compraba un ejemplar de *Peter Pan y Wendy*, ganaba dinero el hospital, en lugar de Barrie. A lo largo de los años resultó ser un regalo más valioso de lo que Barrie jamás podría haber imaginado.

En 2004 el Hospital Infantil Great Ormond Street decidió autorizar, por primera vez, una segunda parte del libro *Peter Pan y Wendy*. Se convocó un concurso para encontrar, entre autores de todo el mundo, a alguien que escribiera una continuación de las aventuras de Peter Pan en el País de Nunca Jamás. Con un esquema de la trama y un capítulo a modo de muestra, Geraldine McCaughrean ganó este concurso. *Peter Pan de rojo escarlata* es el libro que escribió y que ahora les presentamos.

www.peterpaninscarlet.com

«Desde la paz de la primera morada
hasta los parajes aún por descubrir,
no hay otra cosa que merezca la pena ganar
que la risa y el amor de los amigos».
*Hilaire Belloc*


«Me gusta estar en compañía
de exploradores».
*J. M. Barrie*

*Para todos los audaces exploradores,*
*y para J. M. Barrie, por supuesto.*

# Los niños adultos

**N**o pienso irme a la cama —dijo John para gran asombro de su esposa. Los niños nunca están dispuestos a irse a la cama, pero los adultos como John se mueren por reunirse con sus almohadas y sus edredones nada más terminar de cenar—. ¡No pienso irme a la cama! —repitió John con tal ímpetu que su mujer comprendió que estaba muy, muy asustado.

—Has vuelto a soñar otra vez, ¿verdad? —le preguntó con ternura—. Qué sufrimiento.

John se frotó los ojos con los puños cerrados.

—Ya te lo he dicho. ¡Yo nunca sueño! ¿Qué tiene que hacer un hombre para conseguir que su propia familia le crea?

Su mujer le acarició la cabeza y fue a abrir la cama. Allí, en el lado en el que solía dormir John, vio que algo abultaba debajo de la colcha. No era una bolsa de agua caliente, ni un oso de peluche, ni un libro. La mujer de John retiró las sábanas. Era un sable.

Dejando escapar un suspiro lo colgó del gancho que había detrás de la puerta del dormitorio, junto al carcaj con sus flechas y a la bata de John. Tanto a ella como a su marido les gustaba fingir que no ocurría nada (porque eso es lo que hacen los adultos cuando tienen problemas), pero secretamente ambos lo sabían: John estaba soñando otra vez con el País de Nunca Jamás. Después de cada sueño, a la mañana siguiente aparecía un objeto en su cama, como los huesos que quedan en el plato después de haber comido ciruelas. Un día era una espada; otro, una vela, un arco, un frasco con jarabe, un sombrero de copa... La noche en que John soñó con sirenas, al día siguiente un olor a pescado impregnó las escaleras durante todo el día. El armario estaba lleno a rebosar de los restos de los sueños: un reloj despertador, un sombrero de pirata, un tocado de plumas de un indio piel roja. Un parche para el ojo. (Las peores noches eran aquellas en que John soñaba con Garfio).

La mujer de John ahuecó las almohadas con una enérgica palmada, y entonces resonó un disparo en toda la casa, que despertó a los vecinos y aterrorizó al perro. La bala recorrió la habitación, rebotó sobre una lámpara e hizo añicos un jarrón. Con cuidado, la mujer de John sacó la pistola de debajo de la almohada sujetándola con dos dedos y la tiró a la basura, como un arenque que no estuviera muy fresco.

—¡Son tan reales! —gimió su marido desde el umbral—. ¡Estos horribles sueños son tan REALES!

En varios puntos de la ciudad de Londres e incluso en lugares tan lejanos como Fotheringdene y Grimswater, los niños adultos estaban soñando el mismo tipo de sueños. No se trataba de niños pequeños y tontorrones, sino de adultos: hombres alegres e imperturbables que trabajaban en bancos, conducían trenes, cultivaban fresas, escribían obras de teatro o representaban a los ciudadanos en el Parlamento. En sus acogedores hogares, rodeados de su familia y de sus amigos, pensaban que estaban a gusto y a salvo... hasta que empezaron los sueños. A partir de ese momento cada noche soñaban con el País de Nunca Jamás y cuando despertaban, descubrían objetos en sus camas, dagas o rollos de cuerda, un montón de hojas o un garfio.

¿Y qué tenían en común todos ellos? Una única cosa. Todos ellos, de niños, habían estado en el País de Nunca Jamás.

—¡Los he reunido a todos, caballeros, porque hay que hacer algo! —dijo el juez Tootles, retorciéndose las puntas de su gran bigote—. ¡Esto está muy mal! ¡Ha ido demasiado lejos y ha durado demasiado! ¡No puede ser! ¡Ya es suficiente! ¡Tenemos que actuar!

Estaban tomando una sopa marrón en la biblioteca del Club de Caballeros, en la esquina con Piccadilly, una sala marrón con retratos marrones de caballeros vestidos con trajes marrones. El humo de la chimenea flotaba en el aire como una niebla también marrón. La mesa del comedor estaba cubierta por una colección de armas de todo tipo, una suela de zapato, una gorra, y un par de huevos de un ave enorme.

El barón Slightly acariciaba los objetos con aire pensativo:

—¡Los restos del naufragio de la Noche bañan las costas de la Aurora! —dijo (y es que el barón Slightly tocaba el clarinete en un club nocturno y era propenso a escribir poesía).

—¡Llamemos a Wendy! ¡Ella sabrá lo que hay que hacer! —se le ocurrió al juez Tootles. Pero, por supuesto, Wendy no estaba presente en la reunión, pues en el Club de Caballeros no se permitía la entrada a las damas.

—Pues yo digo que al perro que duerme, no lo despiertes —dijo Nibs, pero nadie agradeció su aportación porque en el Club de Caballeros tampoco se permitía la entrada a los perros.

—¡No hay nada más fuerte que el poder de la mente! —exclamó John—. ¡Lo único que tenemos que hacer es esforzarnos más por no soñar!

—Eso ya lo hemos intentado —contestaron los Gemelos tristemente—. Nos pasamos toda la noche despiertos durante una semana entera.

—¿Y qué ocurrió? —preguntó John, intrigado.

—Nos quedamos dormidos en el autobús camino del trabajo, y seguimos durmiendo hasta llegar a Putney. Cuando nos despertamos, ambos llevábamos pinturas de guerra en la cara.

—Qué bonito —comentó el barón Slightly.

—Anoche soñamos con la Laguna —añadió el otro Gemelo.

Se oyó un murmullo de sinceros suspiros. Cada uno de los adultos había soñado últimamente con la Laguna, y se había despertado con el cabello mojado y los ojos brillantes.

—¿Existe alguna cura, Curly? —quiso saber Nibs, pero el doctor Curly no sabía de ninguna cura para una crisis de sueños no deseados.

—¡Deberíamos escribir una carta de reclamación! —tronó el juez Tootles. Pero a nadie le constaba que hubiera un Ministerio de Sueños, o un Ministerio de Estado para las Pesadillas.

Al final, sin haber solucionado nada, y sin tener siquiera un plan de acción, los niños adultos se sumieron en un profundo silencio y se quedaron dormidos en los sillones, mientras de sus tazas caían posos marrones de café sobre la alfombra marrón. Y todos tuvieron el mismo sueño.

Soñaron que estaban jugando al escondite con las sirenas, mientras los reflejos del arcoíris saltaban y daban vueltas entre ellos como serpientes acuáticas. Entonces, desde las profundidades más tenebrosas emergió una gigantesca silueta que se deslizaba por el agua, y con su piel rugosa y cubierta de escamas les rozó la planta de los pies...

Cuando despertaron, sus ropas estaban empapadas y, tumbado de espaldas en medio de la biblioteca del Club de Caballeros, había un prodigioso cocodrilo que agitaba la cola y soltaba dentelladas en un esfuerzo por darse la vuelta y zampárselos a todos.

El Club de Caballeros se quedó vacío en el tiempo récord de cuarenta y tres segundos, y al día siguiente, todos los miembros recibieron una carta de la dirección.

---

*El Club de Caballeros*
*Brown Street, esquina con Piccadilly, Londres W1*

*23 de abril de 1926*

*Lamentamos comunicarles que el Club permanecerá cerrado por tareas de renovación de interiores desde el 23 de abril hasta aproximadamente 1999.*
*Quedamos a su disposición para cualquier duda o reclamación.*

*La Dirección del Club*

---

Al final fue por supuesto Wendy quien les ofreció una explicación.

—Los sueños se están filtrando del País de Nunca Jamás —dijo—. Algo no funciona bien allí. Si queremos que cesen los sueños, tendremos que averiguar de qué se trata.

Wendy era una mujer sensata como ninguna. Tenía una mente muy organizada. Durante seis días a la semana desaprobaba categóricamente que los sueños invadieran toda la casa... Pero al llegar el séptimo día, ya no estaba tan segura. Últimamente había empezado a precipitarse a la cama por las noches, impaciente por experimentar ese estado de semivigilia que precede al sueño. Desde detrás de sus párpados cerrados observaba la oscuridad, aguardando a que un sueño llegara flotando hacia ella, igual que hacía tiempo había mirado por la ventana de su habitación, esperando contra toda esperanza ver aparecer una pequeña silueta volando entre las estrellas del cielo. Cada noche se le aceleraba el corazón con la idea de volver a atisbar la Laguna, o de oír el trino del Pájaro de Nunca Jamás. Por encima de todo, lo que más deseaba era volver a ver a Peter Pan: el amigo que había dejado atrás tantos años antes, en el País de Nunca Jamás.

Ahora el País de Nunca Jamás venía a llamar a la puerta del Aquí y Ahora, y a fuerza de tocar con los nudillos en la madera se estaban abriendo grietas por las que empezaban a asomar jirones de sueños. Algo no marchaba bien. Wendy lo sabía.

—Quizá los sueños sean mensajes —dijo uno de los Gemelos.

—Quizá sean advertencias —añadió el otro.

—Quizá sean síntomas —dijo Curly llevándose el estetoscopio a la frente para escuchar los sueños que se agitaban dentro de su cabeza.

—Pues mucho me temo que puedan serlo, sí —dijo Wendy—. Algo no marcha bien en el País de Nunca Jamás, caballeros… y por ello debemos regresar.

# Primero encuentra a tu hada

¿Regresar al País de Nunca Jamás? ¿Regresar a la isla misteriosa, con sus sirenas, sus piratas y sus pieles rojas? Los niños adultos soltaron gruñidos y rugidos, negando con la cabeza con tal fuerza que sus mejillas temblaban como flanes. ¿Regresar al País de Nunca Jamás? ¡Jamás de los jamases!

—¡Es absurdo!

—¡Ridículo!

—¡Paparruchas!

—¡Majaderías!

—¡Soy un hombre ocupado!

En la penumbra rosada de su salón, Wendy sirvió otra ronda de té y ofreció a sus invitados una bandeja con emparedados de pepino.

—Tal y como yo lo veo, tenemos tres problemas —dijo, haciendo caso omiso de las exclamaciones de protesta—. Primero, todos nos hemos hecho demasiado mayores. Sólo los niños pueden volar al País de Nunca Jamás.

—¡Exactamente! —el juez Tootles se miró los botones de

su chaleco, a punto de reventar. A lo largo de los últimos años había crecido mucho, en efecto, y no sólo en estatura.

—Segundo, ya no podemos volar como lo hacíamos entonces —prosiguió Wendy.

—¡Ves, tú misma lo has dicho! —John recordó la noche en que un niño vestido con un traje de hojas irrumpió volando en su vida y le enseñó a volar a él también. Recordó cómo había saltado de la ventana abierta de su dormitorio, y aquel instante arrebatador en que la noche lo había recogido sobre sus manos tendidas. Recordó cómo había surcado el cielo negro, dejándose caer en picada, mientras los murciélagos le hablaban con sus pitidos y la helada le mordía la piel, y él se agarraba con fuerza a su paraguas… ¡Oh, qué valiente era entonces!

John dio un respingo cuando Wendy dejó caer un terroncito de azúcar en su taza con unas pinzas de plata: llevaba un rato pensando en las musarañas.

—Y antes de que podamos siquiera pensar en volar —estaba diciendo Wendy— necesitamos polvillo de hada.

—Entonces es sencillamente imposible —el barón Slightly miró las migas que habían caído sobre sus pantalones y se le hizo un nudo en la garganta. Se acordaba del polvillo de hada. Recordaba cómo brillaba sobre su piel como gotas de agua. Recordaba el cosquilleo que entonces recorría todo su cuerpo. Incluso después de tantos años, todavía lo recordaba.

—Creo que es mejor que no le digamos a nadie que nos marchamos —dijo Wendy—. Nuestros seres queridos podrían preocuparse. Y además, podríamos atraer la atención de los periódicos.

No parecía que hubiera manera de discutir con ella, por lo que los niños adultos se limitaron a tomar nota en sus agendas de todo lo que decía Wendy, bajo el epígrafe *Tareas pendientes:*

* *No ser adulto.*
* *Recordar cómo se volaba.*
* *Encontrar polvillo de hada.*
* *Pensar en alguna excusa para mi mujer.*

—Creo que el mejor día sería el próximo sábado —dijo Wendy—. Esa noche hay luna llena, y a la mañana siguiente no tenemos que recoger a los niños del colegio. Con un poco de suerte, este resfriado tan molesto que tengo ya se me habrá pasado. Bien, caballeros, ¿qué tal el seis de junio entonces? Me imagino que puedo confiar en ustedes para organizarlo todo, ¿verdad?

Los niños adultos escribieron en sus agendas:

*Sábado 6 de junio: ir al País de Nunca Jamás.*

Después se pusieron a mordisquear el extremo de sus lápices, esperando a que Wendy les dijera qué hacer a continuación. Wendy seguro que lo sabría. ¡Al fin y al cabo, incluso estando resfriada, no necesitaba una agenda para recordar sus tareas pendientes!

***

Al día siguiente Wendy no pudo salir de casa por culpa de su resfriado, pero los otros se reunieron en los Jardines de Kensington con sus redes para cazar mariposas. Paseaban sin parar de un lado a otro del parque. Estaban buscando hadas.

Soplaba una fuerte brisa. Algo blanco y vaporoso rozó la cara de Nibs y éste se estremeció.

—¡Ahí hay una! ¡Me acaba de dar un beso! —todos los caballeros se lanzaron tras ella atropelladamente. Se estaba levantando viento. Otras briznas blancas cruzaban el aire, hasta que éste pareció llenarse de copos de nieve que flotaban y revoloteaban, ligeros como plumas. Los niños adultos corrían de aquí para allá, aplastando la hierba bajo sus pesados zapatos, intentando atrapar a las hadas, dándose manotazos los unos a los otros sin querer, gritando y chillando.

—¡He capturado una!

—¡Yo también! ¡Ay, qué daño!

—¡Aquí hay una, miren!

Pero cuando comprobaron las redes de sus cazamariposas no encontraron más que las pelusillas de los primeros dientes de león del verano. No había una sola hada.

Pasaron el día entero buscando. Cuando el sol se puso y los estorninos se reunieron en bandadas sobre las luces de la ciudad, los niños perdidos se ocultaron detrás de los arbustos de los Jardines de Kensington. Las primeras estrellas se aventuraron en el cielo y sus reflejos cubrieron el Serpentine como un manto de lentejuelas. Y, de repente, ¡el aire se llenó de un palpitar de alas!

Radiantes de alegría, los cazadores de hadas salieron de sus escondites y se pusieron a correr de un lado a otro, blandiendo sus redes.

—¡He atrapado una!

—¡Diantre!

—¡No les hagan daño!

—¡Ay! ¡Cuidado con lo que hace, caballero!

—¡Cáspita! ¡Esto es entretenidísimo!

Pero cuando dieron la vuelta a sus redes, ¿qué fue lo que encontraron? Mosquitos, polillas y mariposillas.

—¡Aquí tengo una! ¡Decididamente! ¡Sin la menor duda! —exclamó John, volviéndose a calar el bombín para atrapar dentro al hada cautiva. Los demás se arremolinaron a su alrededor, empujándose unos a otros para ver mejor. John volvió a quitarse el sombrero, que se separó de su cabeza con un ruido como de ventosa; John metió los dedos índice y pulgar, extrajo algo del forro de raso y lo blandió para enseñárselo a los demás. Era el iridiscente cuerpo púrpura y turquesa, brillante y flexible de...

Una libélula.

John separó los dedos, y ocho pares de decepcionados ojos siguieron a la preciosa criatura en su titubeante y gracioso vuelo rumbo al río.

—No creo que haya una sola hada... —empezó diciendo Curly, pero los demás lo derribaron al suelo y le taparon la boca con las manos.

—¡¡No lo diga!! ¡¡No diga nunca algo así!! —exclamó Nibs horrorizado—. ¿Es que ya no se acuerda? Cada vez que alguien dice que no cree en las hadas, ¡en alguna parte muere una!

22

—¡Yo no he dicho que no creyera en ellas! —protestó el doctor, alisándose las arrugas del traje—. Sólo iba a decir que no creo que haya una sola hada aquí. Esta noche. En este parque. Tengo el pantalón lleno de barro, picaduras de insecto por todo el cuerpo, y ni siquiera he cenado todavía. ¿Podemos dejarlo por hoy?

Los demás adultos lanzaron miradas a su alrededor, al parque sumido en la penumbra y a la trémula luz de las lejanas farolas. Se miraron las suelas de los zapatos para comprobar que no hubieran pisado a ningún hada sin querer. Miraron en las aguas del río Serpentine, por si acaso alguna de las estrellas allí reflejadas no fuera en realidad un hada que estuviera nadando. Sin hadas no habría polvillo de hada. Tal vez, después de todo, no pudieran regresar al País de Nunca Jamás.

Es mejor así. Era una idea absurda —gruñó John, pero nadie contestó.

El barón Slightly sacó de su bolsillo una pompa reluciente y vaporosa en la que se veían reflejados todos los colores del arcoíris.

—Anoche soñé que estaba jugando al waterpolo con las sirenas —comentó—. Cuando desperté, encontré esto sobre mi almohada.

La pompa estalló y desapareció.

Cuando llegaron frente a las verjas del parque, las encontraron cerradas. Los niños adultos tuvieron que saltar al otro lado, y el juez Tootles se desgarró su mejor chaqueta de *tweed*.

\*\*\*

Al final, fue Wendy quien lo consiguió, por supuesto. Al día siguiente encabezó la marcha de regreso a los Jardines de Kensington, vestida con un abrigo de lino y un espléndido sombrero adornado con una pluma.

—¡Pero si aquí ya miramos ayer! —protestó su hermano—. ¡Y no había ningún hada por ninguna parte!

—No estamos buscando hadas —dijo Wendy—. ¡Estamos buscando cochecitos de bebé!

Hace veinte años, el parque habría estado lleno de niñeras empujando cochecitos de bebé de un lado a otro para que les diera el aire a los niños. Pero ahora cada vez había menos niñeras. Aquel día sólo había tres empujando los cochecitos, dando de comer a los patos, limpiando naricitas llenas de mocos y recogiendo los sonajeros que los bebés habían tirado al suelo. Era una escena que siempre inquietaba a los niños adultos...

En el pasado Curly, Tootles, Nibs, Slightly y los Gemelos también habían sido bebés como los que estaban ahora en los cochecitos. En el pasado ellos también habían sido niños tumbaditos en sus carritos, bien abrigaditos y a gusto, mirando boquiabiertos al cielo con sus ojillos azules de recién nacidos. Pero se cayeron de sus cochecitos.

Se perdieron. Se extraviaron.

Los dejaron en la oficina de objetos perdidos, y allí los almacenaron en la estantería de la B de «bebés», justo entre la A de «acuarios» y la C de «cestas». Nadie vino a reclamarlos, y después de una semana más o menos, los enviaron al País de Nunca Jamás. Allí se reunieron con el resto de niños perdidos, y se las apañaron sin madres ni buena educación, se las arreglaron con comida de mentiritas y grandes dosis de aventura con su capitán, Peter Pan.

Cuando pasó por delante de ellos un cochecito, Nibs no pudo evitar decir:

—Oh, por favor, ¡cuide bien de ese bebé, señorita! Sé que tampoco es tan terrible ser un niño perdido, pero aun así, ¡tenga mucho cuidado de que no se caiga ese bebé del cochecito! ¡Los niños perdidos no son todos tan afortunados como lo fuimos nosotros! ¡No todos tienen la suerte de que los adopten el señor y la señora Darling, ni de que los quieran, ni los cuiden, ni les den tarta los domingos, ni una educación universitaria!

—¡Eso a mí nunca me ha pasado! —exclamó la niñera—. Espero, señor, que no esté usted insinuando que yo podría perder a un bebé, ¿verdad? ¡Como si yo pudiera hacer algo así! Como si yo alguna vez hubiera… —pero antes de que le diera tiempo a escandalizarse mucho más, el bebé que estaba en el cochecito empezó a llorar.

Mientras Nibs y la niñera hablaban, Wendy se había inclinado sobre el carrito y con la pluma de su sombrero le había estado haciendo cosquillas al bebé.

—¿Qué está haciendo, señora? —preguntó la niñera—. ¡Este niño es alérgico a las plumas!

—Oh, maldita sea —dijo Wendy, irritada consigo misma y, secretamente, también con el bebé—. ¡Slightly, no se quede ahí parado como un pasmarote! ¡Cante!

Y el barón Slightly (que, si el lector lo recuerda, tocaba el clarinete en un club nocturno) se dio cuenta de repente de que el éxito de todo el plan dependía de él. Tomando en sus brazos a la criatura, empezó a cantar.

—*Mambrú se fue a la guerra, qué dolor, qué dolor, qué pena...*

No fue una buena idea. El bebé se puso a aullar con más fuerza todavía.

—*El gran duque de York tenía diez mil soldados...*

El bebé seguía llorando.

—*Ven conmigo, bonita, al jardín, porque los pájaros de la noche ya no están aquí...*

—¡Mire lo que ha hecho! —exclamó la niñera, frunciendo el ceño por el jaleo que se había armado y buscando a un guardia con la mirada.

El barón Slightly plantó una rodilla en el suelo:

—*¡Mi amor, mi amor, daría la vuelta al mundo por una de tus sonrisas, mi aaaamor!*

Y, de repente, ¡el bebé se echó a reír!

Sonó como el agua cayendo a borbotones de una jarra. Era un sonido tan delicioso que la niñera aplaudió y soltó ella también una risita.

—Es la primera vez que se ríe, ¡angelito!

Todos a la vez, los adultos levantaron sus sombreros. Hasta Wendy se quitó el suyo. Entonces, ante el asombro de la niñera, volvieron a dejar al bebé en su cochecito y cruzaron los Jardines de Kensington corriendo a toda velocidad, dando saltos con los brazos estirados y agitando como locos sus bombines y sus sombreros de hongo.

—¡Habrase visto! —exclamó la niñera—. ¡Esto es el acabose!

La atraparon entre los arriates de florecillas naranjas, junto al monumento a los caídos —una cosita diminuta de color azul, con el pelo rojo y los ojos color miel—, ¡un hada! Como un polluelo que sale del cascarón, había salido de la primera risa del bebé, igual que hacen todas las hadas, ustedes lo saben bien.

Los niños adultos estaban cansados y jadeantes, pero locos de alegría.

Por error, Wendy llamó al hada Briosa, sin saber que ya tenía nombre.

—¡Soy Luciérnaga de Fuego! —protestó indignada el hada, que para más señas era un hada chico, o un duendecillo, si prefieren—. ¡Y tengo hambre!

De modo que se lo llevaron al salón de té del parque y le dieron de comer helado, miguitas de bollo y té helado, antes de transportarlo a casa en volandas, metido en el bombín de John, como un rico sultán. Cuando llegaron a su casa en Cadogan Square, el sombrero estaba un poquitín chamuscado, pero lleno hasta la mitad de polvillo de hada.

# Cambio de vestuario

¿Sabes quién es Campanita? —preguntó John.

—Yo lo sé todo —contestó Luciérnaga de Fuego—. ¿Quién es Campanita?

Wendy había fabricado una especie de tienda india con la pantalla de una lámpara para que le sirviera de casa al duende, y ahora éste estaba ocupado almacenando provisiones por si el invierno se presentaba duro.

—Pero si estamos en junio —observó Nibs.

—A mí suele entrarme MUCHA hambre —contestó el duende en tono cortante. De esto ya se habían percatado todos, pues Luciérnaga de Fuego se había zampado todos los botones del sofá de cuero, las gomas de tres lápices, la borla del timbre de la puerta y la corbata de lazo del barón Slightly. Era como una ardillita, daba saltos por la habitación olisqueando y chupándolo todo, y rebuscando por los rincones para encontrar comida—. ¿Quién es Campanita? ¡Contéstame! —repetía—. Las hadas se mueren si no se les presta atención.

Los Gemelos le explicaron entonces que, muchos años atrás, habían vivido en el País de Nunca Jamás, con Peter Pan y su fiel ayudante el hada Campanita. Le describieron cuán valiente había sido Campanita, y también cuán maliciosa, traviesa, celosa, hermosa y...

—¡Yo soy más hermoso que ella! —interrumpió Luciérnaga de Fuego—. ¡Nadie puede ser tan hermoso como yo... ni tener tanta hambre! —y se puso a mordisquear una vela hasta la mecha, tanto que se tambaleó y cayó al suelo desde su palmatoria.

—No termino de comprender cómo podrías conocer a Campanita, pequeño granuja —objetó Slightly—, teniendo en cuenta que sólo naciste ayer. ¡Ay!

Luciérnaga de Fuego le había mordido el pulgar.

—¡Pues la conozco porque soy muy espabilado, por eso! Sé un montón de cosas que ya han ocurrido. ¡Soy más listo que el hambre!

Slightly se chupó el pulgar herido.

—Y, además, añadiría que para ser una criatura tan diminuta, dices mentiras extraordinariamente grandes.

El duende pelirrojo sonrió de oreja a oreja, encantado, e hizo una gran reverencia moviendo elegantemente ambas manos. Desde ese momento desarrolló una ferviente devoción por Slightly, simplemente porque había admirado el tamaño de sus mentiras.

Pese a que Wendy les recomendó mil veces que no trataran de volar hasta que hubieran vuelto a ser pequeños, los niños adultos no pudieron resistir la tentación de intentarlo. El juez Tootles llegó incluso a agarrar a Luciérnaga de Fuego y a frotárselo por todo el cuerpo, como si

fuera una pastilla de jabón. Luego extendió los brazos y...
¡voló como un pájaro!

... Como un gran avestruz, más bien. O como uno de esos greñudos pájaros ñandú que te dan picotazos en el cuello cuando los visitas en el zoo. Tootles se lanzó en un gran *sprint,* agitando los brazos, pero a los pocos segundos se quedó sin aliento, tan incapaz de volar como una vaca.

El doctor Curly, que estaba más flaco que un fideo y en perfecta forma física, sí consiguió volar hasta lo alto de una farola, pero una vez allí se puso nervioso y hubo que rescatarlo con una escalera. Wendy les aseguró, después de apartar la escalera, que de noche sería todo distinto, pero ninguno de ellos se lo creyó del todo.

Miraron pasar los días como se miran pasar los trenes y, de pronto, llegó el seis de junio, y con él el momento de poner rumbo al País de Nunca Jamás. Luciérnaga de Fuego les había explicado la manera. Se hacía necesario un cambio de vestuario.

En varios puntos de la ciudad de Londres e incluso en lugares tan lejanos como Fotheringdene y Grimswater, los niños adultos bajaron sus maletas de los trasteros e hicieron acopio de todo el valor que pudieron encontrar. Fueron a sus bancos y sacaron toda la audacia que habían acumulado a lo largo de los años. Rebuscaron en todos los bolsillos de todos sus trajes y detrás de los cojines del sofá para reunir toda la valentía posible.

Pero pese a todo no parecía suficiente.

Compraron flores para sus esposas, juguetes para sus hijos, y limpiaron los cristales de los vecinos. Pidieron vacaciones en sus lugares de trabajo. Escribieron cartas a sus seres queridos pero luego las rompieron, pues la palabra «ADIÓS» es la más difícil de escribir de todas las palabras del mundo.

Llegó la hora del baño en casa del Primer Gemelo, y mientras sus hijos gemelos chapoteaban en la bañera, éste aprovechó para robarles algunas prendas de ropa que habían dejado tiradas por el suelo del cuarto de baño, antes de escabullirse en la noche.

Llegó el momento de rezar antes de irse a la cama en la casa de al lado, y el Segundo Gemelo les dijo a sus dos hijos, que eran gemelos idénticos: «Junten las manos y cierren los ojos». Entonces tomó un uniforme escolar y salió de puntillas de la habitación.

En casa del doctor en Fotheringdene, Curly extendió la mano para robar el uniforme de rugby de su hijo... pero su nuevo cachorro se le adelantó, agarró el cuello de la camiseta con los dientes y no parecía dispuesto a soltarlo. El animal gruñía y gemía, mientras arañaba el suelo con las uñas, armando un gran jaleo. El niño se despertó —«¿Quién anda ahí?»—, por lo que Curly no tuvo más remedio que tomar tanto la camiseta como el cachorro y echar a correr.

Llegó la hora de irse a la cama en casa de John, y éste les leyó un cuento a sus niños, los miró por última vez, y luego se dirigió a la puerta sin hacer ruido, no sin antes tomarles prestado un trajecito de marinero. Al llegar al rellano se llevó un buen susto, pues ahí estaba su esposa. Ella por supuesto estaba al corriente de todo. John no le había dicho ni una palabra sobre el viaje, pero de todas maneras lo sabía. Las esposas siempre lo saben todo. Le tendió una tartera con comida, un par de calcetines limpios y un cepillo de dientes. Incluso le planchó el traje de marinero antes de que se lo pusiera. «Cuídate, mi amor», le dijo, le dio un beso cariñoso y lo acompañó hasta la puerta. «Dale recuerdos de mi parte a Peter Pan».

Algo tarde, el juez Tootles cayó en la cuenta de que sólo tenía hijas. La idea lo amedrentó bastante. Se le fueron los dedos al bigote casi sin darse cuenta, y se puso a acariciárselo como si fuera un animalito de compañía muy querido del que tuviera que separarse por una mudanza.

Nibs… Bueno, Nibs sencillamente no era capaz de irse. De pie detrás de las literas de la habitación de sus hijos, contemplando sus caritas mientras dormían, era incapaz de concebir siquiera la idea de marcharse a ninguna parte sin ellos, ni ahora ni nunca. Renunció, pues, en ese mismo instante al viaje al País de Nunca Jamás. De hecho, despertó incluso a sus niños para preguntarles:

—¿Qué tiene el País de Nunca Jamás que pudiera ser ni remotamente mejor que ustedes?

¿Y el barón Slightly Darling? Pues bien, estaba sentado solo en su piso elegante, abrazado a su clarinete. Cuando Luciérnaga de Fuego les había explicado el secreto para volver a ser niños, Slightly había asentido con la cabeza, sin decir nada. Había visto cómo se iba acercando el día, había soñado con el País de Nunca Jamás, pero no había dicho una sola palabra. Había visto a los demás armarse de valor para la aventura, frotando cada día la tienda de Luciérnaga de Fuego en busca de polvillo de hada, preparándose para partir… y él había seguido sin decir nada.

32

Ahora estaba sentado en su piso elegante con su clarinete mudo sobre el regazo.

El barón Slightly no era ningún aguafiestas. Ése era el motivo de que no hubiera dicho nada todos estos días. Y a todos —a todos sus hermanos adoptivos— se les había olvidado que Slightly no tenía hijos, no tenía nadie a quien pedirle prestada ropa, nadie que le hiciera volver a ser un niño.

\*\*\*

Porque claro, así es como se hace. Todo el mundo sabe que cuando te disfrazas, te conviertes en otra persona. Por lo tanto, si te pones la ropa de tus hijos, vuelves a ser un niño como ellos.

Metidos en roperos y armarios, dando saltos por las calles iluminadas, pugnando por pasar la cabeza por estrechos cuellos de camisa y por meter los pies en diminutas botas de fútbol; dando de sí las costuras y pisando los cinturones de las batas, dejando caer sin querer monederos y bolígrafos, y metiéndose un cachorro en los bolsillos, los niños adultos se esforzaron por vestirse con las ropas de sus hijos. Tal vez se preguntarán cómo pudo el juez Tootles meterse en un vestido de nido de abeja y calzarse unas zapatillas de ballet. Lo único que puedo decirles es que brillaba una luna redonda como una pandereta, la magia hizo su tarea, y no se sabe cómo los botones se abrocharon y las cremalleras se cerraron.

Ya no pensaban más que en el País de Nunca Jamás y en escaparse de casa. Curiosamente, mientras corrían, sus pies ya no evitaban los charcos sino que preferían pisarlos todos y salpicar. Sus dedos elegían rozar al pasar todas las verjas metálicas, sus labios querían silbar y sus ojos, brillar.

El doctor Curly sintió cómo la sensatez iba saliendo de su cabeza y su lugar lo ocuparon petardos y bengalas. Los Gemelos recordaron de pronto sus cuentos de hadas favoritos. La juez Tootles descubrió que veía bien sin gafas, y cuando se colgó cabeza abajo de la barra de los columpios en el parque, no se le movieron todos los dientes. Pero sentía un extraño cosquilleo en el labio superior, pues hacía mucho tiempo que la juez (bueno, más bien el juez) se había dejado crecer ahí un gran bigote con las puntas hacia arriba, y ahora lo echaba de menos, como se echa de menos a un hámster.

Cuando los niños adultos se frotaron el cuello con polvillo de hada el cabello se les volvió corto, cortado a cepillo, y muy suave al tacto —excepto Tootles, por supuesto, que se encontró que tenía largas trenzas rubias y se sabía las posturas de ballet de la uno a la cinco.

… Pero el barón Slightly no tenía hijos. De modo que se quedó sentado en su piso elegante, y sintió sobre sus hombros el peso de cada uno de los treinta años que tenía. Se quitó de un tirón la corbata y se fue pronto a la cama, con la esperanza de soñar al menos con el País de Nunca Jamás.

En cuanto a Wendy, pues bien, le escribió una carta a su familia en la que explicaba que se marchaba a visitar a una amiga lejana y que volvería muy pronto. Antes de ponerse la ropa de su hija Jane, cosió las enaguas, borró con una goma los errores que había cometido su hija durante el día, le tejió un sueño bonito que deslizó bajo su almohada y ordenó alfabéticamente sus oraciones. Después guardó unas cuantas cosillas útiles en una cesta de mimbre y se esforzó por meterse dentro de un vestidito muy limpio de verano con un estampado de girasoles y dos conejitos.

—Hace siempre un calor tan sofocante en el País de Nunca Jamás —le dijo a su hija mientras dormía—. ¡Qué maravilla! Me sienta como un guante.

Sorprendida por el último estornudo de su resfriado, sacó rápidamente un pañuelo de la bata que acababa de quitarse, se lo guardó en la manguita de farol del vestido, y salió al balcón sin hacer ruido.

Mientras se frotaba el cabello con su ración de polvillo de hada, la cabeza se le fue vaciando de listas y fechas de cumpleaños, así como de asuntos de política y de mecanografía, de poemas y recetas. Hasta su marido se convirtió en poco más que un recuerdo borroso. Pero no su hija Jane, por supuesto. Una madre no olvida jamás a su hija. Bajo ninguna circunstancia. Ni por un segundo.

En el cielo, por encima de los Jardines de Kensington, se reunió una bandada de niños voladores, como los pájaros en otoño preparándose para emigrar. Flotaban boca arriba, avanzaban braceando boca abajo, se dejaban llevar por las cálidas corrientes de aire que se escapaban de las chimeneas de la calle principal, manchándose con el humo. Del río Támesis se levantó un poco de niebla que les hizo toser.

Los búhos guiñaban los ojos, perplejos. Desde lo alto de su pedestal, la estatua de Nelson se llevó el catalejo al único ojo por el que todavía veía. Otras estatuas de señores famosos los señalaban con el dedo, moviéndose impacientes sobre sus peanas. (Uno que estaba a caballo dio incluso un saltito). Unos policías que hacían su ronda de vigilancia oyeron carcajadas y buscaron en vano alguien a quien detener.

—¿Dónde está Nibs? —preguntó Wendy.

—¡No viene! —contestó Luciérnaga de Fuego.

—¿Dónde está Slightly? —quiso saber John.

—¡No viene! —exclamó Luciérnaga de Fuego, radiante de alegría.

—¡Claro que voy! —y Slightly cruzó el aire volando como una marsopa, con su cabello ondulado reluciente de polvillo de hada. Llevaba una elegante camisa cuyos faldones le llegaban por debajo de las rodillas ahora que volvía a tener nueve años, y cuyas mangas le tapaban por completo los dedos. En la mano blandía un clarinete, como si de la espada de un duelista se tratara—. ¡Fui hasta el fondo de la cama! ¡Hace veinte años que no lo hacía! ¡Hasta el fondo y más allá! Me he acordado, ¿han visto? ¡Puedes ir a parar a cualquier sitio si te atreves a llegar hasta el final! ¿Y ahora por dónde tenemos que ir, Luciérnaga de Fuego?

—¿Y cómo quieres que lo sepa? —contestó éste airadamente.

Pero todos contestaron por él:

—*¡La segunda a la derecha y todo seguido hasta el amanecer!*

Cuando se ocultó la luna, una vez que ellos hubieron desaparecido, cayó una lluvia en forma de puntos de exclamación.

Cuanto más se alejaban volando, más olvidaban que habían sido adultos y mejor recordaban sus días en el País de

Nunca Jamás. ¡El buen tiempo! ¡Jugar a saltar al potro! ¡Las meriendas al aire libre! En sus mentes se agolpaban ensoñaciones y alegrías. Y notaban que los sentimientos les producían cosquilleos por todo el cuerpo, y todos sus músculos vibraban. Casi olvidaron el motivo de su viaje.

—¡Si los pieles rojas han tomado el sendero de guerra, yo me voy con ellos!

—¿Creen que Campanita se alegrará de vernos?

—Oh, ¿estará allí, entonces, esa tal Campanita?

—¡Estoy deseando ver la cara que pondrá Peter cuando le dé sus regalos!

—¡Estoy impaciente por ver a las sirenas!

—Que digo que ¿si estará allí Campanita? Las hadas se mueren si no se les presta atención, ¿lo sabían?

—¡Espero que haya nuevos villanos contra los que luchar!

—¿Y piensan que también habrá nuevos niños perdidos?

A esta idea siguió un repentino silencio. ¡Por supuesto, era del todo posible! Los niños se caen de sus cochecitos todo el tiempo, y todo el mundo sabe que las niñeras casi nunca se dan cuenta. Era pues muy probable que, desde los días de Nibs, Curly, los Gemelos, Slightly y Tootles, Peter Pan hubiera reunido a su alrededor a una nueva banda de seguidores.

—¿Será la guarida subterránea lo bastante grande para que quepamos todos? —preguntó Curly preocupado.

—¿Y nos dejarán entrar los demás? —murmuraron los Gemelos.

—¡Más vale que nos dejen, porque si no echaré la puerta abajo!

—A lo mejor incluso hay niñas perdidas —dijo Wendy, incómoda—. Las niñas de ahora son mucho más tontas que cuando yo era pequeña —no estaba muy segura de querer que hubiera niñas perdidas; si no tienen la educación adecuada, las niñas pueden ser tan... ¿cómo expresarlo? Tan hogareñas.

El hada Luciérnaga de Fuego, que revoloteaba entre ellos chamuscándolos como una brasita, sugirió alegremente:

—Si son muchos, ¡a lo mejor Peter Pan sacrifica a algunos de ustedes! Eso es lo que hacen los Peters, ¿no? —los niños más pequeños palidecieron de miedo.

—Siempre está la casita de Wendy —les dijo ésta para tranquilizarlos—. Si no cabemos en la guarida subterránea, viviremos allí.

—¡Sí, y nadie podrá impedírnoslo! —declaró Tootles—. ¡Esa casa la construimos nosotros mismos para Wendy! ¡Y nadie puede impedir que Wendy entre en su propia casa!

Un rebaño de nubes cruzó balando la autopista del cielo, provocando un gran atasco. Luciérnaga de Fuego se lanzó sobre ellas, pinchándolas y mordiéndolas hasta que las nubes se pusieron al trote. Y cuando el rebaño se desperdigó, allí abajo estaba...

¡EL PAÍS DE NUNCA JAMÁS!

Un círculo sin perímetro, un cuadrado sin ángulos, una isla sin contorno: el País de Nunca Jamás. La imaginación lo había hecho emerger del fondo del mar, sacándolo a la luz. Ahora las pesadillas los habían llamado de vuelta allí: ¡el lugar donde los niños nunca crecen!

Poco sabían ellos (o poco les importaba) que en sus respectivas casas, sobre las mesillas de noche o las repisas de los cuartos de baño, sus relojes de pulsera abandonados se pararon exactamente en ese mismo momento. Pues, cuando un niño está en el País de Nunca Jamás, el tiempo debería detenerse.

La emoción los embargó a todos. ¡No había ningún otro lugar como ése! ¡No hay otro lugar en todo el mundo como el País de Nunca Jamás! Allí se extendía por debajo de ellos, total, completa y absolutamente…

*distinto.*

# El hijo único del País
# de Nunca Jamás

Aunque volaban en dirección a la radiante aurora, Wendy, que sólo llevaba un fino vestidito de verano, sintió un escalofrío, pues la luz del sol era más tenue y pálida de lo que ella recordaba. Las sombras eran más alargadas, y algunos pinos y cumbres rocosas tenían tres o cuatro sombras que se extendían en todas direcciones. Wendy supo entonces que habían hecho bien en venir: algo no marchaba como debía en el País de Nunca Jamás.

Mientras sobrevolaban el Bosque de Nunca Jamás, un océano de árboles dorados, naranjas y rojo escarlata se agitaba de un lado a otro por debajo de ellos, soltando de vez en cuando una lluvia de hojas secas. Los tótem de los pieles rojas estaban inclinados de extrañas maneras, derribados por el viento o la guerra, y cubiertos de hiedra y de enredaderas. Enormes globos de muérdago daban vueltas encima de las copas de los árboles como farolillos chinos. Era hermoso… pero no se oía el canto de los pájaros.

Los claros, en los que antaño la Liga de los niños perdidos solía encender hogueras y celebrar consejos de guerra, habían desaparecido: se los había tragado el bosque, como se traga el mar un agujero en la arena. Si había lobos al acecho, no se dejaban ver. Si había pieles rojas en el sendero de guerra, los senderos estaban ocultos.

—¿Y así cómo vamos a encontrar la guarida subterránea o la casita de Wendy? —dijo John, expresando en voz alta los miedos de todos ellos. Pero no se tenían que haber preocupado, pues la casita con sus paredes amarillas y su tejado rojo fue lo siguiente que vieron. El humo de la chimenea ascendía formando volutas entre ellos y se deslizaron por él, tomados de la mano, para acercarse a la casa.

Ésta estaba en equilibrio sobre las ramas de un árbol. Era un árbol mucho más alto que todos los demás del bosque, les sacaba a todos lo que mide el campanario de una iglesia.

—Qué divertido —comentó Slightly—. Antes teníamos un árbol dentro de la casita de Wendy. ¡Y ahora la casita está sobre el árbol!

—¿Cómo puede haber un árbol dentro de una casa? —se burló John.

—¡Claro que había uno! ¿No te acuerdas? ¡El Árbol de Nunca Jamás, en la guarida subterránea! Lo serrábamos cada mañana, y por la noche ya había vuelto a crecer lo suficiente para que nos sirviera de mesa.

De la cuerda de tender, atada entre dos ramas, colgaban unas nubecitas finas, junto con un delantal que el viento había hecho jirones, una bandera y un calcetín descabalado.

—¡Ése es mi delantal! —exclamó Wendy.

Los niños llamaron a la puerta, golpearon con los nudillos en los cristales de las ventanas y gritaron por el conducto de la chimenea. Pero nadie vino a abrirles. Tras una noche entera volando, empezaban a notar el cansancio.

—¡Nos ha dejado las ventanas cerradas! —exclamó Wendy—. ¡Después de todo lo que dijo! ¡Yo, en cambio, nunca he cerrado la ventana de mi habitación, ni en verano ni en invierno! ¡Nunca desde que volví del País de Nunca Jamás!

—¿Ni siquiera cuando había niebla? —quiso saber Curly.

Wendy no tuvo más remedio que reconocerlo:

—Bueno, entonces quizá sí. Todos saben lo peligrosa que puede ser la niebla de Londres para los pulmones.

—Sí, como respirar plumas de edredón —corroboró Slightly. Y todos se mostraron de acuerdo en que seguramente el dueño de la casita había cerrado las ventanas porque las nubes se parecían un poco a la niebla londinense.

—Baja volando por la chimenea, Luciérnaga de Fuego, y abre el pestillo de la puerta —ordenó Tootles, y el hada se deslizó por el conducto de la chimenea. (En aquellos tiempos, éste había sido el sombrero de copa de John, con el fondo reventado, por la que se escapaba hacia arriba el humo para perderse después en el cielo). Esperaron y esperaron, pero cuando Tootles utilizó una de sus trenzas para despejar un agujerito en la suciedad que cubría las ventanas, vio que Luciérnaga de Fuego se había distraído de su tarea y estaba columpiándose de una percha, mientras se zampaba los botones de una chaqueta—. Qué criatura más tonta —dijo.

Wendy comprendió entonces que tenían que entrar por otro lado.

—Ustedes, los niños perdidos, construyeron la casita de Wendy —les dijo—. Tienen todo el derecho del mundo de derribarla ahora —de modo que, después de volver a llamar cortésmente a la puerta, agarraron los postes que formaban las esquinas de la casa y tiraron de ellos hasta que la pared trasera se vino abajo.

Entonces apareció frente a ellos un niño espada en mano, con la cabeza inclinada hacia atrás y una expresión feroz en el rostro.

—¡Atrás, pesadillas! Quizá puedan derribar los muros de mi castillo, ¡pero yo cubriré la brecha con sus cadáveres!

Era y no era Peter Pan. Su traje de hojas había desaparecido, y en su lugar vestía una túnica de plumas de arrendajo y de hojas de otoño de color rojo sangre. Eran hojas de arce y de enredadera de Virginia.

—Pero bueno, Peter —dijo Wendy, metiéndose por el agujero de la pared—. ¿Es ésta manera de recibir a tus viejos amigos?

—¡Yo no tengo ningún amigo viejo! —exclamó el niño que blandía la espada—. ¡Soy un niño y si las cosas son grandes yo me encargo de cortarlas en dos!

Al ver que Peter no la reconocía, a Wendy se le llenaron los ojos de lágrimas, pero ella también inclinó hacia atrás la cabeza.

—No seas tonto —le dijo con brío—. Tú eres Peter y yo soy Wendy, y hemos venido… —se estrujó el cerebro en un esfuerzo por recordar— por si acaso tenías problemas.

Peter la miró muy desconcertado.

—¿Cómo que por si tenía «problemas»? ¿Te refieres a si estaba en una olla rodeado de caníbales a punto de comerme?

—Bueno, quizá no eso exactamente…

—¿Por si me había caído por la borda de un barco a un mar infestado de tiburones?

—Quizá no, pero…

—¿Por si me llevaba por los aires un águila gigante hasta su nido para darme de comer a sus crías hambrientas? —resultaba obvio que a Peter le gustaba bastante la idea de tener problemas. Resultaba también igual de obvio que no le estaba pasando ninguna de esas cosas. Wendy empezó a sentirse un poco estúpida, que era una cosa que nunca le hacía mucha gracia.

—¿Has rezado tus oraciones? —quiso saber. (Era una pregunta tan aterradora como que alguien blanda una espada delante de tus narices).

—Bueno, ¡desde luego no he rezado las de nadie más! —replicó Peter.

Entonces, por primera vez, los miró con atención. La punta de su espada se inclinó hacia abajo y una gran sonrisa le iluminó el rostro.

—Vaya, han vuelto, ¿eh? Pensé que no eran más que un sueño. Últimamente he soñado mucho con ustedes —y añadió con aire acusador—: Habían crecido mucho, demasiado.

Los Gemelos se apresuraron a volver a poner la pared en su sitio, demostrando así que no eran tan altos como para no caber en la casita de Wendy.

—¡Qué suerte tienes, Peter! ¡Debe de ser genial vivir en lo alto de un árbol! ¿Te subieron las hadas la casita hasta aquí arriba?

—En absoluto —contestó Peter—. Nunca harían algo así, las muy tontas y perezosas. Le dijeron a la gente que lo habían hecho, ¡pero lo hice yo solo sin ayuda de nadie! —en realidad, en honor a la verdad, fue el Árbol de Nunca Jamás quien lo hizo. Peter no se había tomado la molestia de serrar el árbol cada mañana hasta dejarlo al nivel del suelo. Por lo que sencillamente había crecido y crecido, había dejado atrás la guarida subterránea y había subido hacia el cielo, hacia el sol, más alto que ningún otro árbol del bosque, y al crecer había elevado también la casita de Wendy hacia lo alto—. ¿Para qué dicen que han venido?

—¡Pues para hacer la limpieza de primavera, claro! —contestó Wendy, pues era mucho más fácil que explicárselo todo.

Peter Pan tiró la espada a un rincón de cualquier manera.

—Pueden echar de aquí a las Pesadillas, si quieren —dijo.

Wendy no tenía muy claro qué aspecto tenían las pesadillas de Peter, así que barrió las telarañas negras que se habían formado en los rincones del techo.

—¡Hala, ya está! Ya las he quitado todas —dijo, y añadió alegremente—: Nosotros también hemos tenido pesadillas. Sobre el País de Nunca Jamás. Pensamos que había algo que no marchaba bien.

Pero o bien Peter no lo sabía, o bien no le importaba que los sueños se estuviesen escapando del País de Nunca Jamás: allí había sueños de sobra.

—Las cosas por aquí parecen muy… cambiadas —dijo Wendy con cautela.

Pero, por supuesto, a Peter Pan le gustaba el País de Nunca Jamás como estaba ahora, con esos tonos rojo escarlata y dorado, tanto como cuando lucía los colores verdes del verano, por lo que para él no tenía nada de extraño. Wendy no quiso insistir. Quizá estuviera equivocada y en realidad todo marchara bien.

—¿Te encuentras bien, jefe? —preguntó Tootles con cariño, tomándole el pulso a Peter y comprobando si tenía fiebre—. ¡Si no te encuentras bien, podemos jugar a los médicos!

—¡Me estoy muriendo! —exclamó Peter, cubriéndose el rostro con el brazo.

Wendy dejó escapar un grito de angustia.

—¡Oh, lo sabía! ¡Sabía que algo no marchaba bien! ¡De verdad espero que no sea verdad!

—¡Me estoy muriendo de aburrimiento! —gruñó Peter. Entonces, de pronto, cambió de idea y se puso de pie de un salto—. Pero ahora que he imaginado que están aquí, ¡podemos tener las mejores aventuras del mundo!

Y soltó un grito triunfante que era a la vez embriagador, escalofriante y desgarrador, las tres cosas juntas:

## «¡Quiquiriquí!»

Y entonces olvidó que se hubieran marchado alguna vez. No cayó en la cuenta de que Tootles se había convertido en una niña, ni de que Slightly sabía tocar el clarinete. Ni tampoco de que no estuviera Nibs con ellos.

Por no hablar de Michael.

—¿No hay nadie más? —quiso saber Wendy—. ¿No hay nuevos niños perdidos? ¿O niñas?

—Los eché de aquí cuando incumplieron las normas —dijo Peter enseguida—. O los maté —no era muy probable, pero ese comentario le hizo parecer maravillosamente feroz. Y si de verdad algún niño perdido había logrado subir a la cima del Árbol de Nunca Jamás, no había ni rastro de él ahora mismo. Durante años, Peter Pan había sido el único niño en el Bosque de Nunca Jamás, sin nadie que le hiciera compañía más que su propia sombra, los pájaros y las estrellas.

—¿Dónde está Campanita? —preguntó Curly, mirando en todos los cajones. Peter se limitó a encogerse de hombros y dijo que se había escapado.

Pero hubo un visitante que sí atrajo su atención. Vio la cabeza del cachorrito que asomaba del bolsillo de Curly y dijo:

—¡Has lavado a Nana y ha encogido! —la última vez que había visto al hijo de los Darling con un perro, se trataba de Nana, un enorme sabueso que hacía las veces de niñera. El cachorro, que era muy sabio, se abstuvo de mencionar que era tataranieto de la maravillosa Nana. Se limitó a sentarse en la palma extendida del Niño Maravilloso, le lamió tanto polvillo de hada y se le ocurrieron tantos pensamientos agradables que se elevó flotando hasta el techo.

—¿Dónde está Campanita? —preguntaron los Gemelos, pero Peter Pan se limitó a encogerse de hombros y dijo que la había convertido en una avispa para castigarla por su mal genio. Nadie se creyó eso tampoco.

Peter blandió la empuñadura de su espada.

—Primero tienen que jurar que no van a crecer —todos le dieron solemnemente su palabra. Entonces, Peter los declaró miembros de la liga de Peter Pan, antes de añadir—: ¡Mañana iremos a hacer algo peligroso y terroríficamente valiente!

Tootles cruzó las manos y se las llevó a la barbilla, con un resplandor en los ojos.

—¡Oh, sí, Peter! ¡Hagámoslo! ¡Vamos todos en expedición a buscar algo! Podemos llamarlo La Expedición de Tootles, ¡y que todo el mundo vaya a encontrar lo que yo más desee y a luchar contra un terrible enemigo, y el vencedor obtendrá mi mano!

Peter se le quedó mirando. El plan tenía cierto mérito, pero no se le había ocurrido a él. La boquita se le puso rígida. Luego apretó los labios y soltó el silbido agudo de un tren a punto de salir:

—¡Viajeros al tren!

Inmediatamente después, la casita de Wendy se convirtió en un vagón del *Transigobiano Express* que cruzaba a toda velocidad desiertos y áridas mesetas con un cargamento de osos, cajas de música y una secadora patentada para la zarina. El tren avanzaba dando bandazos por puentes desvencijados tendidos sobre abismos sin fondo. Se zambullía en túneles negros como la boca de un lobo. Sufría el ataque de bandidos y granujas, y una vez incluso el de VacaRoja, la vaca pirata. Adelantaba a los mongoles y a los mogoles a lomos de sus mamuts. Se detuvo en una estación cuyos empleados eran todos fantasmas vestidos con uniformes violetas, que quisieron comerse el equipaje. Bebieron caldo de carne en un samovar, y cuando John sacó una caña de pescar por la ventanilla, pescó un salmón tan grande como un caballo. En situaciones de emergencia (que se daban muy a menudo) se asomaban por las ventanillas y tiraban de la cuerda de tender para parar el tren. Era todo de mentiritas, claro, ¡pero tan divertido!

La imaginación obraba milagros, y el País de Nunca Jamás los tenía a todos hechizados. Los adultos que habían salido de Londres llenos de buenas intenciones pronto olvidaron a qué habían venido: volvían a ser niños otra vez, y lo estaban pasando demasiado bien como para preocuparse por pesadillas, recelos, o que fuera otoño en el Bosque de Nunca Jamás. Aquella noche durmieron en las rejillas portaequipajes del *Transigobiano Express* y la red les dejó marcas en las mejillas en forma de cruz.

Pero John olvidó sin querer echar el freno mientras dormían y, cuando horas después el tren impactó contra la barrera en la estación de *Vladivostinoplaburgo*, el Árbol de Nunca Jamás se estremeció de arriba abajo, despidiendo la tierra que cubría sus raíces.

Un plato se cayó de un estante en Grimswater. Un bebé lloró en Fotheringdene.

El ruido despertó a Wendy, que durante un rato se quedó contemplando a Luciérnaga de Fuego mordisquear los cordones de sus zapatitos. Volvió a pensar en el hada amiga de Peter Pan, Campanita. ¿Cuánto tiempo viven las hadas? ¿Tanto como las tortugas, o tan poquito como las mariposas? ¿Pierden las alas en otoño y les vuelven a crecer en primavera? ¿O se desmoronan en invierno como los nidos de las avispas? No podía ser. No podía haber invierno en el País de Nunca Jamás. Se lo preguntó a Luciérnaga de Fuego en un susurro:

—¿Cuánto viven las hadas?

Y sin pensárselo un segundo ni vacilar lo más mínimo, el duende gritó:

—¡Pues vivimos eternamente, por supuesto! —todo el mundo se despertó.

—¡Pero qué tremendo mentiroso eres! —gruñó Slightly adormilado, y Luciérnaga de Fuego sonrió de oreja a oreja, haciendo una gran reverencia.

Por la noche, las nubes tendidas en la cuerda se habían agitado hasta hacerse jirones y se las había llevado el viento. Su lugar lo ocupaban ahora negros nubarrones de tormenta que chisporroteaban, cargados de electricidad. Debajo de la casita de Wendy el bosque se sacudía de arriba abajo y de lado a lado, y las hojas de los árboles salían despedidas por los aires y pasaban delante de las ventanas de la casa.

Peter saltaba sin miedo de una rama a otra, reuniendo hojas y ramillas para hacer lumbre. Encendió un maravilloso fuego en la chimenea, que prendió sin más chispa que la de la imaginación. Después Wendy les contó unas historias de piratas tan sensacionales que los Gemelos se marearon, y su imaginaria leche con galletas les supo a ron. Fuera, el viento arrancaba los nidos de las cimas de los árboles, pero en lo alto del Árbol de Nunca Jamás, sacudido por la tormenta, los Gemelos declararon que estaban preparados «¡para surcar olas tan altas como casas!». Curly dijo que él surcaría olas tan altas como colinas. John aseguró que surcaría olas tan altas como montañas. Y entonces todos miraron a Peter, que levantó el puño por encima de su cabeza.

—¡Pues yo surcaré olas tan altas como la LUUUUUUUNA! —exclamó—. ¡Y luego me sumergiré hasta el fondo del mar!

Justo entonces se oyó un ruido como el de un mástil partiéndose en dos, y la casita de Wendy se inclinó hacia un lado. Los miembros de la Liga de Peter Pan resbalaron por el suelo y aterrizaron unos encima de otros, junto con los leños de la hoguera y el cachorrito. Se agarraron de las manos y trataron de pensar en cosas agradables para desafiar la gravedad. Pero era difícil, pues uno a uno se fueron dando cuenta de que el Árbol de Nunca Jamás se estaba escorando, se inclinaba hacia un lado, se tambaleaba… Y SE VINO ABAJO.

Mientras caía, el árbol dejó de sostener la casita de Wendy, que salió despedida por los aires dando volteretas. Las ramas se clavaron en sus paredes; algunas la sujetaron, frenando momentáneamente su caída, pero enseguida se quebraron y la casita siguió cayendo, como una peonza llena de siluetas precipitándose hacia el suelo del bosque. John tuvo la feliz idea y la sangre fría de pulsar el botón de alarma…

Pero ello no impidió que se estrellaran contra el suelo.

# La expedición de Tootles

Gracias a la tormenta, el suelo estaba cubierto por un millón de hojas que recibieron a la casita de Wendy en su caída. El impacto sonó como una zambullida en el agua, pero sin duda ésta habría resultado más dura que sumergirse en un colchón de hojas. Se hundieron y se hundieron, y de pronto rebotaron hacia arriba impulsados por la esponjosa colchoneta de ramitas, hojas y nidos de pájaros. Era imposible ver qué desperfectos había causado la caída, pues abajo, en el sotobosque, apenas había luz. Tan sólo el resplandor de Luciérnaga de Fuego, que revoloteaba enfadado de un lado a otro, iluminaba la tonelada de oscuridad que pesaba sobre ellos. Los miembros de la Liga de Peter Pan se levantaron del suelo, preguntándose qué hacer a continuación. Wendy los reunió a todos y comprobó sus heridas. No tenían más que algunos arañazos y moretones, y unos cuantos desgarrones en la ropa.

Cuando tropezó con Peter, pensó que éste había salido peor parado de la caída: de su nariz se escapaba un hilillo de sangre. Rápidamente se sacó el pañuelo que guardaba en la manga de su vestido y trató de detener la hemorragia, pero su amigo apartó la cabeza con un movimiento brusco y rugió:

—¡No me toques! ¡Nadie debe tocarme! —fue entonces cuando Wendy cayó en la cuenta de que Peter Pan estaba muy, muy enfadado—. Miren lo que han hecho. ¡Les dije que habían crecido demasiado! Miren, ¡han destrozado mi casa! ¡Ojalá nunca hubieran venido!

—¡Pero si ha sido la tormenta, Peter! —protestó Wendy. Aunque había resultado ilesa de la caída, ahora, tras la reacción de su amigo, sentía sin embargo que le dolía el corazón.

—Estaba mejor cuando estaba solo —gruñó el hijo único.

El Árbol de Nunca Jamás yacía derribado en el suelo y sus raíces sangraban gotas de tierra. La tormenta seguía produciendo sonidos ahogados. En algunos de los troncos de los árboles colgaban carteles que anunciaban en grandes letras:

¡EL CIRCO RAVELLO!
¡La mejor función del País de Nunca Jamás!
¡Animales, alegría y alboroto!

Pero las esquinas de los carteles se estaban levantando, y el papel se despegaba mientras la lluvia diluía el pegamento. Cachorrito ladraba en algún lugar, pero ese lugar no parecía muy cercano. Por mucho que los niños silbaron y lo llamaron a gritos, no cosecharon más que gruñidos, siseos y graznidos provenientes del sotobosque: el País de Nunca Jamás estaba habitado por un sinfín de criaturas salvajes que podían ver mejor que ellos en la oscuridad.

—¡Oigo a Cachorrito! —dijo uno de los Gemelos—. ¡En algún lugar por debajo de nosotros!

—¡Yo diría que ha encontrado nuestra querida guarida subterránea! —añadió el otro.

—¡MI guarida subterránea! —rugió Peter—. Lo que pasa es que ya no la utilizo.

Guiándose por los quejidos del cachorro, encontraron el camino hasta el círculo de hongos que señalaba la entrada a la guarida subterránea de Peter Pan. Se encaramaron a ellos con dificultad, tratando de recordar cómo se accedía al interior. En el pasado, cada uno de ellos entraba deslizándose por el tronco hueco de su propio árbol. Tootles descubrió el suyo, pero también que ya no cabía por él; la forma de su cuerpo había cambiado ligeramente desde los remotos días de Antaño. Los demás la empujaron, aplastando y retorciéndole el cuerpo —«¡Ay, cuidado con mi vestido!»— de un lado a otro —«¡Ay, cuidado con mis trenzas!»— en un intento por conseguir que se deslizara hasta abajo —«¡Ay, cuidado con mi bigote!».

—¡Pero Tootles, si tú no tienes bigote!

Abajo de todo los ladridos de Cachorrito eran cada vez más desesperados. Algo había hecho de la guarida subterránea su hogar: ¿un tejón?, ¿una serpiente pitón?, ¿una trufa gigante? Fuera lo que fuera, a Cachorrito no parecía caerle demasiado bien. De hecho, mientras Tootles pugnaba por llegar hasta abajo, el perrito a su vez trataba de llegar hasta arriba, por lo que ninguno de los dos lograba su propósito. El Algo se desperezó y empezó a moverse en las profundidades.

—¡Ah, ahora entiendo por qué ya no vives ahí abajo! —dijo Slightly, retrocediendo unos pasos. Vestido como estaba únicamente con una camisa, un escalofrío recorrió su cuerpo de arriba abajo.

—¡No vivo aquí porque no me apetece! —replicó Peter—. Podría matarlo si quisiera, pero me gusta vivir en la cima de los árboles... ¡hasta que llegaron ustedes y me destrozaron la casa!

Las palabras enojadas de Peter les hicieron sentirse culpables a todos. Incómodos, se pusieron a arrastrar los pies, a arrancar trocitos de papel de los carteles del circo y a tratar de calentarse las manos al calor de Luciérnaga de Fuego, mientras lanzaban miradas a hurtadillas a Wendy para que los sacara del apuro.

—¿Podemos ir al circo? —preguntó John.

—Ooooh, sí, ¿podemos, Peter? ¿Podemos? —suplicaron los Gemelos—. ¡Así nos libraríamos de la lluvia!

—¡Y a lo mejor hasta hay payasos!

—Odio a los payasos —afirmó Peter—. No hay manera de saber en qué están pensando.

A su alrededor oían a los árboles agarrarse al suelo con fuerza por medio de sus raíces, haciendo sonar los nudos de sus ramas. Tampoco había manera de saber en qué estaban pensando los árboles.

—En cuanto se haga de día —dijo Wendy—, ¡construiremos un nuevo hogar! —al instante todos se sintieron más contentos... excepto el hijo único del País de Nunca Jamás. Quizá la aventura reclamara su presencia, o quizá se hubiera acostumbrado demasiado a tomar él solo todas las decisiones.

—¡No, no lo haremos! —exclamó, apartando de un manotazo el pañuelo de Wendy manchado de sangre—. ¿Para qué quedarnos en casa? ¡Vámonos de expedición! —lo dijo como si jamás nadie en toda la historia del mundo hubiera dicho una cosa así, o como si a nadie se le hubiera ocurrido nunca una idea tan maravillosa.

—¡Oh, sí, una expedición! —repitió Tootles, embelesada—. ¡Qué idea más sensacional!

—No puedo evitarlo. Es que soy maravillosamente inteligente —explicó Peter—. En fin, ¡el que le traiga a la Princesa Tootles el corazón de un dragón obtendrá su mano, y serán felices hasta Nunca Jamás!

—¿Un dragón? —preguntó Tootles, perpleja, rascándose el labio superior.

Wendy miró a Peter con severidad, pues pensaba que ya habían tenido suficiente peligro por una noche.

—¡Pero si está lloviendo! —protestó uno de los Gemelos.

—¡Pues entonces nos mojaremos! —declaró Peter.

—¡Y nos vamos a llenar de barro! —exclamó Curly.

—¡Y de suciedad!

Eso fue lo que los decidió. La aventura y la posibilidad de ensuciarse eran tentaciones demasiado fuertes como para poder resistirse.

Los Gemelos dijeron que se irían juntos a buscar al dragón y compartirían después el premio (puesto que Tootles tenía dos manos). Slightly preguntó si podía ganar la mitad del reino en lugar de la mano de Tootles. Curly empezó a decir que él no podía ganar la mano de Tootles porque ya estaba casado, pero se interrumpió a la mitad pues saltaba a la vista que era una bobada, y no acertaba a comprender quién había podido meterle una idea tan tonta en la cabeza.

Luciérnaga de Fuego dijo que tenía demasiada hambre como para ponerse a buscar dragones, de modo que se fue a explorar el territorio para ver si encontraba algunas castañas que zamparse. Cuando la chimenea en forma de sombrero de copa cayó de pronto de la cima del árbol, el hada se refugió en su interior, al amparo de la lluvia. Los demás recogieron ramas del suelo para utilizarlas como espadas.

—¡Ya pueden partir! —los apremió Tootles, encantada—. ¡Voy a contar hasta veinte! —y se volvió de espaldas, apoyó la cara contra el tronco de un árbol y se tapó los ojos. Los niños se alejaron abriéndose paso a través de los montones de hojas que les llegaban hasta la cintura y se alejaron cada uno en una dirección distinta.

—Cuando vuelva —le dijo Peter Pan a Wendy en voz baja—, construiré una empalizada y la llamaré el Fuerte Peter Pan. Los otros no podrán entrar porque han destrozado mi casa. Pero tú sí, si quieres —lo dijo como si lo mismo le diera una cosa que la otra—. Quédate aquí con Tootles mientras yo voy en busca del dragón.

—¡Ni hablar! —exclamó Wendy—. ¡Yo también quiero ir en busca del dragón! No es que la mano de Tootles me interese mucho, ¡pero nunca he visto un dragón en mi vida!

Cuando terminó de contar hasta doce (más o menos), la Princesa Tootles tomó el sombrero con el hada dentro y pugnó por abrirse paso fuera del bosque. Se resguardó de la lluvia en la entrada de una cueva, frente a la playa, y se hizo un trono con algas y una corona con unos trocitos muy bonitos de metal que encontró dentro.

—¡Te otorgo el apodo de Extraordinario Mentiroso Real!
—le dijo solemnemente a Luciérnaga de Fuego, y éste se sintió tan halagado que su cuerpecito incandescente prendió fuego a las algas.

Estaba despuntando el alba y Tootles atisbó por un segundo el reflejo brillante y cambiante de las densas aguas de la Laguna. Tal y como ella lo recordaba, ésta era antes una resplandeciente extensión de aguas de color turquesa en forma de media luna, que bañaban unos bancos de arena blanca. Las aguas de la Laguna que tenía ahora ante sí eran oscuras y palpitantes: parecían el flanco de un caballo negro brillante entreverado de espuma.

Sobre los guijarros de la orilla había una crin de algas mojadas rodeada de moscas que revoloteaban por encima. A lo largo de toda la línea de pleamar se veían unos extraños contenedores blancos que parecían jaulas de pájaros o trampas para cazar cangrejos. Tras inspeccionarlos mejor, Tootles descubrió que en realidad se trataba de esqueletos de sirena, y aquí y allá había también espinas dorsales y algún ovillo de cabellos rubios. Tootles miró nerviosa a su alrededor y corrió a refugiarse en la cueva.

Mientras tanto, los Gemelos encontraron un Dragón de Bosque que tenía el cuerpo y las extremidades de madera y una crin hecha de ramitas puntiagudas y afiladas. De hecho era muy parecido a un montón de árboles caídos. Lo mataron con fuego.

Hacia media mañana Slightly avistó un Dragón Nube. Abarcaba todo el cielo, desde una punta del horizonte hasta la otra… pero entonces se levantó viento y una ráfaga lo hizo pedazos.

Hacia mediodía Curly llegó a una playa y encontró un Dragón de Agua. Cada pocos segundos, el dragón se lanzaba hacia la arena, sin forma y con aroma a sal, y luego volvía a retroceder. Curly trató de matarlo, pero la hoja de su espada se hundió en la piel de agua del animal y se le mojaron las botas. Así que, en lugar de eso, se sentó en la orilla y se puso a tirarle piedras.

Hacia media tarde John descubrió un Dragón de Roca: tenía una espina dorsal huesuda de piedra caliza, una gran peña a la altura de la cabeza, y una cola que no era sino una cascada de guijarros. John le clavó su espada de madera en el cuello, lo que le pareció toda una hazaña.

Mientras tanto a Wendy no se le ocurría por dónde empezar a buscar al dragón. No deben de vivir al aire libre, pensó, pues si no la gente los vería continuamente y les tomaría fotos. Entonces vio uno de refilón —o por lo menos, el hombro del animal—, una gran masa del color de la sangre, que asomó por detrás de una colina. El corazón intentó salírsele del pecho, pero se quedó atascado. Quería silbar para llamar a Peter, pero tenía los labios demasiado secos. Wendy cerró los ojos con fuerza. Hasta que no se acercó a gatas al animal, no recordó que no se había fabricado una espada. El dragón hizo entonces un ruido espantoso. Estaba claro que era un monstruo ancho y blando, con la piel llena de pliegues… ¡y tan grande!

Cuando por fin se atrevió a abrir los ojos, Wendy soltó una sonora carcajada. No era un dragón en absoluto, ¡sólo una enorme carpa de circo, sacudida por el viento! Acertó a leer la palabra

# RAVELLo

pintada en letras descoloridas sobre el tejado de lona. La carpa estaba fijada al suelo por gruesos cables de acero. Alrededor había varias jaulas de ruedas, algunas vacías, y otras con cebras y avestruces dentro; un gorila, tres tigres y un *cotillo*; un puma, un okapi y un *palmerio*. Ninguna de las jaulas tenía la puerta cerrada. Unos ponis con penachos de plumas en la cabeza pastaban alrededor. Desde el interior de la carpa se oían unas notas de piano. Intrigada, Wendy se acercó para verlo todo mejor.

No era un piano de verdad, sino una pianola que leía la música de un rollo de papel. Las teclas se movían, aunque no se veía mano que las tocara, y encima del instrumento había una figurita esculpida en madera que dirigía la música con movimientos bruscos y crujidos que delataban que le faltaba aceite. Wendy tenía tantas ganas de verla de cerca que se coló dentro de la carpa. El aire era de un amarillo brillante y el sonido del viento era atronador en el interior de aquel gran espacio hueco. Olía a jarabe para la tos y a ovejas mojadas.

Oh, y también un poquito a león.

Cuando los vio, Wendy ya había avanzado hasta el centro del suelo cubierto de serrín. Estaban colocados alrededor de las paredes de la carpa, como los números en la esfera de un reloj: doce leones sentados sobre tinas puestas boca abajo.

—Vaya —dijo una voz detrás de Wendy—. Tenemos clientes —era una voz grave y acariciante, suave como el terciopelo, y algunas consonantes sonaban como el rumor del oleaje—. Bienvenida al Circo Ravello. Cuánto deseaba verla por aquí —los leones rugieron como el trueno—. Considéreme su más humilde servidor, señora. Le ruego que permanezca inmóvil, o mis pequeños felinos podrían confundirla con su almuerzo.

A contraluz, en el umbral de la carpa, la persona que le hablaba no era más que una mancha oscura rodeada por un halo de luz. Su silueta tenía contornos rizados. Wendy apenas acertó a ver que vestía una extrañísima prenda cuyas mangas le cubrían los dedos por completo y el bajo le llegaba hasta el ribete de unas botas sin brillo: un millar de hebras de lana que se enroscaban en ovillo desdibujaban los límites que separaban al hombre de su sombra. No había manera de saber dónde terminaba su cabellera revuelta y dónde empezaba la capucha de su chaqueta. El color de ambas también se había desleído. Una oveja enganchada en una alambrada de espino se parecería en mucho a esa maraña de hombre. Y, sin embargo, se movía con gracia felina, plantando los pies uno delante del otro como un equilibrista cruzando un precipicio.

—Deseaba tanto verla por aquí —repitió—. Su presencia me colma de alegría. Su amabilidad es un honor para mis criaturas y para mí —la voz penetró en el interior de Wendy como el caramelo en un flan recién salido del horno. Bucles de cabello encrespado y sin brillo se enredaban en las hebras de lana de la capucha, pero Wendy acertó a ver un par de grandes ojos color avellana que la miraban con la misma atención con que lo hacían los leones—. Venga —le dijo, tendiéndole un brazo cubierto de lana—. Acérquese a mí despacio y no haga movimientos bruscos. Mis pequeños felinos no han comido todavía. Sobre todo, no se le ocurra… Disculpará la falta de delicadeza de un vulgar domador de animales… Pase lo que pase, digo, no se le ocurra *sudar*. El olfato de un león hambriento detecta inmediatamente el sudor —su voz caía como un chorrito de chocolate caliente sobre un helado de vainilla. Incluso los leones volvieron hacia él sus orejas para no perderse ni una gota. Sus garras arañaron la superficie de las doce tinas, produciendo un sonido similar al de un estropajo restregando una sartén.

Mientras se acercaba pasito a pasito al domador de leones, Wendy vio cómo se descosía cada dobladillo, cada costura y cada ojal de su chaqueta sin forma. El tejido estaba cubierto de agujeritos allí donde se lo habían comido las polillas, y también cada uno de estos agujeros había empezado a deshacerse. El domador era una miasma lanuda de hebras sueltas.

—Soy Wendy Darling —dijo, extendiendo la mano para estrechársela (aunque las manos del hombre eran invisibles). Si podía hacerse amiga de su amo, los leones tal vez dejaran de considerarla su próximo almuerzo.

Los ojos de color castaño claro del domador se llenaron de arruguitas, como si la sola mención de su nombre le hubiera causado una inmensa alegría.

—Y yo soy Ravello, el dueño de este establecimiento lamentablemente humilde. Estoy seguro de que sacará mejor provecho de su vida que el que saqué yo de la mía —el hombre

se acercó también a ella, y Wendy sintió que la mano se le llenaba de las hebras deshilachadas de su larguísima manga—.
Y dígame, criatura, ¿qué quiere ser de mayor?

—Pues… —pero antes de que Wendy pudiera contestar,
un grito le heló la sangre, confundiendo sus pensamientos y
llenándole de sudor la palma tendida—. ¡Tootles! ¡Es Tootles!
—dijo con un hilo de voz, antes de pasar corriendo a toda
velocidad por delante del dueño del circo y, de ahí, al exterior de la carpa. No pensaba más que en rescatar a Tootles del
peligro. A sus espaldas oyó volcarse las doce tinas, así como
la voz severa y fuerte de Ravello que trataba de aplacar a los
leones. Pero Wendy siguió corriendo y corriendo.

Delante de una playa había una cueva, y desde la entrada
de ésta se oía la voz de Tootles que chillaba:

—¡DRAAAAAAAAGÓÓÓÓÓÓÓN!

Aburrida ya de esperar a que los caballeros volvieran de buscar al dragón, Tootles había decidido explorar la cueva. Estaba
totalmente sumida en una oscuridad casi líquida. En charcos di-
seminados por el suelo refulgían unos preciosos caracoles, y las
paredes estaban cubiertas de suave limo verde y frío. Pero más
adentro no había color ni brillo, tan sólo el ruido que hacían las
gotas de agua al caer, como la nota más alta de un piano que
alguien tocara una y otra vez. Tootles se golpeó la cabeza contra el techo bajo y la corona se le ladeó sobre una oreja. Pronto
tuvo que avanzar a tientas, pues no había ni un rayito de luz. Y
fue entonces cuando su mano extendida palpó el lomo huesudo,
el hocico, la hilera de dientes espeluznantes que no terminaba
nunca y… Tootles soltó un grito que le salió de lo más profundo

de la garganta —«¡DRAAAAAAAAGÓÓÓÓÓÓÓN!»— y echó a correr. Volvió a golpearse la cabeza con el techo bajo y esta vez la corona se le hizo pedazos.

Los ecos de su grito se fueron apagando. *Plinc, plinc,* decía la sorda oscuridad. Entonces sintió que la agarraban del hombro. Se le doblaron las rodillas de susto cuando una mano la obligó a darse la vuelta.

—¡Dime dónde está y lo aniquilo! —exclamó una voz junto a su oído.

Era Peter, con una antorcha humeante en la mano. Uno a uno, el resto de los miembros de la Liga de Peter Pan aparecieron detrás de él.

—¿Dónde? —repitió Peter. Tootles señaló la cueva, incapaz de articular una sola palabra. La Liga pasó por delante de su cabecilla mientras la princesa seguía sin moverse del sitio, acariciándose el labio superior con expresión ausente. La última en llegar, Wendy, le dio una palmadita cariñosa y corrió para alcanzar a los chicos.

Y ahí estaba: la órbita de un ojo, una mandíbula abierta de par en par, una hilera de dientes torcidos tan grandes como el brazo de un hombre adulto.

—¡Atrás, compañeros! —gritó Peter Pan. Se lanzó sobre el animal blandiendo su espada y le asestó un golpe en el cráneo. Luego retrocedió rápidamente, pensando que el dragón saldría de su guarida, soltando dentelladas. A la luz temblorosa de sus antorchas el monstruo pareció estremecerse y encoger… pero cuando John le lanzó una piedra, ésta sólo consiguió hacer saltar una lluvia de dientes. Entonces Luciérnaga de Fuego entró volando por una de las órbitas de sus ojos y salió por la otra, iluminando el espeluznante cráneo.

—¡Aquí dentro no hay nada! —se quejó el hada, observando el cráneo como un turista decepcionado con la cúpula
de una catedral. El dragón estaba muerto.

Peter lo agarró por el hocico y, ayudado por los demás,
tiró de él para arrastrarlo al exterior. Era monstruosamente
grande. Todos los niños perdidos se tumbaron en fila en el
suelo y, aun así, no formaban una hilera tan larga como el
dragón desde la cola hasta la cabeza. Lo hicieron girar hasta
colocarlo de costado y entonces vieron que la piel había desaparecido por completo, dejando al descubierto las costillas y detrás de éstas la espina dorsal. Olía a pescado podrido,
a sirena y, curiosamente, también a pólvora.

—¡He ganado! —afirmó Peter—. ¡He capturado al dragón!

—¡Fantástico! —exclamó Tootles.

—Anda ya, pero si esto no es un dragón —dijo Luciérnaga de Fuego, sentándose sobre su hocico. Peter le lanzó una
patada, pero el hada la esquivó—. ¡No lo es! Los dragones tienen amígdalas a prueba de fuego. ¡Eso lo sabe todo el mundo!
Este animal es un *naligarto*.

—¡No es un *naligarto*! —insistió Tootles, que estaba encantada de que Peter Pan hubiera conseguido su mano—. No
le hagas caso. Este duende siempre está mintiendo.

—*Naligarto* o lo que sea —dijo Curly, tapándose la nariz—, está muerto y bien muerto.

—No es un *naligarto* —refunfuñó Tootles entre dientes.

—Vamos, vamos, chicos —dijo Wendy con ademán conciliador—. No se peleen. Lo único que importa es que…

—No es un *naligarto* —repitió Tootles varias veces con aire enfadado.

Wendy descubrió de pronto que algo brillante colgaba enredado en el cabello de Tootles y se lo quitó. Era un muelle metálico. Tootles explicó entonces que dentro de la cueva había encontrado material para fabricarse una corona.

Wendy asintió con una expresión sabia.

—Por esta vez —dijo—, Luciérnaga de Fuego está diciendo la verdad. No es un *naligarto*...

—¡Les dije! —rugió Peter—. ¡Es un dragón!

—¡Yo nunca digo la verdad! —protestó Luciérnaga de Fuego (lo cual, por supuesto, no era cierto).

—¡Tampoco es un dragón! —dijo Wendy, blandiendo el muelle—. Es un cocodrilo. En realidad, es EL COCODRILO con mayúsculas. El que se comió a nuestro peor enemigo. Miren, queridos, aquí en la corona de Tootles pueden ver todo lo que queda del reloj despertador que llevaba en el estómago mientras merodeaba por el País de Nunca Jamás, ¡buscando al capitán Garfio para darle otro bocado!

La sola mención del nombre de Garfio bastó para que un escalofrío los recorriera a todos de arriba abajo. Curly sintió que se le ponían los rizos de punta. Pues aunque habían sido testigos del final con sus propios ojos, aunque habían visto al capitán pirata saltar al agua para encontrar la muerte entre las mandíbulas del gigantesco cocodrilo, Garfio todavía tenía el poder de poblar sus pesadillas.

Contemplaron sobrecogidos el esqueleto del monstruo, y las mandíbulas del animal les devolvieron una sonrisa arrogante.

—Bueno, y entonces ¿ha ganado alguien mi mano? —gimió la Princesa Tootles, que no se resignaba a aceptar lo contrario.

—¡Yo he encontrado un dragón de piedra! —intervino John—. ¡Son los peores!

—Yo he encontrado un dragón de nube —dijo Slightly.

—Y yo un dragón de agua —añadió Curly, desatándose los cordones de sus botas mojadas.

—El nuestro era de madera —dijeron los Gemelos—, ¡y lo matamos con fuego!

—Yo he encontrado doce leones —dijo Wendy a su vez—, aunque me imagino que eso no cuenta.

Peter se limitó a darle una patada al cocodrilo. Se rompió una bisagra de la mejilla y la mandíbula superior del animal se levantó despacio. Pareció incluso que salía humo, pero no era más que la neblina que se elevaba de la Laguna. El tiempo era decididamente extraño: pocas veces ocurre que en la misma noche te deslumbren los rayos y la neblina te haga cosquillas en la piel.

—Todos lo han hecho muy bien —declaró Wendy, que se dio cuenta de que la cosa se estaba poniendo fea—. ¿Quieren que les cuente lo de los doce leones? ¿Y lo del circo?

—No podemos compartir el premio —dijo Curly—. ¿Cómo divides a una princesa en dos, a ver?

Peter acarició su daga, lo cual inquietó visiblemente a Tootles.

—La semana tiene muchos días —dijo Wendy, que acababa de tener una idea brillante—. Quizá Tootles podría darte su mano los miércoles, Slightly, y a ti los jueves…

—Yo sigo prefiriendo tener la mitad del reino —declaró Slightly.

—Pues no puedes —replicó John—, ¡porque yo lo he hecho mejor, he matado a un dragón de piedra y ésos son los peores! —los niños empezaron a pelearse, dándose empujones los unos a los otros. Incluso los Gemelos se pusieron a discutir para determinar cuál de los dos había prendido fuego al dragón de madera.

—Vamos a contar un cuento —se apresuró a proponer Wendy.

Peter se subió de un salto a una gran roca.

—¡No! ¡Hagamos la GUERRA!

Esta maravillosa idea de Peter Pan encantó a Luciérnaga de Fuego, que se puso a dar saltos y piruetas de puro contento.

—¡Una guerra, sí! ¡Nunca he visto una guerra! —el duende se agarró del pelo de Peter y no parecía dispuesto a soltarlo.

Los Gemelos dejaron de discutir. John se sacudió la tierra de su trajecito de marinero.

—No —dijo Wendy—. No hagámosla.

—No —dijo Curly—. Se dice «no la hagamos».

—No —dijo John—. Una guerra, no.

Quizá fuera el húmedo contacto de la neblina. Quizá fuera el espectro de un recuerdo. Quizá, en la lejana Fotheringdene alguien se apoyó en el monumento a los caídos del parque municipal…

—Estoy harto de guerras —dijo uno de los Gemelos.

—Yo también —añadió el otro.

—A Michael no le gustaría —comentó Slightly.

Peter golpeó el suelo lleno de rabia.

—¿Y quién demonios es Michael?

John dejó escapar un suspiro. Wendy miró para otro lado. ¿Podía Peter de verdad haber olvidado a su hermano? ¿A su maravilloso hermano Michael? Durante largo rato nadie dijo nada. Sólo se oía el ruido de Luciérnaga de Fuego chisporroteando por encima de sus cabezas.

—Michael Darling se fue a la Gran Guerra —dijo Slighty—. Y… se perdió.

Peter se los quedó mirando a todos, a esa pandilla de amotinados, con sus rostros lívidos, su cabello mojado y sus miradas tristes. Luego bajó de la roca dando una voltereta en el aire.

—¡Ah! ¡Uno de los niños perdidos! ¿Acaso esperan que me acuerde de todos? ¡Eran muchos!

Nadie intentó explicárselo. Sabían que era mejor para Peter Pan (y para las hadas jóvenes e inmaduras como Luciérnaga de Fuego) no conocer nada de la guerra. Además, había algo que les había hecho olvidar la guerra a ellos también.

Cinco grandes osos negros, con las fauces abiertas y babeantes, corrían hacia ellos por entre las rocas.

# El Hombre Deshilachado

—¡**A**rriba, pequeñines! —exclamó una voz grave e imperiosa.

Los osos se irguieron sobre las patas traseras, rugiendo y haciendo girar sus negras cabezas sobre sus cuellos anchos y casi inexistentes, con la baba rodando por sus mandíbulas y bailando a ritmo de vals: un-dos-tres; un-dos-tres.

Peter Pan extendió los brazos hacia los lados: ¡protegería a su Liga de todo daño o moriría en el intento! Detrás de los osos, entre los jirones de neblina se acercaba una sexta silueta, casi tan alta y tan peluda como ellos. Se oyó un estallido como el de un disparo.

—¡Mójense el gaznate, pequeñines! —dijo el Gran Ravello haciendo chasquear su largo látigo de cuero. Los osos abandonaron sus posturas erguidas, sus grandes garras se hundieron como garfios en la arena blanda y se dirigieron pesadamente hacia la orilla para beber—. Damas y caballeros, espero que mis pequeñas mascotas no los hayan asustado.

—¡Yo no conozco el miedo! —declaró Peter con las manos a ambos lados de la cintura.

—Entonces, Peter Pan, hoy podrá conocer a dos extraños en un solo día —dijo el dueño del circo—. El miedo y yo mismo.

Peter estaba perplejo.

—¿Conoces mi nombre?

Ravello se acercó a él, arrastrando tras de sí su manto deshilachado cuyas hebras sueltas iban borrando sus tenues huellas. Su voz era más suave aún que la arena.

—Naturalmente que lo conozco, Peter Pan. ¿Quién no ha oído hablar del Niño Maravilloso? ¿El niño de las copas de los árboles? ¡El vengador sin miedo! ¡La maravilla del País de Nunca Jamás! El resplandor de su fama ilumina el tedio de mis días. ¡Es una leyenda viva!

La Liga de Peter Pan respondió con gritos de júbilo, excepto Wendy, que pensaba que a Peter podían subírsele a la cabeza tantos halagos. Y en efecto, éste soltó un penetrante chillido de placer:

—**¡Quiquiriquí!**

Los osos levantaron bruscamente la cabeza del lecho de espuma y empezaron a balancearse de unas patas a otras, entrechocando sus garras como si fueran cubiertos.

—Ah, debo prevenirlos del peligro de los ruidos demasiado fuertes —les dijo el dueño del circo en un tono tan dulce que los osos al olisquear el aire percibieron un aroma a miel—. A mis pequeñines los ponen nerviosos los ruidos fuertes. Podrían echar a correr y hacer estragos a su paso.

Contemplando a los osos con una mezcla de terror y fascinación, Curly preguntó si no era perjudicial para su salud beber agua de la Laguna.

—Lo he leído en algún sitio: ¿beber agua de mar no te hace perder la razón?

—Por favor, no se preocupe por ellos, joven. Ya están todos locos de atar —al ver a Wendy, el dueño del circo se inclinó en una gran reverencia—. Volvemos a encontrarnos, señorita Wendy. A sus pies, señorita. ¡Considéreme su más humilde servidor! —después se dirigió de nuevo a Peter—: A mí también me gustaría preguntar si resulta conveniente que personas de tan tierna edad estén fuera de casa tan tarde. Dígame por favor que los espera un lecho calentito y una nutritiva cena —cuando los niños le respondieron que no, inmediatamente los invitó a acompañarlo al Circo Ravello—. En estos tiempos de hambre y escasez muchas de mis jaulas están vacías. Están limpias, y el suelo está cubierto de paja fresca y blanda. Lo consideraría un honor si…

—Nosotros no nos mezclamos con adultos —lo interrumpió Peter, sacudiendo nervioso el pie en el suelo.

—Oh. Muy bien. Pero al menos vendrán al circo, ¿verdad? —insistió Ravello—. ¡Les he traído entradas, miren! ¿Quién quiere entradas para el circo? ¡A todo el mundo le gusta ir al circo! ¡Payasos y acróbatas! ¡Osos, tigres, leones! ¡Malabaristas! ¡Escapistas! ¡Ilusionistas! ¡Amazonas! ¡Trapecistas…! —entonces se sacó de algún bolsillo un taco de entradas color rojo escarlata y lo abrió en abanico, sosteniéndolo con ambas manos, antes de lanzar las entradas hacia el cielo para que cayeran como hojas de otoño sobre las cabezas de los niños.

—¡Oh, sí, Peter! ¡Un circo! —Tootles no era la única cuyo rostro se iluminó ante la idea.

—¡Y tampoco queremos dormir en jaulas! —recalcó Peter.

—Pero muchas gracias de todas maneras —se apresuró a añadir Wendy.

Ravello no pareció ofenderse.

—¿Nunca han soñado…? ¿Ninguno ha soñado nunca con unirse a un circo, con escaparse de casa para llevar una vida maravillosa de asombro, alegría y aplausos? ¡Imagínenlo! ¡Bailar con gitanas de vestidos abigarrados al son de los trombones! ¡El corazón latiendo al compás del tamborileo de los cascos de los caballos sobre el suelo de la carpa! ¡El reflejo de los focos sobre las lentejuelas de los trajes! —siguió un silencio incómodo durante el cual Ravello escrutó uno tras otro los rostros de los niños con su extraña mirada ansiosa.

El perrito fue el único que se acercó a él, y sólo lo hizo para olisquear la extraña prenda deshilachada que cubría al hombre de los pies a la cabeza. Saltó sobre un ovillo de lana medio desmadejado, enredándose en él al instante, tanto que Curly tuvo que acudir corriendo para tratar de liberarlo. Sus propios dedos se engancharon en algún lugar de las botas jaspeadas del dueño del circo. Éste bajó la vista hacia él y lo miró pacientemente con unos ojos del mismo color que el mar que baña las costas de Inglaterra.

—Muestra gran cariño por los animales, joven. ¿Tal vez se ve como veterinario? ¿Algún día, cuando sea mayor?

—Yo…

De repente, Cachorrito tuvo la malicia de morder al dueño del circo, que dejó escapar un grito de dolor. El ruido asustó a los osos y los lanzó en estampida playa arriba, con sus negros hocicos goteando agua y sus ojos oscuros y brillantes. De las fauces de uno colgaba un pez muerto, y de las de otro, un cangrejo. Se irguieron sobre sus patas traseras para abrirse paso entre los niños con sus moles imponentes que les doblaban la estatura. Los grandes mantos de piel brillante rozaban los bracitos desnudos de los niños.

—Despacito, mis furias peludas —susurró Ravello—. Nada de baile esta noche. No somos bienvenidos —y, embozándose en su abrigo, dio media vuelta para marcharse, con la punta de su látigo de cuero arrastrando tras de sí sobre la arena como una serpiente. Los osos volvieron a ponerse a cuatro patas y lo siguieron al trote.

—¿Quién es usted? —lo llamó Slightly. Era sensible a los sentimientos heridos y podía olerlos a la legua, como huelen los leones a sus presas, o los osos un panal de rica miel.

Ravello se dio la vuelta.

—¿Yo? Oh, yo no soy más que un hombre errante y desdichado —dijo—. Un simple hombre errante y desdichado. Pero no les impondré mi presencia por más tiempo, pues no parecen necesitarme ni a mí ni a los míos. Ahora he de irme a dar de comer a mis fieras y a dominar mi decepción. Albergaba la esperanza de serle útil al Niño Maravilloso. Pero ¡desdichado de mí!, la esperanza no es sino un juego cruel que los dioses practican con nosotros. Buenas noches, caballeros… señoras —la neblina se cerró sobre él como las puertas de una catedral y ya no se oyó más que el susurro de la espuma cuando sube la marea.

Los Gemelos se agacharon a recoger las entradas, pero Peter se las arrebató y las rompió en mil pedazos.

—¡No necesitamos adultos! —declaró—. ¡Estamos muy bien sin ellos! —su rostro no admitía réplica.

—Ese hombre deshilachado nos podría haber dado huevos con tostadas —dijo Luciérnaga de Fuego sin pensar, y de castigo Peter lo metió en un charco.

—Desdichado —corrigió Wendy al duende, sacándolo del charco y secándolo con su vestido—, no deshilachado.

—A lo mejor no es un adulto —sugirió Tootles—. Al fin y al cabo, apenas se le veía, ¿no? A lo mejor no es más que un niño como nosotros, sólo que más alto.

—Sí, a lo mejor lo que pasa es que lleva una chaqueta muy grande —añadió John asintiendo con la cabeza.

Pero Peter se negó a escucharlos. La idea de dormir en una jaula (por muy fresca que fuera la paja) lo horrorizaba, pues era un espíritu libre. La idea de que los animales vivieran en jaulas le parecía casi tan espantosa. Le consternaba pensar en criaturas salvajes encerradas tras unos barrotes. Era casi como si esos osos, esos tigres y esos leones estuvieran atrapados dentro de él, moviéndose de un lado a otro en su interior, empujando con sus hocicos de peluche entre los barrotes de sus costillas, tanto que le entraban ganas de abrirse el pecho para liberarlos... Una terrible premonición pesaba sobre su corazón, y no la entendía. Y a Peter Pan no entender algo siempre le producía dolor.

—Bueno, ¿y dónde vamos a dormir esta noche? —gimió la Princesa Tootles.

—Peter, ¿no te parece que huele a humo? —preguntó Wendy.

Peter levantó la cabeza, moviendo las aletas de su nariz.

—Serán señales de humo —dijo—. U hogueras… Quizá las tribus estén celebrando algo —pero sobre el sonido del mar se imponía ahora un sonido distinto, como un gigante gimiendo en sueños y revolviéndose sobre un colchón de paja seca. Se oían crujidos. También gritos de animales: animales asustados y nerviosos. No se podía distinguir si la neblina se estaba espesando, o si simplemente se estaba mezclando con el humo. Éste desde luego era ya tan denso que los niños se pusieron a toser.

—Hablando de ese dragón de madera, Gemelos… —dijo Peter—. ¿Cómo dijeron que lo habían matado?

—Con fuego, ¿por qué? Ah… ¡Oh!

En ese momento el País de Nunca Jamás empezó a brillar, mostrando su esqueleto, dejando ver sus árboles muertos, inclinados a un lado y a otro. Algo monstruoso se acercaba a través del bosque, y esta vez no era una manada de osos, ni un dragón, ni el *Transigobiano Express*.

Era fuego.

Una gran masa fantasmagórica apareció por encima de las copas de los árboles y se elevó en el cielo nocturno arrastrando consigo una docena de regueros incandescentes. Era de un naranja resplandeciente, pues estaba llena de fuego. Y encima podía leerse en letras muy nítidas la palabra:

## RAVELLO

La carpa del circo, con las cuerdas tensoras en llamas, siguió elevándose por el aire hasta que, arrugándose en una bola de fuego, perdió su forma y se desintegró en el infierno que lo había invadido todo.

—¡Oh, Gemelos! ¿Qué han hecho? —susurró Tootles.

—¡Pues aniquilar a un dragón, nada más! —protestaron éstos.

En algún lugar en el corazón del bosque en llamas estaban los restos de la casita de Wendy, de la guarida subterránea, algunas jaulas llenas de paja limpia y blanda, y el dueño de un circo vestido con un abrigo de lana deshilachada. El Bosque de Nunca Jamás se llenó con los gritos de linces y leones, cebras y gorilas, tigres y *palmerios*. Llovieron chispas del cielo, como si las estrellas se estuvieran haciendo añicos.

—Es hora de irnos —dijo Peter cuando el calor alcanzó hasta la playa y empezó a salir vapor del agua de la Laguna.

Pero ¿adónde podían ir? Estaban atrapados, acorralados entre el bosque en llamas y el mar. Los límites del Bosque de Nunca Jamás se habían difuminado. La cueva había desaparecido. Sin que ninguno se diera cuenta, la neblina humeante y el humo neblinoso se habían vuelto tan espesos que apenas podían distinguir sus propias siluetas.

Se volvieron, pues, todos a contemplar la Laguna. Y allí, como respondiendo a una llamada de los ángeles, apareció algo increíble. Los niños abrieron los ojos de par en par. Los labios de John formaron las benditas palabras:

—¡Barco a la vista!

# La levita

—¡**B**arco a la vista! —gritó, saltando alegre en la orilla. El bauprés de un buque surcó el humo amarillo y húmedo, como la espada —¡*En guardia!*— de un duelista. Detrás apareció la rechoncha proa negra de un bergantín atiborrado de aventuras, abriéndose paso a través de las olas oscuras y brillantes. Un sonido húmedo como de algo que se agita anunciaba la llegada de flácidas velas negras y de cabos sueltos de cuerda que ondeaban al viento. Con un suave crujido de grava y arena la quilla quedó encallada, y el barco se estremeció de proa a popa, furioso de que la simple tierra firme se hubiera interpuesto en su camino. A la deriva en medio de la niebla, el *Jolly Roger* se había quedado sin mar que surcar. Allí estaba ahora, con la proa levantada en un ademán altanero y desdeñoso, desafiando a las olas que saltaban con estruendo a su alrededor, pugnando por alterar su serenidad.

—¡Conozco ese barco! —exclamó Peter. No era el único, pues incluso aquellos que no sabían leer lo suficientemente bien como para descifrar el nombre escrito en la proa veían con claridad la calavera y las tibias cruzadas que colgaban del mástil.

—¡Es SU barco! —dijo Slightly en un susurro.

Aguardaron a oír las salvas de los cañones. Aguzaron el oído para escuchar el grito de «¡Alto ahí, rufianes!», proferido desde el puente. Pero del buque varado no llegaba más sonido que el crujido de las maderas que parecían quejarse de su suerte.

Por supuesto, Peter fue el primero en subir a bordo trepando por los percebes agarrados a la quilla y colándose por una cañonera, y después llamó a los demás para que lo siguieran.

—¿De qué tienen miedo? Garfio está muerto y bien muerto, ¿no? ¡Atrás hemos dejado al cocodrilo que se lo comió!

Tootles y Slightly lo siguieron, pero los niños más pequeños se quedaron rezagados, recordando que en el pasado habían sido prisioneros en ese mismo barco, atados al mástil, y sentenciados a morir ahogados. Incluso con la amenaza del fuego haciendo estragos en el bosque a sus espaldas y viciando el aire que respiraban, Wendy tuvo que avergonzarlos para que se decidieran a avanzar. Ella trepó al barco después de Peter, cantando una canción de piratas.

Trató de no decir, ni siquiera para sus adentros, lo terrorífico que era recorrer los puentes del barco, subir por las escaleras de cámara y asomarse al interior de los camarotes. De vez en cuando surgía, de repente, una sombra de las asfixiantes tinieblas, gritando, espada en mano. Entonces se disipaba la neblina y frente a ella sólo encontraba a Curly, a John o a Slightly, inclinados hacia delante, con los ojos entrecerrados para ver mejor y temblando de miedo porque acababan de atisbar la sombra de Wendy. Curly tropezó con un cañón; Slightly chocó contra la campana del barco, que tocaba a difuntos. Cuando el humo se disipó momentáneamente y la luz de la luna los bañó con su resplandor, el mástil se les antojó tan alto que pensaron que, si trepaban hasta la cima, podrían apagar todas las estrellas.

Todo estaba exactamente igual que aquella noche, hace ya tanto tiempo, en que Peter Pan y el malvado pirata Garfio habían luchado a muerte para determinar quién habría de quedarse a Wendy como madre. Desde entonces, las arañas habían tejido sus telas alrededor del timón. La herrumbre mantenía las balas de cañón atrapadas en sus estantes. Las ratas habían parido y educado a sus crías, y luego se habían retirado a vivir a sus casas de campo. Las gaviotas habían manchado de blanco las velas que las lluvias habían lavado y relavado, hasta devolverles su habitual color negro. Pero hacía veinte años que ninguna alpargata ni ninguna bota de caña alta había recorrido el alcázar. Ninguna canción había resonado en el castillo de proa; ni ninguna bocina había llamado a nadie a bordo del *Jolly Roger*. Era un terrorífico buque fantasma a la deriva en un espeluznante océano, tétrico, lúgubre y funesto.

Pero para aventureros sin hogar obligados a huir de la playa, cansados de vagar por ahí y buscando un lugar donde pasar la noche, era un sueño hecho realidad. Todavía colgaban hamacas entre los mamparos. Había bizcochos en los tarros de bizcochos, dulces de Navidad en los toneles de brandy y agua de lluvia en los barriles. Había botas en los zapateros y también algunos petates con los nombres bordados de Smee, Starkey, Cecco, Jukes...

—¿Cuánto creen que viven los piratas? —preguntó Curly. Y también había un arcón.

Wendy ventiló el castillo de proa como solía ventilar sus opiniones, es decir, con moderación, y luego metió a los niños en las hamacas y los acunó.

Había mapas en la sala de mapas, banderas de señales, chubasqueros, un catalejo para mirar al cielo y una brújula para mantener el rumbo. Había una tetera y cacao, y algo blanco en el barril de pólvora, que podía hacer las veces de harina o de polvos de talco en caso de emergencia.

Y, luego, estaba también el arcón.

La tapa estaba adornada con las iniciales J G. Se abría como un armario y en el interior había cajones para calcetines, cuellos de encaje y medallas. Había un catalejo de bronce tan pesado como un trabuco. Había otro instrumento de latón con controles, calibrados y botones estriados, cuya utilidad nadie conocía. Había una levita de brocado rojo y, enrollada en un rincón como una pálida serpiente, una corbata blanca similar a un fular. Peter Pan se puso la levita y admiró su reflejo en el espejo moteado del camarote, luego se echó el catalejo al bolsillo y subió por el palo mayor hasta la cofa. Haciendo chasquear la corbata como si fuera un látigo, inclinó la cabeza hacia atrás y soltó su grito de guerra, tan fuerte que las estrellas parpadearon:

—**¡Quiquiriquí!** ¡Seré el capitán Peter Pan y surcaré los siete océanos! —dijo, echando a un albatros que había anidado en el palo de mesana.

Cuando bajó de nuevo al puente, Wendy tuvo que hacerle el nudo de la corbata: era la primera vez que Peter vestía prendas de hombre.

—Creo que descubrirás que hay siete mares pero sólo cinco océanos —le dijo mientras le hacía el nudo. Peter hundió los puños en los profundos bolsillos de la levita de brocado rojo. Había agujeros en el forro por los que podían caerse con facilidad los reales de a ocho de los piratas: ésta debía de ser la segunda mejor levita del capitán Garfio. ¡Claro que lo era! La mejor se había deslizado, junto con su dueño, por la garganta del cocodrilo—. Estate quieto y no te muevas —dijo Wendy severamente (porque atarle a un caballero la corbata requiere tiempo y habilidad).

Pero Peter había encontrado algo más en el bolsillo, aparte de agujeros. Entre los dedos sentía la rígida suavidad del mejor papel de vitela, el que se emplea para dibujar mapas.

—¡Miren! ¡Miren lo que he encontrado! —exclamó, agitando el mapa por encima de su cabeza—. ¡Un mapa del tesoro! ¡Aquí es donde Garfio escondía su tesoro!

En un paisaje de pergamino color crema se erguían bosques y colinas, faros y montañas. Y en efecto, allí, en medio de la montaña más alta, había una gran cruz negra, que casi arañaba el papel, como si fuera fruto de un profesor furioso corrigiendo un examen. «Monte de Nunca Jamás», se leía en un garabato debajo.

—¡Desguarnezcan los cabrestantes, todos fuera del puente! —gritó Peter—. ¡Despejen las cubiertas y prepárense!

Y si le sorprendió oírse a sí mismo utilizar un vocabulario tan marinero, no lo demostró.

Por cada escotilla del barco asomó una cabeza.

—¿Qué? ¿Por qué? ¿Adónde vamos?

—Eso —dijo Wendy preocupada—. ¿Adónde vamos? Con todo lo que habría que limpiar y ordenar después del incendio…

—¡Nos vamos rumbo a un viaje de exploración! —exclamó Peter—. ¡Vamos en busca del tesoro!

—¡En busca del tesoro! —todo el mundo secundó la propuesta—. ¡En busca del tesoro! —una búsqueda del tesoro, a través de aguas que no figuraban en los mapas, rodeando la isla y desembarcando después en territorios desconocidos, ¡por los caminos nunca transitados del País de Nunca Jamás hasta los peligros nunca imaginados del País que Nunca Existió! Cualquier pensamiento que no fuera éste, cualquier proyecto que no fuera éste, se desvaneció de las mentes de los compañeros de Peter Pan.

Incluso el océano se dejó contagiar por la emoción —¡EL TESORO!— pues se precipitó contra la bahía. La marea subió mucho más deprisa de lo que suele hacerlo en días normales. Sacó de nuevo a flote al *Jolly Roger* y le hizo dar media vuelta, de manera que el bauprés —¡*En guardia!*— señalara hacia el mar. La leal tripulación de Peter Pan corrió en tropel a la parte superior del alcázar con la esperanza de que desde ahí arriba se alcanzara a ver más allá del horizonte. Las chispas del bosque en llamas revoloteaban por encima de sus cabezas, rozando la lona de las velas. Dejaron atrás justo la Bahía de los Dragones y navegaron noche adentro. Cuando cruzaron la barra y el rocío del oleaje les salpicó el rostro, hasta el buque pareció dejarse cautivar por el esplendor de la aventura, pues a medianoche la campana del barco sonó ocho veces.

Y no había nadie cerca.

# Todos a bordo

Después de tanto tiempo sin tripulación, el *Jolly Roger* respondía con entusiasmo al más mínimo movimiento del timón. Peter causaba tanta sensación vestido con su levita escarlata (una vez que le hubieron acortado las mangas) que la Liga de Peter Pan habría hecho cualquier cosa por complacerlo. Los hizo bajar a tierra varias veces para buscar el fruto del árbol del pan, así como miel para untar encima y frutos secos. Dispuso las velas a modo de toldos bajo los que guarecerse cuando lloviera. Les atribuyó rangos: almirante posterior, almirante anterior, primer almirante de la flota, segundo almirante de la flota, primer oficial, capitán de cubierta, capitán de mástil y guardián de la cofa. Les dijo:

—¡Si se unen a mi Compañía de Exploradores, nunca los abandonaré y entregaré mi vida por ustedes! —y lo habrían jurado sobre la empuñadura de sus espadas, de haber tenido espadas de verdad.

A veces la contundencia de sus órdenes los sorprendía, pero valía la pena pertenecer a una tripulación tan fantástica. Su inteligencia para gobernar un barco los dejaba estupefactos. En un segundo se le ocurrían los nombres de extraños cabos y aparejos. Sabía incluso maldecir como un marinero.

—Con lo que has dicho ya he oído bastante, gracias —solía decirle Wendy.

Se sentaba durante horas ante las cartas de navegación en el camarote de Garfio, en la popa del barco, y escribía en el diario de a bordo con una pluma de cuervo que mojaba en la tinta rojo sangre contenida en una jarrita de porcelana. Como nunca había aprendido a leer ni a escribir, llenaba las páginas de dibujos en lugar de palabras para relatar los acontecimientos de cada jornada.

Luego volvía a enfrascarse en el mapa del tesoro de Garfio, preguntándose qué habría llevado al villano tan lejos del mar con un pesado cofre del tesoro a cuestas, qué botín se había tomado tantas molestias en ocultar. ¿A qué dificultades tendrían que enfrentarse los exploradores que quisieran ir en su búsqueda?

Por supuesto, cambió el nombre del bergantín por el de *Jolly Peter* y se negó a navegar con bandera pirata.

—¡No soy ningún vil forajido para ondear la calavera con las tibias cruzadas! —le dijo a Wendy—. ¡Niña, hazme una bandera!

—¿Cuáles son las palabritas mágicas que todo lo pueden? —le contestó ésta, que creía en la importancia de la buena educación.

Peter se estrujó el cerebro. Como no había tenido nunca una madre que le enseñara buenos modales, ignoraba por completo cuáles podían ser las palabritas mágicas.

—¿Botón? —sugirió—. ¿Dedal? ¿Bandera?

Wendy sonrió, le dio un besito en la mejilla y fue a hacerle una bandera con su vestido de verano, y luego se hizo ella un vestido con la bandera pirata. Con el emblema de un girasol y dos conejitos surcaba, pues, El *Jolly Peter* las aguas de los Estrechos de Zigzag y los Angostos Widego, y desde allí rumbo al Mar de las Mil Islas. Los peces voladores saltaban por encima del barco y las gaviotas se tiraban en picada desde el cielo, pasaban por debajo del buque y emergían del agua con los picos llenos de chanquetes.

Surgieron las Mil Islas, de todas las formas y tamaños. Unas eran rocas en las que sólo hubiera podido poner pie un marinero; había islas desérticas con una palmera y esteras hechas con cáscaras de coco; islas de mangles, llenas de ruidosos papagayos; archipiélagos de coral rojo y archicéspedes cubiertos de prados de hierba fina. Había atolones volcánicos extintos, e islas en absoluto extintas cuyos volcanes echaban humo, retumbaban y lanzaban hacia el mar fragmentos de rocas fundidas. Había islas en forma de tortuga y otras en forma de isla, pero abarrotadas de tortugas. Peter las encontró todas registradas en las cartas de navegación, así como los faros y los cabos, los torbellinos y los estuarios. Cuando llegaban a las áreas sombreadas del mapa, aquellas que tenían la leyenda «Zonas de pesca», al lanzar por la borda un imán, recogían latas de arenques o de sardinas. Había naufragios y pueblos sepultados bajo las aguas, cuyas campanas de iglesia se hacían oír en momentos de mar gruesa…

A Peter le molestaba que las islas que pasaban por delante de los ojos de buey de su camarote no se parecieran en nada a las que venían registradas en las cartas de navegación. Los muy tontos de los cartógrafos las habían dibujado todas tal y como se veían desde arriba; muy útil si viajas en globo, pero muy confuso si eres el capitán de un barco. Tendrían que haber mostrado el aspecto de cada isla vista de lado a través de un catalejo.

Por supuesto era consciente de que los aguardaban más cosas —cosas que no figuraban en los mapas— como grandes subidas de marea, ballenas y trombas de agua, es decir, amenazas que pondrían en peligro su vida. Pero no importaba. Explorar era tarea de héroes. Peter acarició la corbata blanca que le ceñía el cuello y cerró los ojos, cansados de descifrar las cartas de navegación. Detrás de sus párpados se extendían manchitas de colores, formando extrañas visiones y panoramas: grandes praderas verdes; chicos remando en un río iluminado por el sol; un edificio color crema que parecía un palacio, con grandes ventanales estrechos con vidrieras... No había lugares así en el País de Nunca Jamás, o por lo menos él no los había visto. ¡Qué maravilla, entonces, que tales imágenes poblaran su cabeza!

—¡Barco a la vista!

Peter soltó precipitadamente su pluma de ave y la tinta roja salpicó el Mar de las Mil Islas. Después corrió a la cubierta.

—¡Barco a la vista! —volvió a gritar Curly desde la cofa.

—Lo de barco no es muy preciso que digamos —objetó Slightly—. Es un vapor.

A través del catalejo del capitán Garfio, Peter Pan divisó un buque a vapor tan gris como un caballero con armadura.

Cubierto por una capa de herrumbre que parecía sangre seca, avanzaba hacia ellos resoplando, vibrando y traqueteando, bajo un toldo de humo sucio que se escapaba de su chimenea. Sobre la quilla llevaba pintada una mandíbula, por lo que parecía que se abría paso a mordiscos por el agua. Utilizando el código de banderas, Wendy preguntó:

«¿A-M-I-G-O O E-N-E-M-I-G-O?»

Los niños contemplaron admirados a Wendy, cuyos brazos extendidos se movían como las agujas de un reloj. Desgraciadamente, ningún miembro de la tripulación del vapor conocía el código de banderas. Siguieron avanzando hacia ellos a toda velocidad. Tampoco es que fuera a la velocidad del rayo, pero como el *SS Shark* iba directo a chocar con el *Jolly Peter* justo por el centro, no había tiempo que perder. No tenían tiempo de cargar el cañón de pólvora (o de harina). No tenían tiempo de registrar el barco en busca de mosquetes.

—¡Desviren hacia babor! —gritó Peter.

La tripulación se lo quedó mirando con los ojos entrecerrados. Todos estaban muy impresionados, pero no tenían ni idea de lo que su capitán quería decir. Peter debía de haber encontrado un libro de vocabulario náutico en el arcón del capitán Garfio.

—¡Que cambien de rumbo, tontos! —chilló.

John hizo girar el timón. El *Jolly Peter* se escoró. La campana del barco resonó. Las velas se agitaron y se hincharon. Los cabos, muy tensos, vibraron. El cachorro resbaló por el puente, cruzándolo de un extremo a otro. La proa del *Jolly*

*Peter* viró hasta colocarse casi en paralelo con el *Shark*. En lugar de que el acero de su quilla los cortara en dos, tal vez lograran salirse de su trayectoria o incluso adelantarlo.

Pero sus esperanzas fueron vanas. Las velas se vaciaron de viento; el *Jolly Peter* se bamboleó de un lado a otro. El *SS Shark* seguía avanzando hacia ellos, estaba ya tan cerca que los niños alcanzaron a ver la bandera pirata ondeando en el tope y a la tripulación preparándose para el abordaje. Aquello los desconcertó pues los piratas, pese a no levantar apenas tres palmos del suelo, tenían el rostro cubierto de pinturas de guerra y estaban armados con hachas, arcos, flechas y machetes.

—¡Los pieles rojas de Starkey! —dijo Peter entre dientes.

La quilla de acero con su mandíbula pintada no abrió en canal el casco del *Jolly Peter*, pero golpeó contra su aleta de popa, haciendo añicos las ventanas del camarote de Peter y sacudiéndolo de arriba abajo. Incapaz de resistir a la embestida, el gran bergantín fue arrastrado a través del agua por delante del vapor como un cochecito empujado por una niñera. Los pieles rojas condujeron al capitán del vapor fuera del puente, lo levantaron en volandas y lo sentaron en una silla de cuero curtido, que cuatro niños guerreros cargaron después sobre sus hombros. ¡No era otro que el propio Starkey, el primer oficial del capitán James Garfio en aquellos días lejanos antes de la gran victoria de Peter Pan sobre el pirata y su vil tripulación!

—Y bien, ¿ahora qué tienen que decir, mocosos? —preguntó Starkey, y una expresión de triunfo se dibujó sobre su rostro cubierto de arrugas como un pedazo de cuero curtido—. Preséntense a mi amable tripulación.

No eran todos chicos, en absoluto. La mitad eran chicas, con largos cabellos sedosos y túnicas de piel algo más limpias que las de sus compañeros. Pero todos iban armados. Tensando al máximo las cuerdas de sus arcos, hicieron una reverencia, miraron a la tripulación del *Jolly Peter* guiñando los ojos y gritaron:

—Hola. Muchas gracias. Encantados de conocerlos. ¿Cómo están? Por favor, tengan la amabilidad de entregarnos el botín y luego túmbense boca abajo en el puente. Si no lo hacen, lamentablemente no tendremos más remedio que rajarles las tripas y dárselas de comer a los peces. Lo sentimos enormemente. Por favor, no rueguen misericordia, pues el rechazo puede resultarnos ofensivo. Muchas gracias. Qué brisa más agradable sopla hoy, ¿verdad?

El capitán Starkey hizo un gesto de aprobación con la cabeza y se dio la vuelta sobre su silla.

—Muy bien, pequeños, pero se les ha olvidado lo de cortar las cabelleras. Siempre tienen que mencionar lo de las cabelleras —de repente, pareció reconocer de qué barco se trataba. Entonces, su mirada se posó sobre Peter, o más bien sobre su levita, y ni siquiera toda una vida de exposición al sol pudo ocultar lo mucho que palideció su rostro en ese instante.

Mientras tanto, el vapor empujaba al *Jolly Peter* por el agua como si fuese una carretilla. Entonces vieron que el nombre pintado en la proa del vapor no era *SS Shark,* sino *SS Starkey.* El casco de madera crujía y chirriaba. Las balas de cañón resbalaron de sus estantes y rodaron por el puente, apartando a su paso a Cachorro y a la tripulación. Peter tenía las mejillas encendidas de humillación.

—Ahora te llamas capitán, ¿eh, Starkey? —se burló con desprecio—. ¡Nunca fuiste nada más que un trapo para limpiar las cubiertas del capitán Garfio!

Uno o dos de los exploradores se habían tumbado boca abajo, pero se levantaron al ver que Peter se reía en la cara de su atacante.

—¡Me enteré de que te capturaron los pieles rojas, Starkey! ¿Cuándo fue, después de que los derrotáramos de forma aplastante en la Gran Batalla? ¡Me enteré de que te pusieron de niñera! ¡Vaya un horrible destino para alguien que se considera a sí mismo un pirata! —Peter cargó sus palabras de desprecio, como si estuviera cargando un mosquete.

El capitán Starkey dio dos vueltas seguidas sobre su silla giratoria. Su rostro había recobrado el color.

—¡Que me aspen si no es el Quiquiriquí! Por un momento pensé que era… Bien, qué dulce es la venganza, ¿verdad? ¿Horrible destino? ¡Desde luego! Peor que la muerte, pensé entonces. ¿Obligado a cuidar de un puñado de mocosos y enanos indios? ¡Una vergüenza y una humillación para un hombre de mi profesión! Pero lo aproveché de la mejor manera posible, ¿lo ves? Lo convertí en una ventaja para mí. ¿Has visto lo que he hecho de mis pequeños valientes indios? No encontrarás mejores modales ni en los salones del Rey de Inglaterra. Y también les he enseñado un oficio, que es más de lo que se puede decir de muchos maestros. Les he enseñado todo lo que sabía. Los he convertido en piratas a todos. ¡Y tienen talento, te lo aseguro! ¡Estos pequeños cortadores de cabelleras son el orgullo de mi corazón! El orgullo de mi corazón, sí. ¿De qué es tu cargamento, Quiquiriquí? ¡Porque ahora es mío!

Cuando Peter se negó a contestar, Starkey ordenó a algunos de sus cortadores de cabelleras que abordaran el *Jolly Peter* y buscaran ellos mismos el botín.

—¡Y tráiganme mi viejo petate del castillo de proa! —les dijo—. El que tiene mi nombre escrito en grandes letras —cuando los miembros de la Liga de Peter Pan desenvainaron valientemente sus espadas de madera para defender el barco, Starkey soltó tales carcajadas que por poco se cae de su silla—. ¿Qué pasa? ¿Que sus mamás no los dejan jugar con espadas de verdad? —incluso Peter, que siempre llevaba una daga de verdad en su cinturón, no pudo desafiar a las veinte flechas que apuntaban a su cabeza.

Los piratas con pinturas de guerra saltaron ágilmente a bordo, allí donde la quilla del *Starkey* se hundía en la popa hecha astillas del *Jolly Peter*. Al no encontrar en la bodega nada más que telarañas y unos cuantos bizcochos, rodearon a los niños y los metieron dentro de los malolientes petates de los piratas que descubrieron en el castillo de proa y tiraron de los cordones con fuerza sobre sus gargantas.

—¡Me darán un buen precio por estos esclavos! —se regodeó Starkey con una risa burlona. Los guerreros eran muy educados y tenían las manitas suaves y limpias, pero le robaron a John el paraguas y la navaja y, mientras se afanaban en su tarea, discutían entre ellos si Cachorrito estaría más rico cocinado con jengibre, pulpo, o salsa piri-piri. Ninguno de ellos trató de ponerle la mano encima a Peter Pan, que los miraba desafiante, con la mano apoyada en la empuñadura de su espada. Seguían trabajando a su alrededor, sin hacer ni caso de sus terribles maldiciones y su promesa de que «Starkey se las pagaría».

Mientras tanto, el buque seguía avanzando entre resoplidos y bocanadas de vapor, empujando ante sí al *Jolly Peter* como el carrito de las tartas en un salón de té. Por el ruido que hacía, parecía que el bergantín se fuera a morir de vergüenza en cualquier momento, partiéndose en dos y hundiéndose en el fondo del mar. Cuando bajaron a Curly de la cofa y lo metieron a la fuerza en un petate, ya no quedaba nadie para vigilar si se aproximaban a remolinos o arrecifes. Sin sus cartas de navegación, Peter no tenía forma de saber qué les aguardaba en el camino. En cualquier momento podían encallar, ¡o llegar hasta el horizonte y caerse de cabeza al otro lado del mundo! La única idea que lo consolaba un poco era que, en ese caso, el *Jolly Peter* arrastraría consigo al *SS Starkey* a la perdición.

—¡Vacíate los bolsillos! —ordenó Starkey a Peter.

(¿Y poner el mapa del tesoro del capitán Garfio en las codiciosas garras de un vulgar pirata?)

—¡Jamás!

—Vacíatelos, Quiquiriquí, o haré que mis cortadores de cabelleras te disparen con sus flechas, y después yo mismo registraré tus bolsillos.

Wendy vio que el niño vestido de plumas de arrendajo y levita roja miraba de reojo la borda del barco. Supo enseguida que antes prefería saltar y encontrar la muerte en el mar que entregarle el mapa del tesoro a Starkey.

—¡No lo hagas, Peter! —gritó.

Starkey tocó con un gesto paternal el hombro de un joven indio que había tensado al máximo la cuerda de su arco.

—Cuando yo te avise, pequeño… le disparas en el muslo

—dijo, y el niño apuntó con precisión—. ¡Veamos cómo puede una flecha herir su orgullo!

Bien, si Peter hubiera tenido frente a sí su carta de navegación, habría visto que el Mar de las Mil Islas acababa de enriquecerse con unas cuantas más. Cinco islas más habían aparecido a babor y, algo muy extraño tratándose de islas, parecían acercarse a ellos. Lo que es más, subían y bajaban al capricho del oleaje, cabalgaban sobre las olas, avanzando a contracorriente. Cuando Starkey las descubrió, se quedó maravillado. La temida orden de «¡Fuego!» colgaba muda de sus labios mientras contemplaba la flotilla de pequeñas islas acercarse pavoneándose cada vez más.

En ese mismo instante los viejos motores del vapor, que llevaban mucho rato empujando al *Jolly Peter,* no pudieron soportar la presión y estallaron. Entre toses, la chimenea escupió sucias nubes de hollín y luego dejó de funcionar. El escalofriante impulso hacia delante se ralentizó, y ambos barcos se bambolearon sobre el agua. Las cinco islas los adelantaron, cada vez más cerca unas de otras. Estaban cubiertas de árboles, alfalfa y praderas de pampa, y aparentemente unidas entre sí por cuerdas a punto de romperse. ¿Estaban habitadas aquellas extensiones de tierra árida?

Oh, sí, desde luego que sí.

Unos garfios se abatieron sobre la borda del barco como gigantescas garras. Venían seguidos de… bueno… eso mismo, de gigantescas garras. Los pieles rojas vieron primero a los tigres. Las panteras saltaron antes a bordo, pero sus pelajes eran tan negros que resultaban casi invisibles. Los osos se movían más despacio, pero eran igualmente imparables. Sus grandes panzas peludas golpearon contra la borda antes de caer sobre el suelo de la cubierta como sacos de azúcar moreno. Los babuinos treparon a toda velocidad por las jarcias. Los cascos de los *palmerios* causaban un estruendo ahogado al golpear contra el suelo de madera del puente.

No cabe duda de que, en situaciones normales, los mocosos de Starkey eran maravillosos arqueros y cortadores de cabelleras. Pero frente a manadas de panteras y leones, pelotones de abordaje compuestos por monos y una cuadrilla de osos, sus suaves manitos temblaron y sus arcos resbalaron de sus dedos sudados. Corrieron a refugiarse debajo del puente. Los atacantes que habían abordado el *Jolly Peter* en busca del botín saltaron de nuevo al *SS Starkey*, derribando a su capitán-niñera de su silla giratoria. Trataron de huir de allí, pero la quilla del vapor se había hundido demasiado en la del *Jolly Peter*.

Las cinco islas golpearon suavemente el barco con sus parachoques de caucho. Exóticas especies de animales saltaron a bordo provenientes de cuatro de las cinco islas. La quinta sólo proporcionó una especie. Una criatura solitaria de dos patas.

—¿Problemas, señor? Qué suerte, entonces, que pasara yo por aquí en este preciso momento —dijo el Gran Ravello.

# Reparto justo

Peter desenvainó su daga y cortó los cordones de los siete petates. Los miembros de la Liga de Peter Pan salieron retorciéndose de los sacos, por fin libres. Lo primero en lo que pensaron fue en alejarse lo más posible de las fieras que recorrían el barco de un extremo a otro, rugiendo, saltando y llenando de baba el suelo del puente.

—¡Oh, por favor! —exclamó Ravello—. Que no los asusten mis furiosos pequeños. Saben comportarse, y rara vez pican entre horas —hizo restallar su látigo de dueño del circo. Las fieras se estremecieron, interrumpieron lo que estaban haciendo en ese momento, saltaron por la borda y volvieron a nado a sus respectivas islas flotantes. Todas, excepto los osos. Éstos pasaron a bordo del *SS Starkey* y se sentaron alrededor de la escotilla abierta del castillo de proa, metiendo sus enormes patas por ella, como si intentaran atrapar peces en un agujero excavado en el hielo. Se oían los gritos y los gemidos de los pequeños pieles rojas encerrados dentro que, asustados, llamaban a sus madres. Peter Pan seguía agarrando su daga con fuerza.

—¡Gracias, señor Ravello! —dijo Wendy—. ¡Nos ha salvado!

—Ha sido un placer, señorita —contestó éste, haciendo una reverencia. Su abrigo daba muestras de haberse chamuscado, y su persona despedía un olor a lana calcinada—. Grande era mi deseo de que nuestros caminos volvieran a cruzarse.

Peter —que se veía diminuto junto al dueño del circo— se estremeció.

—¿Por qué?

—Ha habido un incendio en el Bosque de Nunca Jamás, me imagino que lo habrán visto mientras se alejaban navegando, ¿no? —los Gemelos se llevaron las manos a la boca en un gesto de horror culpable: ¿les pediría cuentas Ravello por haberle quemado el circo? ¿Habría venido tras ellos con idea de vengarse o de castigarlos?—. Este incendio ha reducido a cenizas mi medio de vida. Todo está perdido. La carpa, las jaulas, el personal... Me encuentro así sin oficio y sin modo de ganarme el pan —los Gemelos dejaron escapar gemidos de pánico y de profundo remordimiento y trataron de deslizarse bajo la lona de una chalupa para esconderse. El Gran Ravello los interceptó y rodeó a cada niño con una manga raída, tirando firmemente de sus cabezas para aproximarlas a su cuerpo—. De modo que estoy buscando empleo. Uno debe ganarse su paso por la Vida, ¿no les parece?

—¡El trabajo es para los adultos! —contestó Peter, que no estaba de acuerdo con el señor Ravello.

Éste blandió el extremo de una manga y luego lo dejó caer.

—Ah, claro. Se me olvidaba. Usted ha hecho de la infancia su profesión. Lamentablemente, diría que llego un poco tarde ya para eso de ser un niño. *Ergo,* debo elegir un oficio distinto —en la penumbra lanuda de la capucha de su chaqueta los pálidos ojos de color castaño del dueño del circo se cerraron un momento—. Espero por ello, si no es mucho atrevimiento por mi parte, que se me brinde la oportunidad de poder servir, de alguna humilde manera, al maravilloso Peter Pan.

Peter estaba sinceramente sorprendido.

—¿A mí?

Ravello hizo una reverencia, barriendo las punteras de las botas de Peter con las hebras sueltas de los puños de su chaqueta.

—¡Tal vez podría ser su mayordomo! ¿Su ayuda de cámara? ¿Su criado? ¡No pido paga a cambio, señor! ¡Tan sólo techo y comida! El honor de servirlo sería recompensa suficiente. ¡Me basta que me permita serle útil, señor! ¡Dígame que puede perdonarme el pecado de haber crecido, señor! —el hombre inclinó los hombros y bajó la cabeza. Una oveja muerta habría parecido arrogante comparada con el Gran Ravello cuando se arrodilló ante Peter Pan—. ¡Déjeme servirlo como mejor sepa!

Durante un momento Peter no supo qué decir.

—¿Y cómo he de llamarte? ¿Gran o Señor? —preguntó torpemente.

—Sin tantas formalidades, señor —contestó el Hombre Deshilachado—. ¿Y con qué derecho podría optar al título de Gran cuando soy más humilde que usted? Mi madre me puso por nombre… —le llevó un momento recordar su nombre de pila: quizá hacía mucho tiempo que no lo usaba—.

Mi madre me puso por nombre Crichton, pero como tantas cosas que dan las madres, no vale la pena conservarlas. Puede llamarme Ravello, con eso bastará, señor.

—Bien —dijo Peter Pan—. Pero ahora nos vamos a explorar, ¿sabes? Tengo que advertírtelo: puede ser peligroso. El valor lo es todo.

—¡Me ha robado las palabras del corazón! —dijo el Hombre Deshilachado, con tanta intensidad que el mercurio del barómetro del barco cayó en picada—. El valor, desde luego, lo es todo.

Justo en ese momento Starkey salió a hurtadillas de la bodega y miró nervioso por encima de la borda. Al verlo, Peter Pan se dirigió a él con dureza:

—¿Cuál es tu cargamento, Starkey? ¡Porque ahora es mío! El pirata soltó un resoplido desafiante.

—¡No pienso decírtelo! ¡Ni borracho!

Pero al ver acercarse a Peter, daga en mano, el cobarde se pasó los dedos tatuados por el pecho y confesó:

—¡Pieles plateadas, eso es lo que llevo! ¡No me mates, Peter Pan! ¡Pieles plateadas!

Pieles plateadas. Unas palabras brillantes y suaves. Unas palabras con resonancias románticas. Peter asintió solemnemente e inclinó ligeramente la cabeza hacia Wendy. Ésta inclinó la suya hacia John, y éste le preguntó a Slightly en un susurro, tapándose la boca con la mano: «¿Qué es una piel plateada?».

Slightly pensó que podría ser la piel de un armiño; John se imaginó que sería la cáscara de una naranja plateada. Wendy pensó en barracudas, los peces más plateados del mar. Los

Gemelos creían que se trataba de un término pirata para designar una moneda; en cuanto a Tootles, según ella era un rayo de luna cortado por una hoz. Curly pensó que serían hadas esclavas.

—Cuán rico es, señor —dijo Ravello, con las comisuras de los párpados llenas de arruguitas de alegría—. De modo que pieles plateadas, ¿eh? —nadie se atrevió, pues, a confesar que no sabía lo que eran, porque no querían quedar como tontos delante de un adulto, especialmente delante de un mayordomo—. La cuestión, señor, es la siguiente: ¿cómo piensan dividir el botín? Tradicionalmente, según tengo entendido, el capitán se queda con la mitad y divide el resto entre su tripulación.

Así fue como empezó la Guerra de las Pieles Plateadas, la Contienda del Reparto Justo. Antes de que se les uniera Ravello, lo habrían compartido todo equitativamente. Así funcionaba la Liga de Peter Pan: siempre lo mismo para cada uno. Pero ahora Ravello les había dicho cómo se hacían las cosas.

De modo que ahora Peter quería la mitad sólo para él.

Tootles dijo que, como Princesa que era, a ella también le correspondía la mitad.

Wendy señaló que, si se iban a poner a comparar, ella era la mayor de todos y también le correspondía la mitad.

Ravello intervino entonces:

—Por supuesto, otra manera de repartir el botín es en función del orden de rango —en ese momento, el primer almirante de la flota declaró que él debía recibir el doble que el segundo almirante de la flota, y el capitán del mástil miró con desprecio al capitán de cubierta y uno de ellos recibió una patada en los tobillos. El cachorro mordió al primer oficial.

Luciérnaga de Fuego dijo que se iba a contar las pieles plateadas.

John declaró que debían jugarse el botín a cara o cruz: cuando salió cara, y él gritó «¡cara!», reclamó que había ganado el botín entero.

Tootles dijo que los Gemelos sólo contaban como un miembro de la tripulación pues no tenían nombres distintos. Tendrían que repartirse entre ellos su parte del botín.

Los Gemelos replicaron que Tootles podía irse a freír espárragos.

Curly observó que, estrictamente hablando, Peter no era el capitán del *Jolly Peter*: simplemente se había apoderado del título y del camarote del capitán.

A lo que Peter replicó que si tiraban a Curly por la borda habría más pieles plateadas para todo el mundo.

Para resumir, se dijeron cosas que nunca deberían haberse expresado con palabras, esto es, cosas terribles. Wendy le dijo a Peter que era un crío egoísta y que no había salvado el barco como él pensaba. Peter le contestó que las chicas no contaban como tripulación porque no servían para nada. Tootles intentó retorcerle la nariz a Peter por ese comentario, pero falló. Peter, entonces, se puso muy solemne y pomposo, y declaró:

—¡Sólo yo decidiré cómo se dividen las pieles plateadas!

Slightly dijo que Peter era tan estúpido que no sabría ni dividir un bizcocho entre dos ratas.

Pocos minutos después, nadie se hablaba con nadie. Cada cual estaba tirado en un rincón del barco, rumiando furiosos pensamientos o sintiéndose injustamente tratado. Apuntando a Peter, John lanzó rodando por el puente una bala de cañón, pero pasó por encima de la mano de Slightly, causándole verdadero dolor. Curly se negó a volver a la cofa a montar guardia, porque dijo que en cuanto se diera la vuelta, los demás intentarían quitarle su parte del botín. Peter declaró entonces que, en ese caso, Curly sería ahorcado en el mástil mayor por amotinarse. Los insultos se fueron haciendo cada vez más graves. Los niños solicitaron a Ravello que actuara de árbitro. Pero éste soltó, con su vocecita suave que más parecía el ronroneo de un gatito, que ésa no era su función, y añadió con aire divertido que siempre podían devolverle el botín a Starkey.

Peter, que se ahogaba de rabia, se dio un tirón de la corbata blanca que le oprimía las venas del cuello. Llamó estúpido a Ravello. Tildó a la Liga de «panda de rebeldes» y de «hatajo de canallas», «ladrones», «bandidos», «rufianes», «viles perros marinos» y «escoria del mar». Declaró que abandonaría a Tootles y a Curly en la próxima roca que viera, o que se los daría de comer a los tiburones. De hecho, fue tal el torrente de insultos que salió de su boca que tuvo que cerrar los ojos por miedo a que le estallaran en la garganta. Y cuando volvió a abrirlos, se encontró con que todo el mundo lo estaba mirando. ¿De dónde había salido ese estallido? ¿Quién lo había cargado con toda esa munición de palabras?

Ése fue el momento que escogió Starkey para tratar de escapar deslizándose por la cadena del ancla hasta el agua.

Ravello lo trajo de vuelta al barco, sujetándolo por el cuello de la camisa. (Resultó obvio entonces que sus manos, ocultas bajo la maraña de hebras de lana, eran fuertes como el acero).

—¡Abre las escotillas y entrégame el botín! —rugió Peter en la cara de Starkey.

Después de años enseñando modales a los niños indios, Starkey dijo casi sin pensar:

—A ver, a ver, hijo, ¿cuáles son las palabritas mágicas que todo lo pueden?

¡Otra vez esa pregunta infernal! Peter se estrujó el cerebro en busca de las palabritas mágicas en cuestión, pero en los rincones de su cráneo no encontró más que cajas y más cajas de mal humor.

—¡No lo sé! ¿Es «latigazos»? ¿O «ejecución»? ¿O «náufrago» tal vez?

Starkey se asustó tanto que abrió él mismo con sus propias manos la bodega que custodiaba su botín. El primero en saltar al exterior fue Luciérnaga de Fuego, que se había colado dentro con facilidad, pero que luego ya no conseguía salir. El hada se había atiborrado tanto de comida que aterrizó a los pies de Peter Pan con un ruido sordo como el de una pelota de cricket.

—¿Y bien, mi fiel espía? ¿Qué son pieles plateadas?

El hada dejó escapar un eructo.

—¡Cebollas! — gritó—. ¡Cebolletas para ser exactos!

—¡¿Cebollas?!

Luciérnaga de Fuego volvió a eructar.

—Había siete mil doscientas ochenta y cuatro. Las he contado —dijo con orgullo— mientras me las iba comiendo una a una.

—¡Encierren a este duende en la cala! —ordenó Peter Pan—. ¡Se ha comido nuestro botín de guerra! —y al decirlo, sus labios dejaron ver sus dientes de leche en una mueca feroz que habría hecho palidecer de envidia a un tiburón.

# La Roca Imantada

El Hombre Deshilachado se alimentaba únicamente de huevos. Se los comía crudos, agujereándoles primero la cáscara o, la mayoría de las veces, se los tragaba enteros, sin preocuparse de pelarlos. Entre las criaturas de las islas flotantes se contaban lagartos, serpientes y tortugas que ponían unos huevos suaves y flexibles, y Ravello llevaba siempre alguno encima, escondido en el forro de sus bolsillos de lana. Éstos, ya fuera en sus ropas o en su aliento, eran lo que le daba al hombre su característico olor.

Ravello resultaba utilísimo en el barco pues cocinaba, sabía predecir el tiempo, manejar la brújula y sacar brillo al catalejo. Obligó a los pieles rojas a trasformar sus mantas en cálidos abrigos para los miembros de la Liga de Peter Pan. Sabía juegos de naipes, hacer nudos marineros y las historias de piratas más sangrientas que los niños habían oído en su vida. Quitó el badajo de la campana del barco para que no les molestara el sonido cuando tocaba avisando del cambio de guardia por las noches (esto lo seguía haciendo la campana sin que nadie se lo pidiera). Y a la hora de la siesta los acunaba en sus hamacas. Él no parecía dormir nunca, ni de día ni de noche.

Con quien más atento se mostraba era con Peter Pan: sacaba brillo a sus botas, le quitaba el polvo a su camarote, llegaba incluso a peinar sus cabellos, tanto que éstos crecieron y se oscurecieron ligeramente. Era divertido —para qué negarlo— decir: «¡Tráigame esto, Ravello! ¡Hágame esto, Ravello, y deprisa!».

El fantástico Ravello se ofreció a desgajar el *SS Starkey* del *Jolly Peter* y dejarlo a la deriva, pero era el primer trofeo de guerra de Peter Pan y éste quería conservarlo. De modo que, una vez desgajado el barco, lo ataron a la popa con una cadena de acero para remolcarlo, y encerraron a Starkey y a su tripulación en el castillo de proa, vigilados por los osos. Las islas flotantes surgían de vez en cuando entre la bruma, a veces visibles, a veces casi del todo olvidadas.

—¿Qué vas a hacer con los enemigos, Peter? —quiso saber Wendy—. Porque si no piensas dejarlos a la deriva, sería mi obligación prepararles una taza de té.

—¡Los venderemos como esclavos o los asaremos y nos los cenaremos! —nadie daba crédito a sus palabras, pero sonaban maravillosamente decididas. Y además, estaba tan imponente con su sombrero de tricornio y las botas de caña alta que le llegaban hasta los muslos y que había encontrado en el arcón del capitán Garfio, que a nadie le extrañaba que además de parecer un pirata, también hablara como uno de verdad.

Pero alguna vez sí que se quitó su levita escarlata. Por ejemplo, lo hizo para saltar por la borda a batirse en duelo con los peces espada, a los que, una vez vencidos, despojó de sus armas para entregárselas a sus compañeros, para que nunca más la batalla los sorprendiera desarmados. También les disputaba los huesos a los perros marinos para dárselos de comer a Cachorrito. Afortunadamente, su mal humor parecía haberse hundido en el mar.

Ahora que Luciérnaga de Fuego se había comido todas las cebolletas, ya no tenía sentido pelearse entre ellos. Las cosas desagradables que se habían dicho no se podían borrar, pero se podían doblar muchas veces y ocultar en los bolsillos hasta olvidarlas.

Peter desenrolló el mapa del tesoro para que todo el mundo lo viera y los exploradores se reunieron a su alrededor para estudiar el contorno del País de Nunca Jamás. Tierra adentro, más allá de la Lejana Orilla y la Llanura Púrpura, del Laberinto de la Añoranza, el Cementerio de los Elefantes y el Desierto Sediento, había una gran extensión desnuda llamada «TERRITORIO DESCONOCIDO». En el corazón de ésta destacaba el Monte de Nunca Jamás, con ingenuas nubes dibujadas alrededor de su cumbre. Pero en los límites del Territorio Desconocido desaparecían todos los caminos, los senderos y los arroyos. No había ningún punto de referencia marcado en el mapa. Nada.

—¡Iremos dibujando el mapa sobre la marcha! —declaró Peter.

—¡Y encontraremos el nacimiento del Río Nunca!

—¡Descubriremos nuevos animales!

—¡Tomaremos muestras de rocas!

—Quizá también sería conveniente que pusiera nombre a las montañas y los lagos, señor —sugirió Ravello, disponiendo sobre la mesa el té de la tarde.

Los exploradores recibieron la idea con tanto entusiasmo que inmediatamente se pusieron manos a la obra, antes incluso de que se hubieran descubierto esos lagos y esas montañas.

—¡La primera montaña se llamará Curly I!

—¡Las Cataratas John Darling!

—¡El Estrecho de Slightly!

—¡Los Montes Gemelos!

—Con todos mis respetos, señor —ronroneó Ravello, tendiéndole a Peter la levita escarlata para que pasara sus brazos mojados por las mangas—. Esta zona está incorrectamente bautizada como «Desconocida». Este capitán Gancho del que le he oído hablar…

—Garfio —corrigió Peter—. James Garfio.

—Discúlpeme. Este capitán Garfio debió de ir allí a depositar su tesoro. ¿No debería llamarse «Territorio Garfio»?

—¡Territorio Peter Pan! —exclamó el Niño Maravilloso, trazando un círculo alrededor de todo el País de Nunca Jamás con su pluma de cuervo—. ¡Es MÍO! ¡Como también lo es el tesoro! —una nube de tinta roja salpicó la camisa de Slightly.

Se instauró entonces un incómodo silencio.

—Nuestro. Creo que el capitán ha querido decir «nuestro» —dijo Wendy—. ¿Verdad que sí, Peter?

Peter se dio un tirón de la corbata blanca que le ceñía el cuello y carraspeó. Tenía las mejillas encendidas.

—Sírveme una buena ración de valor indio —ordenó—. El humo del repugnante barco pirata de Starkey me ha revuelto el estómago.

—¿Cuáles son las palabritas mágicas que todo lo pueden? —dijo Tootles sin pararse a pensar.

Pero Peter le lanzó una mirada tan fiera —«¡¡Sémola!! ¡¡Ruibarbo!! ¡¡Tapioca!! ¡¿A quién demonios le importa cuáles son esas palabras?!»— que inmediatamente se fue corriendo a preparar el té.

El té nunca llegó a servirse. Justo cuando Tootles lo estaba poniendo en la tetera, el *Jolly Peter* cabeceó y empezó a dar bandazos de un lado a otro. ¡El vapor se había puesto a arrastrarlo por el agua, a pesar de que sus puentes estaban desiertos, sus calderas apagadas y no salía vapor de sus chimeneas!

En realidad el propio *SS Starkey* también estaba siendo arrastrado por el agua, no por otro barco sino por alguna fuerza invisible que se había apoderado de su quilla. Adelantó al *Jolly Peter* y avanzó balanceándose rumbo al norte, hacia atrás, arrastrando tras de sí al bergantín, con las velas dadas la vuelta. Los niños sólo tuvieron tiempo de agarrarse con fuerza a las barandillas, lanzando hipótesis:

—¡Son las sirenas!

—¡Es una ballena!

—¡Es una travesura de las hadas!

El Hombre Deshilachado se deslizó ágilmente escaleras abajo y se abrió paso hasta el camarote de Peter Pan para consultar la carta de navegación. Los sucios puños de su chaqueta de lana dibujaron manchas circulares sobre el pergamino mientras lo recorría con la mirada en busca de información. Entonces chocaron con una zona sombreada bautizada en el mapa como «ÁREA DE PELIGRO».

—¡La Roca Imantada! —exclamó—. ¡Nos está atrayendo!

—¿Magia? —quiso saber Slightly.

—Magnetismo —contestó Ravello.

Pronto pudieron verla a través del catalejo —la Roca Imantada—: una cumbre ferrosa de roca roja, parecida al campanario de una iglesia. Cada vez más rápido, el casco de hierro del vapor se iba acercando a ella como una polilla a una fuente de luz. La cadena que unía a los dos barcos estaba tan tensa que no había forma de desengancharla.

—¡Arriba, cachorritos! —de nuevo Ravello adoptó su voz de dueño de circo, fuerte, severa, llena de autoridad. Los osos saltaron por la borda. Los pieles rojas correteaban por el puente, llorando y gimiendo, pugnando por vestir los chalecos salvavidas de corcho. Ya no hacía falta ningún catalejo. La Roca Imantada se erguía imponente ante ellos, rodeada de un salvaje oleaje que despedía chorros de espuma. Los cascos de los barcos arañaron las rocas con tanta fuerza que todos los percebes se soltaron. Los miembros de la Liga de Peter Pan se agarraban con fuerza a la borda, excepto Curly, a quien el impacto catapultó desde lo alto de la cofa hasta el mar.

—¡Láncenle la driza! —gritó Peter Pan, y todos se lo quedaron mirando sin comprender, excepto Ravello que corrió a popa y le arrojó un cabo con nudos a Curly, que se estaba ahogando en el furioso oleaje. Éste lo agarró, arañándose la puntera de los zapatos con las aristas de las rocas, afiladas como cuchillas. Los demás se pusieron a tirar de él para izarlo de vuelta al barco.

El *SS Starkey* chocó contra la isla, produciendo el estruendo que hace una banda de música tocando al completo. El bergantín, que lo seguía a remolque, quedó atrapado en los remolinos que formaban las corrientes que rodeaban la isla y se balanceó de un lado a otro con tanta violencia que la cadena de acero que lo unía al vapor se partió en dos como si hubiera sido de papel.

—¡Ahora nos alejaremos flotando! —declaró John—. ¡El *Jolly Peter* es de madera! ¡Sólo el metal es magnético! —el *Jolly Peter* era en efecto de madera, de modo que ¿qué fuerza podía ejercer sobre él la Roca Imantada?

Pronto lo descubrieron.

La fuerza magnética arrancó cada uno de los clavos de hierro que sujetaban cada cuaderna a la quilla, cada tabla de madera a cada cuaderna, y cada palo al puente. Como aguijones arrancados de la piel, todos los clavos y las cornamusas se soltaron de la madera y el elegante bergantín empezó a desintegrarse a su alrededor.

—¡El barco está perdido! —exclamó Ravello, cayendo de rodillas sobre el puente, vencido por el dolor o el miedo.

—¡Echen a volar! —gritó Peter. John le arrebató a Luciérnaga de Fuego su sombrero de copa, lleno de polvillo de hada. Los miembros de la Liga de Peter Pan metieron en él sus manos. Pero para que funcionara, tenían que pensar en cosas alegres, lo cual no era fácil mientras los mástiles se desplomaban uno tras otro y la quilla se fragmentaba como los gajos de una naranja.

—¡Piensen en el tesoro! —exclamó Peter. Y sin saber muy bien cómo, todos concentraron sus pensamientos en el Monte de Nunca Jamás y, uno por uno, se elevaron torpemente hacia el cielo.

Por supuesto, Peter levantó el vuelo formando un arco con su cuerpo con la misma facilidad que un pájaro. Pasó casi rozando por encima de las olas hasta donde Curly luchaba por mantenerse a flote entre las aguas y, espolvoreándole el cabello mojado con un puñadito de polvillo de hada, lo izó del agua agarrándolo por el cuello de la camiseta de rugby. Curly (y el cachorrito acurrucado en su bolsillo) se sentían tan felices de no estar ya ahogándose en el mar que ganaron altura con rapidez y alcanzaron a los demás en lo alto del cielo, por encima de la Roca Imantada.

Debajo de ellos, el *Jolly Peter* se iba a pique, y pronto sólo quedó un montón de listones de madera flotando en el agua. La gran silueta de Ravello, en equilibrio sobre los restos del naufragio, fue saltando ágilmente de una tabla a otra, y de un tonel a un mástil. Por fin se lanzó sobre un arcón que emergió de pronto a la superficie. Con los remolinos de espuma y las olas que se elevaban desde la Roca Imantada, pronto su figura cubierta de lana quedó completamente empapada, y una madeja de algas de hace cientos de años se enganchó en la tapa del arcón sacudido por el oleaje. Ravello, al ser un adulto bien crecidito (o al menos, una chaqueta muy grande), por supuesto no podía volar.

De pronto Wendy dejó escapar un sollozo al acordarse de alguien más. Luciérnaga de Fuego, encerrado en la cala como castigo por zamparse vorazmente todas las cebolletas, ¡se había ido a pique con el resto del barco!

# El Arrecife del Dolor
# y el Laberinto de las Brujas

Luciérnaga de Fuego emergió a la superficie como una boya, con su cabello naranja más brillante aún que la piedra roja de la Roca Imantada. Su cuerpecito seguía hinchado por el atracón de cebolletas y tenía los dedos entumecidos de frío. Cualquiera tras un baño forzoso en el mar helado tendría la piel morada, pero cuando Peter Pan lo recogió del agua, Luciérnaga de Fuego parecía más bien descolorido, como un calcetín lavado y relavado mil veces. Su genio sin embargo no se había aplacado lo más mínimo; el polvillo de hada que lo cubría se secó enseguida y era como una capa de azúcar sobre un caramelo. Revoloteaba de un lado a otro con bruscos movimientos en zigzag, hasta que Peter exclamó:

—¡Hada, deja ya de presumir o me enfado contigo!

El sol y la luna compartían presencia en el cielo, acompañadas de una pequeña ración de estrellas y una guarnición de nubes. ¡Era vital encontrar tierra firme! Pero, ¿en qué dirección tenían que volar? En el País de Nunca Jamás la brújula tiene tantos puntos cardinales como granos de arena hay en un desierto.

—¿Todavía tienes el mapa, capitán? —quiso saber John.

Peter blandió el rollo de pergamino, pero cuando trató de desenrollarlo en el aire a punto estuvo el viento de arrebatárselo de las manos. De modo que se contentaron con seguir volando y, conforme los pensamientos alegres cedían paso a los tristes, los niños iban disminuyendo en altura siempre más y más. El rocío de mar les mojaba el rostro, arrastrando consigo el polvillo de hada que cubría sus cabezas. Justo cuando las cosas empezaban a ponerse feas para la Compañía de Exploradores, descubrieron una extensión de tierra.

Un largo promontorio rocoso, coronado por un montón de peñascos y arrecifes bañados de espuma, señalaba el mar como el dedo extendido de una bruja. Crecían florecillas lilas por todas las grietas y los cormoranes levantaron el vuelo entre graznidos cuando los exploradores emprendieron el descenso hacia las rocas. Curiosamente, la línea de flotación estaba abarrotada por los restos oxidados de varios centenares de cochecitos de bebé. Amarrado como un bote de remos en el otro extremo del cabo se veía un antiguo arcón con las letras J G pintadas en la tapa. Ah, y cinco pequeñas islas bailaban ancladas sobre las aguas, a unos metros de la orilla.

Una gran silueta se recortaba sobre el cielo en lo alto del promontorio rocoso. Un halo de hilos ondulantes la rodeaba, meciéndose al viento; parecía la Gorgona Medusa a la espera de convertir a alguien en piedra con una mirada. Pero no lo era.

—Bienvenido al Arrecife del Dolor, señor —dijo la figura.

Peter estaba una vez más pugnando por desplegar el mapa en medio del viento tempestuoso.

—Ayúdame a extender el mapa, Ravello —le dijo con toda la tranquilidad del mundo, como si hubiera sabido desde el principio que su mayordomo lo iba a estar esperando sobre ese promontorio. Y éste se apresuró a obedecerlo, desplegando el rollo de pergamino con un rápido movimiento de muñeca.

Fue Ravello quien les explicó el porqué de los cochecitos de bebé:

—Esas moles mohosas y oxidadas que tienen ante sus ojos son todo lo que queda de un centenar de historias tristes. Son los cochecitos de bebé que alguna vez empujaron por parques, avenidas y calles de ciudad las niñeras que estaban a cargo de pequeñas criaturas. Éstos son los carritos que esas niñeras aparcaron a la sombra de un árbol mientras dormían la siesta; o los que dejaron desatendidos mientras iban un momento a la estafeta de correos para comprar un sello; o para coquetear con sus enamorados. Éstos son los cochecitos que escaparon a su control porque se rompieron los frenos y se despeñaron por empinadas colinas. Para resumir, éstos son los cochecitos de los que se cayeron los niños que desaparecieron y a los que nadie volvió a ver jamás. Éstos son los carritos que convirtieron a los niños pequeños en niños perdidos, y así empezó su largo viaje al País de Nunca Jamás.

—¿Y cómo sabe todo eso? —preguntó Wendy.

El mayordomo encogió sus hombros cubiertos de hebras de lana.

—Soy un hombre errante, señorita. Los hombres errantes van de aquí para allá. Oyen cosas. Rumores. Historias. ¿Continúo?

»Éstos son los cochecitos que las niñeras buscaron sin descanso cuando se dieron cuenta de que los niños se habían ido, dejando tras de sí sabanitas, juguetes, sonajeros y botitas de lana, entre suspiros y «*ajoooos*». Éstos cochecitos vacíos son todo lo que les quedó a las pobres infelices, después de que los padres furiosos las despidieran y las echaran de casa sin una carta de recomendación ni una palabra de perdón.

»Éstos son los cochecitos que las niñeras transformaron en barquitos, y con ellos se echaron a la mar, decididas a buscar por todo el mundo hasta encontrar a los bebés. Cuando oyeron decir que a los niños perdidos se los enviaba al País de Nunca Jamás, surcaron los cinco océanos y por fin acabaron sus días en el Arrecife del Dolor.

Al final del relato permanecía en suspenso una única pregunta, que nadie formuló. Cinco niños perdidos se morían por plantearla, pero ninguno se atrevía. Wendy lo hizo por ellos:

—¿Y estas niñeras encontraron alguna vez a algún niño perdido, señor Ravello?

—¡Debemos esperar que no, señorita! ¡Más valiera que no! ¡Pues imagínese la amarga rabia encerrada en el corazón de esas mujeres! ¡Fueron despedidas! ¡Se las echó a la calle, sin esperanza de encontrar otra colocación! ¡Fueron condenadas a la ruina! ¿Y por qué? ¡Por el pequeño error de perder a un niño! ¡No, no! Estas damas no se hicieron a la mar con la intención de rescatar a los niños que habían perdido. ¿Qué? No, culpaban a esos bebés de todos sus sufrimientos y de toda su aflicción. El oleaje había arrastrado consigo toda su ternura y su dulzura. Se volvieron locas por beber el agua del mar… y sólo les movía… sólo les movía… la sed de venganza.

Los niños perdidos tragaron con dificultad y palidecieron. Peter hizo un gesto despreocupado con las manos.

—Pero eran adultas, ¿no? Entonces no podían entrar en el País de Nunca Jamás, ¿no? —después de esto, todos se sintieron tan aliviados que decidieron pasar por alto a cualquier adulto, pirata, piel roja o dueño de circo, que viviera en el País de Nunca Jamás.

Encaramándose con dificultad a las rocas del estrecho cabo, resbalando sobre las algas viscosas y asustando a un par de focas, la Compañía de Exploradores se dirigió tierra adentro hacia las llanuras anegadas, que con su color púrpura se extendían como heridas hinchadas hasta donde alcanzaba la vista. En el otro extremo del horizonte atisbaban el perfil impreciso del Monte de Nunca Jamás, el objetivo de su viaje. Desde su llegada al arrecife, montado a horcajadas sobre el arcón, el hábil e ingenioso Ravello no había perdido el tiempo. Mientras esperaba a que aparecieran los niños había quitado las ruedas de un par de cochecitos de bebé y las había fijado al arcón, de manera que ahora podía remolcarlo a trompicones. Recurrió a él en busca de objetos de gran utilidad como cerillas, una baraja, té, una pluma y tinta, así como trocitos de cordel. Aunque las islas flotantes habían quedado lejos en la bahía, y con ellas los animales del Circo Ravello, nunca parecían faltarle esos huevos flexibles que comía día y noche.

Los niños se alimentaban, como siempre, de la comida creada de la nada por la imaginación de Peter (aunque Ravello sacó del arcón un salero de plata algo deslucido para aliñar sus alimentos). Peter parecía haber desarrollado cierta inclinación por el marisco y el pescado, por lo que ahora comían langostas y rodaballos imaginarios, gelatina de anguilas y mantequilla de cangrejo. (A Tootles incluso le entró un sarpullido imaginario pues era alérgica a los caracoles marinos).

El suelo blando y suave de la marisma color púrpura se iba haciendo más seco a cada kilómetro que avanzaban. El musgo y el brezo pronto dejaron paso a un polvo seco moteado de hirsutos cactos y surcado por zarzas y arbustos de espino que saltaban a su paso como trampas. Era imposible sentarse un rato a descansar, y mucho menos tumbarse en el suelo a dormir un poquito: hubiera sido como echarse la siesta en una caja de agujas y alfileres. Se turnaron para hacer el viaje subidos a horcajadas sobre la tapa curva del arcón.

De las zarzas colgaban atrapados trozos de tela: sarga azul o algodón a rayas, organdí descolorido o el encaje blanco del borde de una enagua. Los exploradores no tardaron en descubrir el porqué. Y es que habían llegado al Laberinto.

El viento o la lluvia habían convertido un páramo de dunas de arenisca de mil tonos tristes de azul, gris y verde en un intrincado laberinto de pasillos y pasadizos secretos. Abiertos a la intemperie, formaban un paisaje de vórtices y remolinos hasta donde alcanzaba la vista, cruzándose y superponiéndose de tal manera que una persona podía ir de un lado a otro sin encontrar nada más que otro pasillo que vadear y otra cresta de arena que superar. Y, diseminadas entre esos conos a rayas de colores que parecían caramelos y esos arcos y surcos de roca, había innumerables mujeres correteando de un lado a otro, llamando a voces una y otra vez:

—¡Henry!

—¡George!

—¡Ignatius!

—¡Jack!

Sus ansiosas manos aferraban pañuelos, juguetitos o mantitas. Quizá, después de todo, no fuera el viento o la lluvia lo que había esculpido la suave roca, sino el frenético ir y venir de los botines y los zapatos de aquellas mujeres, el roce del vuelo de sus faldas largas y anticuadas mientras recorrían el Laberinto de...

—¡Son brujas! ¡Tengan cuidado! —susurró Peter, y los niños agacharon la cabeza.

—No tienen aspecto de brujas —dijo Tootles con recelo—. ¿Dónde están sus sombreros picudos?

—¿Adultos en el País de Nunca Jamás? Si no son brujas, ¿qué otra cosa pueden ser? —replicó Peter Pan.

—Me temo que mi ilustre señor tiene razón —murmuró Ravello—. Éste es el Laberinto de las Brujas. Bajo ningún concepto permitan que los toquen, o que sus maleficios alcancen sus oídos. Éstas son las mujeres de las que les hablé.

—¿Las niñeras?

—Exactamente. Aquí es donde las trajo su vagar por el mundo. El fracaso y el mal genio envenenaron sus mentes y las convirtieron en brujas. Así es como lograron llegar al País de Nunca Jamás, empleando sus poderes mágicos. Pero si ven a un niño, cualquier niño, lo atraparán y le darán un baño; le cambiarán los calcetines y le darán de comer papilla; le harán estudiar las tablas de multiplicar y lo mandarán a la cama cuando aún es de día. Le guste o no, probablemente hasta le darán un beso —los chicos hicieron una mueca y un escalofrío de asco les recorrió todo el cuerpo. Encogieron la cabeza entre los hombros y se estremecieron. Entonces Ravello añadió, como si acabara de recordarlo—: después, asarán al niño a la brasa y se lo comerán.

—Este sitio tenía otro nombre en el mapa, creo —musitó Wendy pensativa—. El Laberinto de… otra cosa…

Pero Peter, que seguía con una sonrisa de oreja a oreja por el placer que le provocaba que lo llamaran «ilustre señor», desenrolló el pergamino para comprobarlo y le aseguró a su amiga que sí, sí se llamaba El Laberinto de las Brujas. (Recuerden por favor, sin embargo, que Peter no sabía leer).

—¡Edgar!

—¡Edmund!

—¡Paul!

—¡Jamie!

Las brujas seguían llenando el aire con sus siniestros lamentos y llamadas. En los ratos perdidos se las oía también olisquear —olisquear, sí, no había duda— como si quisieran percibir el rastro de su presa.

Reptando por el suelo, arañándose las muñecas y las rodillas con la punzante arenisca, los exploradores avanzaban centímetro a centímetro. Pocos minutos después, estaban perdidos sin remedio, ya no sabían por dónde habían venido ni cómo escapar de allí. Algunos de los pasillos de piedra eran callejones sin salida. Otros eran tan estrechos que no se podían atravesar ni de lado. Y otros daban tantas vueltas y recodos que los niños perdieron por completo el sentido de la orientación. John grabó su inicial en la roca con la punta de su espada de pez-espada, y en espacio de una hora pasaron cuatro veces por delante de la marca. Las ruedas de los cochecitos, a las que hacía tiempo que nadie echaba aceite, chirriaban al avanzar, y el contenido del arcón se movía con estruendo a cada paso. Pero las brujas armaban tanto jaleo con sus voces...

—¡Shinji!

—¡Pierre!

—¡Ivan!

—¡Ali!

... que no había peligro de que los oyeran. Por todas partes, por detrás, por delante, por encima y por debajo, a izquierda y derecha, se oían las gritos de las brujas buscando a los niños:

—¡Percival!

—¡Richard!

—¡Billy!

—¡Rudyard!

Además, las rocas exhalaban un extraño olor que les irritaba la garganta y les daba ganas de llorar. El primero en hacerlo fue Slightly, que avanzaba reptando mientras gruesos lagrimones resbalaban sobre el dorso de sus manos. El Laberinto los llenaba de tristeza, y ésta era tan contagiosa como la gripe.

—¿Florisel?

Una de las brujas se cruzó directamente en su camino. El dobladillo de su falda estaba hecho jirones y llevaba unas zapatillas de ballet muy desgastadas, pero alrededor de su cuello refulgían aún sus joyas. Una pluma de avestruz enmarañada resbaló sobre su rostro y la bruja se la apartó de un manotazo para observarlos mejor.

—¿Eres tú, Florry? Dime, ¿eres tú?

Peter trató de reptar hacia atrás, pero se chocó con Curly. La bruja gritó el nombre una y otra vez, tan fuerte que John tuvo que taparse los oídos. Al oír las voces acudieron también otras brujas.

—¿Niños? ¿Son niños?

—¡Niños!

Acudieron docenas, empujándose unas a otras para echar un vistazo. De camino perdían los zapatos sin darse cuenta, y con las prisas dejaban caer juguetes y sonajeros. Sus gemidos de almas en pena seguían resonando como un eco. Tendían los brazos, con las palmas de las manos hacia arriba y, levantando los rostros al cielo, imploraban: «¡Por favor! ¡Por favor, que sea él!».

Los exploradores se pusieron en pie de un salto y echaron a correr, esquivando obstáculos a izquierda y derecha, con la cabeza gacha, deslizándose por las pendientes rocosas y saltando de cresta en cresta. Arrastrado por Ravello, el arcón con ruedas daba enormes saltos sobre el suelo, derribando a las brujas y haciéndoles soltar tacitas y biberones. Ahora que tenían las manos libres, agarraron al mayordomo, tirando y tirando de su chaqueta de lana como si quisieran descuartizarlo.

—¿Wilfred?

—¿Matela?

—¿François?

—¿Roald?

Cegado por las lágrimas, Slightly se topó de lleno con una bruja, una mujer de una belleza tan desconsolada que se le hizo trizas el corazón y la sangre se le convirtió en lamento. Ella sostuvo su rostro entre sus manos durante unos segundos y ambos se miraron a los ojos. En el iris verde de los de la mujer también había un laberinto... Entonces Slightly se zafó de ella y echó a correr como alma que lleva el diablo.

Mientras Peter corría, la brújula que llevaba en el bolsillo de la levita escarlata golpeaba contra su muslo. Se la sacó, y (aunque tenía más puntos cardinales que granos de arena hay en un desierto) comprobó en qué dirección tenían que escapar. Pero había demasiadas brujas. Los iban acorralando por todas partes, por arriba y por abajo, por delante y por detrás, por un lado y por otro.

—¡Klaus!

—¡Johan!

—¡Ai De!

—¡Pedro!

Slightly dejó de correr. Apoyó la espalda contra una cresta de roca color rosa iluminada por la luz del crepúsculo, tragó saliva con dificultad, y con ésta se tragó también el miedo. Entonces, cuando la masa de brujas vociferantes estaba a punto de abalanzarse sobre él, sacó su clarinete y empezó a tocar.

Los gemidos de las notas resonaron por todo el laberinto. Era una melodía triste y evocadora, pero bien podría haber sido una bala de cañón disparada a quemarropa, pues las brujas se detuvieron en seco, llevándose las manos al corazón. Slightly siguió tocando la misma melodía una y otra vez. Entre las filas de mujeres se elevó una única voz escocesa que puso letra a la canción:

> *¿Es que ya no vas a volver?*
> *¿Es que ya no vas a volver?*
> *Nadie podría quererte más que yo.*
> *¿Es que ya no vas a volver?*

Me atrevería a decir que nunca lloran, o nunca han intentado hacerlo mientras tocan el clarinete, así que yo les diré lo que les ocurriría en ese caso: sus labios se deformarían y les moquearía la nariz. A Slightly le resultaba difícil tocar, más difícil que nunca. Aun así logró interpretar dieciséis estrofas, mientras las brujas se balanceaban al compás de la música delante de él, como sauces llorones mecidos por el viento, y el eco de las palabras resonaba aquí y allá. Como Horacio sujetando el puente, como Roldán en Roncesvalles, Slightly tocó el clarinete mientras sus amigos huían para salvar su vida. Hasta que no cerraron todas las mujeres los ojos en un éxtasis de tristeza, y no estuvieron bien lejos sus compañeros exploradores, no se atrevió Slightly a salir de su ensimismamiento y entonces… **¡echó a correr!**

Los exploradores corrieron y corrieron hasta que la suave arenisca de colores bajo sus pies dejó paso a la hierba, y aun entonces siguieron corriendo. Corrieron hasta que vieron árboles que les ofrecían sus ramas como refugio: ¡*Stop*! Corrieron hasta que sus pulmones quedaron colgando en su interior como murciélagos muertos en una cueva. Entonces, jadeando y resoplando, con las manos apoyadas en las rodillas y ensordecidos por el latido de sus corazones, esperaron a que Slightly les diera alcance.

—¡Has estado fantástico! —le dijeron al recibirlo.

—¡Qué listo has sido!

—¡Maravilloso!

—¿Es difícil aprender a tocar?

La Compañía de Exploradores se agolpó alrededor de Slightly, alabándolo y felicitándolo. (Luciérnaga de Fuego se puso tan celoso que mordió a Cachorrito).

—En verdad ha estado muy bien —se mostró de acuerdo Ravello, sacando del arcón los utensilios para preparar el té de la merienda—. Su genio musical, joven, merece toda mi alabanza.

Slightly se iba sonrojando por momentos.

—Parecían más tristes que enfadadas —dijo (pues era sensible y no quería herir los sentimientos de los demás)—. ¿Está seguro de que esas damas nos querían comer?

—Algunas tal vez fueran vegetarianas —dijo Ravello rápidamente, y luego se llevó a Slightly aparte para estrecharle la mano. (Es decir, éste se encontró la mano llena de lana arrugada)—. ¡Si hemos logrado escapar, se lo debemos enteramente a usted! ¡Qué talento, qué arte! ¡Un maestro en ciernes! Me imagino que esto es lo que quiere ser, ¿no? Lo que quiere ser de mayor, me refiero. ¿Músico, tal vez?

Las orejas de Slightly seguían coloradas por tanto halago.

—¿Yo? —dijo, buscando ver lo más posible del rostro de Ravello para cerciorarse de que hablaba en serio. Pero los ojos color miel que lo observaban con atención tenían una mirada intensa y cautivada, mientras la manga seguía deshilachándose y deshilachándose. Las manos de Slightly estaban llenas de madejas de lana.

Y de repente se formó una imagen en su mente, como múltiples reflejos en una galería de espejos: él de mayor, con mil melodías encerradas en su cabeza como las palomas en el sombrero de un mago; tocando el clarinete sin equivocarse jamás; un montón de rostros sonriendo embelesados mientras él, con los labios fruncidos y los ojos cerrados, llenaba el mundo de notas como pompas de jabón.

—¡Oh, sí! —exclamó Slightly—. ¡Me encantaría ser músico cuando sea mayor!

—Entonces, ¿quién puede impedirlo? —dijo el Hombre Deshilachado, y sus ojos soltaron destellos de felicidad antes de darse la vuelta para alejarse.

# Provisiones para el viaje

unca dormía. Wendy (que los arropaba a todos por las noches y escuchaba sus sueños cada mañana) no pudo evitar darse cuenta: el Hombre Deshilachado no dormía nada en absoluto sino que se pasaba la noche despierto, remendando su chaqueta hecha jirones. Era tan hábil con la lana y la aguja que podía hacerlo con una sola mano. Mientras tanto, escrutaba la oscuridad e inclinaba la cabeza a un lado y a otro, alerta, escuchando… escuchando ¿qué? ¿Algún peligro? Debía de estar protegiéndolos del peligro, pero Wendy prefirió no preguntarle de cuál en concreto.

Los exploradores vieron todo tipo de maravillas en los días que siguieron. Vieron colinas que subían y bajaban, como si respiraran. Vieron ríos que corrían hacia arriba, flores que abrían sus campanas y las tañían, árboles que atrapaban pájaros del cielo y se los comían, y guijarros que flotaban como corchos. John caminó sobre un espejismo y se hundió hasta la cintura, mientras que Tootles consiguió cruzar un río utilizando a los peces como puente. Una vez incluso llovieron castañas, a pesar de que no había un solo castaño a la vista.

—¿Qué ha sido del verano? —preguntó Slightly, que recordaba vagamente tiempos más soleados.

Pero Peter Pan se limitó a encogerse de hombros como si no se hubiera dado cuenta de nada.

—Supongo que se habrá perdido —dijo.

Para pasar el rato hablaban de lo que encontrarían cuando, por fin, llegaran al Monte de Nunca Jamás y hallaran el cofre del tesoro escondido allí. Los Gemelos sugirieron doblones de oro y monedas de ocho y de nueve. Pero en el País de Nunca Jamás, ambos extremos del arcoíris descansan sobre el suelo, así que, cuando hace buen tiempo, puedes ir a cualquiera de ellos y desenterrar un cubo de oro, si es eso lo que te apetece. Por lo tanto, las monedas de oro no tienen nada de maravilloso allí (a no ser que sean de chocolate por dentro).

Tootles pensaba que habría coronas y diademas, collares de diamantes y relojes de oro macizo.

—¡Ése es el tipo de cosas que el capitán Garfio robaría a las pobres princesas y sultanas indefensas que cayeran en sus despiadadas manos! —dijo.

En cuanto a Luciérnaga de Fuego, se imaginaba que habría caramelos de limón rellenos de pica-pica. Cachorrito deseaba que hubiera costillas de cordero. Wendy, rollos de seda india, libros de estampas pintadas a mano y huevos de Fabergé, esos huevos de Pascua rusos adornados con piedras preciosas que tanto le gustaban.

—Los *fabergés* no ponen huevos —replicó Peter con un resoplido de desprecio, aunque no dijo qué tesoro esperaba encontrar él en el cofre. Ravello, pasando despacio el peine por los cabellos de Peter Pan y enrollando sus rizos brillantes alrededor de un lápiz, no dijo nada.

—¿Y usted qué desearía, señor Ravello? —le preguntó Wendy.

El peine se detuvo. El entrecejo del Hombre Deshilachado se frunció de una manera que hacía sugerir que una espantosa jaqueca se estaba desarrollando tras sus ojos.

—No puedo desear, señorita —contestó éste—. Como tampoco puedo soñar. Para hacer ambas cosas un hombre ha de dormir. Y yo no duermo.

—… todo depende de qué fuera lo que el capitán Garfio consideraba lo más valioso del mundo —intervino Slightly, que llevaba un rato enfrascado en sus propios razonamientos—. Porque al fin y al cabo, eso es lo que es un tesoro, ¿no? ¿No es la cosa que más deseas tener en el mundo?

A lo que Luciérnaga de Fuego respondió con un chillido:

—¡Los ojos de sus enemigos! —todos acogieron su sugerencia tirándole encima todo tipo de objetos—. ¿Qué pasa? —protestó—. Me imagino que los piratas comen ojos en lugar de caramelos de limón rellenos de pica-pica. Por cierto, ¿qué hay para cenar?

Ravello sacó el mantel del arcón, lo extendió sobre el suelo y colocó el salero en el centro. Todos se sentaron alrededor con las piernas cruzadas, y Peter empezó a imaginar algo de comer para ellos.

—¿Qué hay hoy en el menú, capitán? —preguntó John, dando palmaditas sobre el mantel de lino blanco y arrugado.

En la frente de Peter Pan se dibujó un surco que movió sus cejas hacia arriba como las alitas de un ángel.

—Se me olvidaba —dijo—. No tengo hambre. Pueden comerse mi parte si quieren.

Todos alargaron la mano hacia la comida invisible. Había un tenue aroma a coliflor y a canela. A Curly le pareció que sus manos habían rozado una col o una cuchara, pero nadie llegaba a tocar su porción de comida. Slightly, que tenía dificultades para mantener sus largas piernas fuera del mantel, alargó la mano torpemente y volcó el salero.

—¡Por Kraken y Krakatoa! —rugió Peter poniéndose en pie de un salto—. ¡Metan piedras en las botas de este niño y dénselo de comer a los tiburones! —los de la Liga lo miraron perplejos. Peter les devolvió la mirada—. ¿Es que no lo han visto? ¿Están todos ciegos, o qué? ¡Este torpe lobo de mar ha derramado la sal! ¿Es que quiere hundirnos a todos en la mala suerte? ¡Por todos los demonios, me entran ganas de marcarle con un hierro candente o de abandonarlo aquí como a un perro!

Todas las miradas se volvieron hacia Slightly, que se sonrojó, volvió a poner bien el salero y pidió disculpas.

—No sabía que fueras supersticioso, Peter —dijo Wendy, preocupada porque las venas del pálido cuello de su amigo se habían puesto muy gruesas y moradas.

—Yo una vez vi cinco gatos negros… —empezó diciendo Tootles, pero se interrumpió, pues ya no recordaba si los gatos negros traían buena o mala suerte.

—*Cinco lobitos tiene la loba* —canturreó uno de los Gemelos.

—Eso es una nana —le dijo su hermano—. Se les canta a los bebés.

El resto de la comida prosiguió en silencio, y luego se interrumpió, pues las comidas no suelen durar mucho tiempo cuando no hay nada que llevarse al estómago. Cuando reemprendieron el camino, mandaron a Slightly a la retaguardia. Nadie quería mencionar que no habían comido nada por si acaso su capitán se enfadaba también con ellos. Ravello sacudió del mantel la sal, la culpable del enfado, dobló la tela y volvió a guardarla en el arcón, no sin antes sacar a Luciérnaga de Fuego, que se había quedado dormido en el cajón donde se guardaban los cuellos almidonados. Cachorrito se alejó en busca de algún alimento que lo saciara más que no comer nada.

Temblando todavía como un gato al que le han pisado la cola, Slightly se fue quedando rezagado. Le alegró que Luciérnaga de Fuego viniera a posarse sobre su hombro. Al hada no le importaba si de pronto Slightly se había vuelto torpe; tenía una profunda devoción por el niño que lo llamaba «tremendo mentiroso» y que sabía tocar melodías en do menor.

—Cuando crezcas un poco, ¿sabrás tocar en do mayor? —le preguntó.

—Para eso no hace falta crecer —le contestó Slightly.

A Luciérnaga de Fuego no había nada que le gustara más que perseguir a las notas que se escapaban del clarinete de Slightly, y luego comérselas de un bocado en el aire como si fueran chocolatinas. Las breves eran las mejores, gordas y redondas, con rellenos cremosos. Las fusas eran efervescentes, pero tenía que comerse docenas para que le supieran a algo. Los sostenidos tenían un sabor largo, que duraba en la boca, y los bemoles eran blandos como algodón de azúcar. A Slightly le divertía ver al hada comerse las notas a dos carrillos: le hacía olvidar el susto de la regañina de Peter.

—¡Más música! ¡Más música! —le rogó Luciérnaga de Fuego.

—¿Cuáles son las palabritas mágicas que todo lo pueden? —replicó Slightly, que sabía lo importante que era la buena educación.

—Ni idea —dijo el hada, que efectivamente no tenía ni la más remota idea.

Cuanto más alta era la nota, más alto tenía que volar Luciérnaga de Fuego para alcanzarla.

—¿Qué ves desde allí arriba? —le preguntó Slightly mientras el hada se elevaba tras la nota más alta.

—Huuuyyy. ¡Lo veo todo! ¡Veo hasta el volcán Etna y el río Po! —le respondió el hada—. ¡Más alto! ¡Más alto!

—¡Mira que eres mentiroso! —le gritó Slightly mientras tocaba una escala más alta. Luciérnaga de Fuego se elevó y se elevó en el aire…—. ¿Y ahora qué ves?

—Huuuyyy. ¡Hasta más allá del horizonte! ¡Veo hasta Constantinopla y Timbuktú! ¡Más alto, más alto!

—¡Mira que eres mentiroso! —dijo Slightly sonriendo, y cuando tocó la nota más alta dejó de lado el clarinete y se puso a silbar—. ¿Y ahora qué ves?

—Huuyyy. ¡Veo hasta el pasado! ¡Veo a los aztecas y a los vikingos! —contestó Luciérnaga de Fuego con la boca llena de notas—. ¡Más alto, más alto!

—¡Mira que eres mentiroso! —dijo Slightly riéndose, y volvió a silbar, aún más agudo.

—¡Amarra ese silbido, rufián! —de pronto Peter Pan estaba

frente a él, con el rostro encendido y los ojos abiertos de par en par—. ¿Es que quieres atraer a la mala suerte con tus silbidos?

A Slightly se le pusieron todos los pelos de punta del miedo que le dio.

—Lo siento, capitán —murmuró.

—¿Es que no sabes que silbar a bordo de un barco trae mala suerte?

—Pero no estamos... —murmuró Slightly, pero las palabras se le murieron en la boca ante la ira de Peter.

—Huuuyyy. ¡Veo mil peligros acechando! —chilló Luciérnaga de Fuego desde lo alto—. ¡Veo mil emboscadas! —pero, por supuesto, nadie le prestó atención porque siempre decía mentiras—. ¡Las hadas se mueren si no se les presta atención! —se quejó.

Peter apoyó ambas manos extendidas sobre el pecho de Slightly y le dio un fuerte empujón que le hizo caer al suelo de espaldas.

—Camina a unos pasos de nosotros, ¿quieres? ¡Guárdate para ti tu mala suerte!

Los demás exploradores se miraron unos a otros. Tootles temblaba acariciándose el labio superior con una expresión ausente. Ravello no parecía haber oído el jaleo y seguía caminando, con la cabeza gacha, tirando del arcón en dirección a un bosque. Lo siguieron todos en fila india pues el sendero era estrecho. Wendy caminaba justo detrás de Peter. Veía ondear los faldones de su levita roja y su largo cabello rizado rebotar con gracia sobre sus hombros.

—Estás muy cambiado, Peter —le dijo—. De verdad, apenas te reconozco.

—¿Y te extraña? —contestó éste—. ¡Esta aventura es tan aburrida! ¡No hemos tenido una sola batalla desde que desembarcamos! —pero entonces se puso a toser y se enjugó la frente con el pañuelo que le había prestado Wendy, sin volverse para mirarla ni una vez siquiera.

Los bosques frondosos dejaron paso a un pinar que parecía sin vida. Cuando se puso el sol y se sentaron todos a cenar, Peter anunció que no habría comida para Slightly, pues había silbado, y silbar traía mala suerte (tras de lo cual Wendy decidió inmediatamente cederle su parte a Slightly). Los demás aguardaron mientras se les iba haciendo la boca agua. Algunos tenían la esperanza de que la cena consistiera en tarta de limón, y otros, en salchichas…

Pero lo cierto es que no hubo cena para nadie. No apareció nada de comer sobre el mantel blanco. Una y otra vez Peter trató de imaginarse la comida. Cuando vio que no surgía ante él ninguna tarta de manzana, probó con una simple ración de fruta y verdura. Pero aunque los exploradores palparon con avidez sus platos y el espacio alrededor de éstos, no notaron bajo sus dedos ninguna naranja invisible, ni una ramita de apio, ni unas zanahorias, ni siquiera una mísera col rizada.

—Será que los pájaros se lo han comido todo de mi cabeza —dijo Peter horrorizado—. O algún hada glotona. O será la mala suerte que nos ha traído Slightly por derramar la sal y ponerse a silbar.

Fuera quien fuera el culpable, estaba muy claro que sus poderes mágicos habían desaparecido, de modo que los exploradores se fueron a la cama hambrientos, tanto que no lograron conciliar el sueño. La luna se les antojaba un gran queso redondo y las estrellas parecían miguitas de pan. El zumbido de los insectos les recordaba al sonido de una olla de sopa hirviendo a fuego lento, y en el repiqueteo de la lluvia sobre el suelo les parecía oír los cascos del caballo del lechero golpeando contra el camino. Les sonaban las tripas. Tenían tanta hambre que incluso recordaron con nostalgia los huevos flexibles que comía Ravello y se preguntaron si no se le podría convencer para que los compartiera con ellos…

—Hay bizcochos en el arcón, por supuesto —pronunció su voz grave y aterciopelada, surgiendo de la oscuridad.

Unos instantes después, estaban todos arremolinados alrededor del arcón, rebuscando en su interior y alumbrándose con luciérnagas y bichos de luz mientras trataban de recordar cómo dividir treinta y tres bizcochos entre ocho bocas hambrientas.

—Cuando los encontremos, ¡tenemos que hacerlos durar! —dijo Wendy, la más sensata—. Que nadie se coma su ración de una vez.

Sacaron libros y botas de goma, un sombrero de marino y un salvavidas, plumas y un tintero, mapas y brújulas, pero en el fondo del arcón sólo encontraron el envoltorio de tres paquetes de bizcochos y un puñado de bichitos.

—¡L-U-C-I-É-R-N-A-G-A D-E F-U-E-G-O!

El hada se había zampado hasta la última miga.

El hambre los amenazaba como una manada de lobos, pues los poderes mágicos de Peter habían desaparecido, y todas sus provisiones también. Que Luciérnaga de Fuego se colara dentro del arcón y se zampara los últimos comestibles que quedaban fue tan grave como si les hubiera echado veneno en el té o hubiera quemado toda su ropa de abrigo. Miraron el paisaje que se extendía a su alrededor y ya no lo encontraron amable, ya no les parecía dispuesto a compartir sus maravillas con ellos. Ya no era más que una despensa, vasta, hostil y sobre todo VACÍA.

¿Saben qué es lo peor de las hadas? Que nunca piden perdón. Esas boquitas siempre tan prontas para zamparse notas musicales, bizcochos, botones, bellotas y cebolletas sencillamente no son capaces de pronunciar las palabras «por favor» o «perdón». De modo que cuando Peter llamó a su presencia al ávido duende y le preguntó qué tenía que decir en su disculpa, la criaturita azul se limitó a encogerse de hombros y a exclamar «¡Tengo hambre!» como si eso bastara para explicarlo todo.

Peter desenvainó su espada —«¡Oh, Peter, no!»— y dibujó una ventana en el aire; no le faltaba un detalle: tenía su marco, sus barrotes brillantes, su alféizar y su pestillo. Luego la abrió y echó a Luciérnaga de Fuego por ella, como se echa a una avispa que se ha colado en una habitación.

—¡Fuera, peste, te echo por comer más de lo que te correspondía!

La ventana se cerró: todos oyeron correrse el pestillo. Desde el otro lado, el hada gritó:

—Las hadas se mueren si no se les presta atención, ¿lo sabían? —pero Peter no les dio permiso para responder. El hambre rugía en ocho pequeños estómagos. Los niños se acurrucaron en sus mantas y se durmieron, con la esperanza de soñar con comida.

Cuando despertaron a la mañana siguiente, encontraron el mantel extendido sobre un lecho de agujas de pino y a Peter sentado al lado, con las piernas cruzadas sobre el suelo. Se había quitado su levita roja para utilizarla como cojín. Delante de él había dispuesto ocho platos, sobre los que iba colocando porciones iguales de bayas.

—Una para ti. Una para él. Una para ella. Dos para los Gemelos. Una para… —al ver que lo estaban mirando, blandió un racimo de frutas rojas y brillantes a guisa de saludo—. ¡Provisiones para el viaje! —dijo, y se echó a reír.

—¿De dónde las has…? —empezó a decir Wendy, perpleja.

—¡Sobrevolé la noche a la luz de la luna! Seguí a las lechuzas y me convertí en la sombra de los murciélagos. Allí donde se escabulle la abeja, me escabullí yo también. ¡Ah, la inteligencia de Peter Pan! —su rostro conservaba aún un resplandor de luz de luna; una palidez plateada; la marca de la luna sobre su piel.

—Creo que podríamos decir que Su Excelencia el Niño Maravilloso ha salvado la situación —dijo Ravello inclinándose reverentemente y ayudando a Peter a ponerse la levita roja. Locos de contento, los Gemelos empezaron a aplaudir y el resto de los niños se les unió.

Las bayas eran rojas y duras como piedras. Unas sabían a cereza, otras tenían un saborcillo más parecido al del tomate, y otras, al jamón ahumado. Ravello les echó sal en abundancia. Para ablandar las pepitas, dijo. Peter Pan apenas si se acordó de tomarse su ración, tan ocupado como estaba en saborear las palabras «Su Excelencia el Niño Maravilloso».

Más tarde, cuando atravesaban una pineda frondosa y oscura, el Niño Maravilloso les señaló dónde había encontrado las bayas, allá en la cima de las ramas más altas: los Gemelos corrieron para saltar y agarrarlas, pero eran demasiado bajitos y no alcanzaban. Wendy tampoco llegaba, ni Tootles. Ni siquiera Curly. Mientras Peter se levantaba del suelo sin ningún esfuerzo para recoger unas cuantas más para el viaje, los demás, con los puños apretados y las rodillas dobladas, trataban con todas sus fuerzas de pensar en cosas alegres. Pero una llovizna fría que empezaba a caer, y la escasez de polvillo de hada, no facilitaban su tarea.

Slightly, que estaba deseando ser de utilidad y recuperar la aprobación de Peter, tomó carrerilla, se puso de puntillas, estiró los brazos todo lo que pudo y recogió tres racimos de frutas rojas.

—¡Quítenle la piel a tiras a ese niño y dénselo de comer a los tiburones! —con los pies bien plantados sobre una rama alta y una mano sobre la empuñadura de la espada, Peter Pan señaló a Slightly con un dedo acusador y pronunció las palabras que todo niño perdido más teme escuchar—: ¡Margínenlo, pues es un traidor y un renegado! ¡Destiérrenlo al País de Ninguna Parte! ¡Que nadie vuelva a dirigirle la palabra!

—¡Oh, Peter! —exclamó Wendy, tendiendo la mano como para calmarlo, pero no había forma de tocar a Peter Pan, posado sobre la rama como un águila despiadada espiando a su presa. Tuvo que doblar el cuello por completo hacia atrás y la lluvia le inundó los ojos—. ¡Oh, Peter! ¿Pero qué es lo que ha hecho? Si sólo ha recogido unas cuantas…

Peter se dejó caer en picada como un halcón. Le arrebató a Slightly su espada y la partió en dos sobre su rodilla.

—¿Es que no lo ven? ¡Es el que incumple las promesas! ¡Es la larga serpiente que se escurre por la hierba! —fue a colocarse como lo había hecho antes, frente a Slightly (sólo que ahora su nariz estaba a la altura del último botón de la camisa del niño perdido).

Tal vez fuera culpa de la bruja, que había tomado el rostro de Slightly entre sus manos. Tal vez fuera porque había entrado en el País de Nunca Jamás de manera indebida (deslizándose hacia abajo por el extremo de su cama). Tal vez fuera culpa del Tiempo que merodeaba por el País de Nunca Jamás, convirtiendo el verde del verano en rojo y naranja, y haciendo sonar la campana del barco. O tal vez de verdad fuera un traidor. Fuera cual fuera la causa, Slightly Darling estaba creciendo, no había quien lo negara. Ya le sacaba más de una cabeza a Peter y alcanzaba a recoger las bayas, cuando nadie más lo hacía.

Peter desenvainó su espada —«¡Oh, por favor, capitán, no!»— y con la punta de su arma dibujó en el aire un puente levadizo completo, con su cuerda, su polea y sus crueles púas de hierro. Luego levantó la reja de hierro, obligó a Slightly a retroceder a punta de espada, y volvió a bajar la reja, encerrándolo al otro lado.

—Todos ustedes juraron no crecer nunca —dijo Peter, desafiándolos a hacer alguna objeción—. Ésa es la única norma. Y Slightly no la ha cumplido.

¿Qué podían decir? Una vez más los exploradores se colocaron en fila india y continuaron su larga marcha hacia el

Monte de Nunca Jamás. Lanzando una mirada a su espalda, hacia donde Slightly seguía de pie inmóvil bajo la lluvia, Wendy vio que ahora la camisa apenas le llegaba a las rodillas y el clarinete que sostenía en la mano parecía más pequeño que antes.

La distancia servía de algo. Cuanto más se alejaban, más pequeño parecía él, una figura patética en medio del camino. Casi lo podrían haber confundido con un niño pequeño perdido en medio de una tormenta.

# Elige tu bando

La brisa les trajo una melodía cautivadora y anhelante. Lo primero que oían al despertar por las mañanas y lo último que oían al irse a la cama por las noches era el sonido del clarinete de Slightly desde el fondo de su destierro. Nadie había imaginado que ocurriría así. Entendían que Slightly había hecho mal en crecer y querían sacarlo de sus pensamientos, como Peter les había dicho que debían hacer. Pero resulta difícil olvidar a alguien cuando todavía puedes oírlo.

La marcha se estaba complicando. Las pinedas habían dejado paso a bosques de troncos, un paisaje de palos desnudos, sin hojas y sin vida, como los mástiles de un barco encallado en la arena. El cartógrafo había bautizado este lugar como el Desierto Sediento, pero era obvio que era un nombre equivocado. Pues no era el desierto lo que estaba sediento, sino cualquiera que lo atravesara. No había lagos ni ríos de los que beber, y entre eso, y la sal que tomaban en sus comidas, los exploradores estaban muertos de sed. Peter se había ido en avanzada para tratar de descubrir una fuente o un arroyo. Una vez más el viento les trajo la música de Slightly.

—¿Qué será de él? —dijo Wendy.

Lo dijo como si estuviera pensando en voz alta, más que haciendo una pregunta de verdad, pero Ravello levantó la vista de las botas de Peter Pan, que estaba limpiando, y le contestó:

—Sin duda se convertirá en uno de los Rugientes, señorita, se volverá salvaje y huraño, y se alimentará de raciones de venganza fría.

—¡Buaj…! —exclamó uno de los Gemelos—. ¿Eso es parecido a la verdura hervida?

A falta de betún, Ravello escupió sobre el cuero y lustró la bota con una esquinita de su chaqueta sin forma.

—Más bien no, oficial Darling, no. ¿Nunca han oído el dicho: «La venganza es un plato que se sirve frío»? Pero, por supuesto, las brujas podrían atraparlo antes.

—¿Quiénes son los Rugientes? —preguntó John, que por un momento temió que Slightly pudiera pasarlo mejor con ellos que con los exploradores.

—¿Los Rugientes? —a Ravello pareció sorprenderle su ignorancia—. Pensaba que Su Suprema Alteza les habría hablado de ellos hace tiempo —cuánto habría disfrutado Peter con lo de «Su Suprema Alteza» si hubiera estado allí para oírlo—. Los Rugientes. Los niños perdidos hace mucho, mucho tiempo. Son aquellos a los que Peter Pan desterró por no cumplir la norma. Por crecer. Los echó, y ahora vagan por los parajes salvajes, viviendo del bandolerismo y de sembrar el caos y la destrucción. Son tremendamente crueles.

—Nadie es del todo malo —se apresuró a decir Wendy, sabiendo que Slightly jamás podría hacer todas esas cosas.

La voz del mayordomo no era agresiva. Seguía tan dulce y tierna como la de un corderito.

—¿Por qué habrían de conservar dulzura alguna, señorita? Considérenlo. Descuidados y abandonados por sus madres, se los envía al País de Nunca Jamás, con el corazón destrozado. Pero allí, ¡oh, divino consuelo!, se encuentran con que se los recibe al amparo de una casita y una guarida subterránea, en un mundo de amigos y diversión. ¡Otra vez vuelven a sentirse acogidos! ¡La vida es perfecta! Pero, entonces, un día sus muñecas empiezan a asomar de los puños de sus camisas; se les quedan cortos los pantalones. Y por este pecado pierden su lugar en el Paraíso. Se los destierra, se los echa fuera de casa como a una botella de leche vacía, se los desprecia y se los rechaza, y esta vez quien lo hace es su mejor amigo.

Los exploradores se estremecieron, respirando con dificultad. Visto así, parecía tan… cruel.

—No pueden volver a casa, pues son adultos, y los adultos, como todos saben, no pueden volar. De modo que permanecen atrapados en el País de Nunca Jamás, pero sin la alegría ni los beneficios que ello debería otorgarles. Sus corazones se pudren, como las manzanas que permanecen demasiado tiempo en el árbol; el odio y la nostalgia cavan su madriguera en el fondo de su alma. Considérenlo. Aprendemos el amor en el regazo de nuestras madres —ronroneó Ravello—, y la traición cuando se cansan de nosotros y sus faldas se alejan en la distancia en un frufrú de telas de seda. Si los amigos también nos dan la espalda… ¿por qué no caer en el bandolerismo?

¿Por qué no pasar el tiempo rebanándole el cuello al enemigo? ¿Por qué no llevar una vida dedicada al crimen? La desesperación mata el corazón de un niño —metió un brazo en cada bota que estaba lustrando y las blandió en alto para admirar el brillo del cuero—. No. Yo he amaestrado osos y leones, señorita. Con una mezcla de amor y temor he amaestrado animales de todas las especies. Pero no hay forma de amaestrar a los Rugientes. Ya no les queda nada que temer y han aprendido sabiamente a no volver a amar nunca más —las botas lustradas permanecían en el suelo, en medio de todos, como si Peter estuviera allí con ellos, aunque invisible. El dueño del circo hizo una reverencia a esas botas vacías hasta casi tocar el suelo—. ¡Pero Slightly incumplió la norma de oro y ha pagado el precio! ¿Qué otra opción tenía el Niño Maravilloso? Así es la Ley de Peter Pan.

El sonido del clarinete de Slightly se abatió en picada sobre ellos como una golondrina, y todos menos Ravello agacharon la cabeza, temerosos de que se les enredara en el pelo.

Por ese mismo cielo apareció Peter Pan y metió un pie en cada bota como sendas espadas en sendas vainas. Traía noticias de una cascada que había un poco más adelante, y los exploradores, muertos de sed ya, se pusieron en pie de un salto y se apresuraron a continuar su camino.

Era una cascada extraña: no había río que llegara hasta su orilla, ni río que se nutriera después de ella: era una simple catarata de agua que envolvía una pared rocosa tan alta como el Monte de Nunca Jamás y tan suave como el cristal. Se acercaron a ella todo cuanto se atrevieron, con la boca abierta de par en par, dejando que el rocío helado cayera por sus gargantas. Estaba delicioso. Blanco y ligero como el humo, el rocío los cubrió, llenándoles el cabello de gotitas plateadas. Cuando el sol se abrió paso y brilló sobre él, surgieron también varios arcoíris. Y cuando muy arriba por encima de sus cabezas se formó una nube de colores brillantes y parpadeantes, dejaron escapar un suspiro de admiración, tan bello era lo que veían.

No es que la belleza sea algo muy importante para un niño. No se gastaría su dinero de bolsillo para comprarla. No rebañaría el plato hasta dejarlo limpio si se la sirvieran de cena. De hecho, la mayor parte de los días, no hablaban de ella ni le dedicaban un solo pensamiento. Pero esa imagen en concreto dejó a los exploradores extrañamente embelesados, y se quedaron largo rato contemplando el calidoscopio de tonos lilas, azules, malvas y violetas que bailaban en el cielo. ¿Qué era aquello que había dicho ese escritor, J. M. Barrie? «A veces la belleza se desborda y entonces los espíritus se liberan».

Una por una las distintas motas de color se separaron entre sí y bajaron flotando del cielo, como pétalos de rosa al término del verano. Cayeron rozando los rostros alzados; se instalaron sobre sus hombros. Caían más y más motas: una nieve ligera de copos de colorines. Como la nieve, los hipnotizaba; era un remolino de belleza que caía hacia el suelo, mareándolos. En lugar del rocío de la cascada, ya sólo sentían el suave tacto de miles y miles de fragmentos aterciopelados de hermosura. Se amontonaban sobre sus cabellos; llenaban sus oídos y sus bolsillos; tiraban de sus ropas. ¿Tiraban?

—¡Hadas! —exclamó Tootles encantada—. ¡Miles y miles de hadas!

De pronto la nieve se convirtió en una ventisca. La alegría dejó paso a la inquietud, y después rápidamente al miedo. La lluvia de cuerpecitos diminutos no daba muestras de detenerse. Pronto los niños quedaron hundidos hasta los tobillos, y al poco hasta las rodillas en masas heladas de hadas, incapaces de dar un solo paso. Sus manos, atrapadas en el hechizo de las hadas, pesaban tanto que no las podían levantar. Las trenzas rubias de Tootles parecían ahora hojas de maíz llenas de langostas incrustadas. El peso tiraba de los niños hacia abajo, arrastrándolos, aplastándolos contra el suelo. Los que permanecían aún de pie pugnaban por no caer, pues aquellos que perdían el equilibrio quedaban inmediatamente arrollados —sepultados— bajo una tonelada de hadas. Pero uno tras otro iban cayendo, y uno tras otro se iban asfixiando bajo un manto, un colchón, una emboscada de hadas. Inmovilizados en el suelo, no oían nada más que el sonido de un millón de alitas diminutas, el siseo y el zumbido de un millón de vocecitas malignas:

*¿En qué bando? ¿En qué bando estás?*
*¿Eres de los Rojos o de los Azules?*
*¡Contesta ahora y di la verdad!*
*¿Eres de los Rojos o de los Azules?*

—¿Los manda ese traidor devorador de cebollas? —gruñó Peter Pan. Pero ya era obvio que no se trataba de una simple broma o una travesura desagradable. Los exploradores se habían metido de lleno en una guerra abierta. Las hadas la emprendieron a patadas y puñetazos con ellos. Recordando el apetito de Luciérnaga de Fuego, los Gemelos pensaron que se los estaban zampando y se echaron a llorar. Una y otra vez las diminutas voces apelmazadas vibraban a través de ellos, como un coro de abejas:

*Muestra tus colores: Azul o Rojo.*
*Muestra tu bandera o di adiós a tu vida entera.*
*¡Nada más podrá salvarte del comando!*
*Azul o Rojo: ¡elige tu bando!*

Estaba claro que el mundo de las hadas se había dividido en dos y había estallado la guerra entre dos grandes ejércitos: los Rojos y los Azules. Wendy se estrujó el cerebro para tratar de averiguar cuál podía ser el objeto de aquella pelea, y qué podían significar los colores. Recordó que las hadas chicas son de color blanco y los chicos, de color lila, y que las que son demasiado tontorronas como para decidir si son una cosa o la otra son de color azul. Pero esto no podía ser una guerra de sexos: en el enjambre de atacantes había tanto chicos como chicas. ¡Qué injusto era tener que elegir bando sin saber qué defendía cada uno!

*¿Eres o no eres de los nuestros?*
*¿Eres frío como el hielo o caliente como el fuego?*
*¿Eres Azul o eres Rojo?*
*Si te equivocas de bando estás muerto.*

Sus captores entonaban esas cancioncillas sin el menor entusiasmo. Debían de haberlas cantado tantas veces que ya ni siquiera se daban cuenta de lo que decían. Pero no por ello eran menos aterradoras sus palabras.

—¡No estamos en ningún bando! —gruñó Curly, que apenas era capaz de exhalar aire para hablar—. ¡Somos neutrales, como los suizos!

—¿Suizos? —jadeó John, que era muy patriótico—. ¡Somos británicos! —de haber podido Curly mover un pie, tal vez le habría dado una patada. Sea como fuere, a las hadas les importaba un pimiento la neutralidad.

*¿Eres amigo o enemigo?*
*Dilo si quieres que te dejemos marchar,*
*que te dejemos vivir, o te decidamos matar.*
*¡Dinos el color de tu bandera o recibirás tu castigo!*

Wendy trató de contestarles.

—¡Nuestra bandera es la del girasol y los dos conejitos! —pugnó por decirles—. ¡Somos exploradores! ¡No estamos en guerra con nadie! —pero tenía hadas en la boca, y un ejército entero subía por sus costillas. De todas maneras era inútil, las hadas parecían dispuestas a hacer caso omiso de cualquier respuesta que no fuera «Azul» o «Rojo».

Y si los niños decían uno de los dos al azar y se equivocaban, sería la última palabra que pronunciaran en sus vidas.

*Elige tu bando. Elige tu bando.*
*Dinos qué color tiñe tu bandera.*
*Levanta tu bandera, levántala bien alto.*
*Si no lo haces, MORIRÁS EN LA HOGUERA.*

—¡Cómo vamos a levantar nuestra bandera si no se quitan de encima! —bramó Peter furioso. Quizá el enjambre de hadas transigió, o quizá el Niño Maravilloso se sentía tan furioso y tan decidido que consiguió arrastrarse hasta la superficie. El caso es que ahí estaba por fin, junto a la cascada, de pie pese a la plaga de hadas que se columpiaba de su corbata blanca—. ¡Navegamos con bandera pirata! —declaró—. ¡La calavera y las tibias, ésa es nuestra bandera!

—¡Peter, no! ¡Eso no es verdad! —Wendy estaba tan escandalizada que ella también logró liberarse del enjambre de hadas.

Su mirada se cruzó con la de Peter, y por un momento pareció que aquellas palabras lo habían sorprendido a él tanto como a ella. Por suerte, eso de «bandera pirata» no significaba nada para las hadas, que seguían cantando: no sabían de qué color era una bandera pirata. Lo que ya no era tanta suerte es que se les estaba acabando la paciencia.

*¿Estás con los Rojos o con los Azules?*
*¡Decídelo de una buena vez!*
*Contaremos y morirás a la de tres.*
*Rojos o Azules, ¿a ver? UNO…*

De repente, un halo de luz explotó alrededor de la esbelta silueta de Peter. Entonces desapareció por completo. Había caído hacia atrás a través de la cortina de agua que se precipitaba hacia abajo, aunque la fuerza de la catarata debía de haberle golpeado como una avalancha. Wendy estaba a la vez encantada y sobrecogida —encantada de que su capitán hubiera escapado, y sobrecogida de que hubiera dejado a sus amigos a la merced de las hadas.

—¡Dos!

No había nada que hacer. Tenían que arriesgarse. Decidirse por los Azules, con la esperanza de no estar en manos de los Rojos, o por los Rojos, esperando no estar entre Azules. Cada miembro de la Liga de Peter Pan se puso a imaginar ambos colores, tratando de decidirse por uno de los dos. Ni el azul ni el rojo parecían lo suficientemente importantes como para morir por ellos.

—¡Arcoíris!

Peter Pan surgió de la pantalla de agua, dejando atrás el estruendoso rocío. En su mano ondeaba un arcoíris de los formados por el sol y las gotitas de agua.

—¡Éstos son nuestros colores! ¡Y ahora júzguennos por nuestra bandera y mátennos o déjennos libres!

El ejército de hadas se sumó en la más profunda confusión. Miraban la bandera, hecha de rocío y sol, y veían azul y rojo en proporciones iguales, así como todo un espectro de colores diferentes. La presión de los cuerpos diminutos se fue suavizando conforme la gravedad iba ejerciendo su control. (Las hadas siempre se caen hacia arriba). Parecían algo decepcionadas, pues Peter Pan les había estropeado la fiesta: los ejércitos disfrutan más matando que haciendo nuevos amigos. También miraban con envidia la bandera arcoíris, casi como si les gustara más ésta que una azul o roja. Entonces, formando un remolino de cuerpecillos brillantes, se alejaron volando por el cielo.

Wendy sintió ganas de gritarles: «¡Alto! ¡Deténganse! ¡Antes nunca solían luchar! ¿Qué les pasa?». La nube de color lila, malva, índigo, azul, violeta y blanco se tambaleó hacia el cielo y por fin se separó como el arroz que se arroja en las bodas. O como un obús.

—Ellas y sus estúpidas banderas —dijo John, pero los más pequeños miraban fijamente a su capitán, saludando su maravillosa bandera arcoíris. Peter la había montado sobre un mástil. Ahora la tela hecha de rocío y de sol se plegaba y se desplegaba por encima de sus cabezas mientras su capitán gritaba sus órdenes:

—¡Formen filas, mis valientes! ¿Quién se apunta al Monte de Nunca Jamás y a un cofre lleno de tesoros?

La montaña estaba tan cerca ya que llenaba por completo el horizonte. Veían con claridad la capa de nieve que la cubría y las rocas que desgarraban ese manto blanco en sus laderas. Era inimaginablemente alta.

Menos de una hora después atravesaron el escenario de una batalla entre ejércitos de duendes. El suelo estaba cubierto de diez mil alas hechas jirones, y las telarañas, embadurnadas de polvillo de hada. Gruesos cuervos negros, lustrosos y espeluznantes, daban saltitos de aquí para allá.

—¿Cuánto tiempo llevan las hadas luchando entre sí? —preguntó Wendy, tratando de pisar con tiento, agarrada a los faldones de la levita de Peter. Éste hacía ondear la bandera de un lado a otro, sólo por el gusto de ver a los cuervos levantar el vuelo precipitadamente—. ¡Peter! ¿Que por qué se enfrentan los ejércitos de los Azules y los Rojos?

Peter se rió y saltó sobre unas catapultas de cañas.

—¡Anda, pues por su color favorito, qué pregunta! Luchan para determinar cuál es el mejor.

El arcón, montado sobre las ruedas con muelles de los cochecitos de bebé, crujía y traqueteaba mientras Ravello lo arrastraba sobre el campo de batalla lleno de baches.

—Las hadas viajan —comentó éste—. Recogen cosas aquí y allá. Recuerdos. Ideas. Pensamientos. Me atrevería a decir que esta guerra suya es una idea que se trajeron de sus viajes a ultramar… ¡Igual que las ratas negras traen la peste! —entonces algún pensamiento cruzó fugazmente por su mente, arrancándole una sonrisa, y murmuró en un tono meloso—: o quizá las hadas se dejaron abiertas las ventanas nocturnas del País de Nunca Jamás. Y por ellas entró la guerra.

El Hombre Deshilachado dejó de hablar para escuchar, inclinando la cabeza encapuchada primero hacia un lado y luego hacia el otro, como era su costumbre. Dijo que tenía debilidad por el trino de los pájaros y que estaba escuchando a los ruiseñores. Pero Wendy no oía nada, ni ruiseñores ni el clarinete de Slightly siquiera.

Tan sólo el graznido de los rollizos cuervos.

# Se acabó la diversión

Al pie del Monte de Nunca Jamás había ciénagas y pantanos de color rojo escarlata, con un aspecto tan inofensivo como las alfombras de un salón, pero eran peligrosos y profundos como tumbas. Los exploradores tenían que avanzar con sumo cuidado, pues si se salían del camino podían hundirse en las arenas movedizas y no quedaría de ellos más que unas burbujas de gas en la superficie del agua. Entre los pantanos crecían mandrágoras y otras plantas acuáticas como cornejos cornudos y cabombas abombadas que supuraban resinas de color ámbar. No había comida por ninguna parte, salvo las bayas que habían recogido antes y se habían traído consigo. Ravello las dividió entre todos y se las puso a los exploradores en el plato, sin reservarse ninguna para él.

El único problema era que las bayas provocaban sueños, y el único problema que tienen los sueños es que no puedes elegir cuáles te tocan. Llegan como el clima, arrastrado por el viento desde el norte o el sur, desde lugares claros u oscuros, desde el pasado o el futuro. Los sueños flotan siete octavos por debajo del agua.

Tootles soñó que era un hombre con pantalones de franela, una bata roja y un gran bigote, lo cual la dejó muy perpleja.

Wendy soñó con una niña pequeñita llamada Jane que dormía en una habitación iluminada por la luna. La niña soñó con Wendy y Wendy soñó con la niña, y cuando sus miradas dormidas se cruzaron, la niña se incorporó en la cama de un salto y exclamó: «¡Mami!», y a Wendy le dio un vuelco el corazón, como si se le fuera a salir del pecho.

Los Gemelos soñaron respectivamente los sueños el uno del otro, lo cual estaba muy bien.

John soñó con su hermano Michael y se despertó llorando.

Curly soñó con Slightly, que lo llamaba para decirle que tuviera cuidado, pero el sueño llegó a su fin antes de que pudiera saber por qué.

¡Pero Peter! Peter tuvo un sueño maravilloso. Soñó con un lugar en el que nunca había estado, un lugar lleno de niños mayores que él, desconocidos todos, que jugaban a juegos a los que él nunca había jugado, y entraban en tropel en edificios que él nunca había visto. En el sueño se veía a sí mismo remando en una trainera sobre unas aguas iluminadas por el sol, y sus piernas no eran lo suficientemente largas para tocar el suelo del bote. Estaba vestido de blanco, lanzando una bola hacia tres postes clavados en el suelo, y supo que ese lanzamiento era vital para él. Tenía que cantar una canción que no conocía, en una lengua que no entendía.

Y se sentía tan FELIZ, tan ASUSTADO y tan ESPERANZADO, porque justo después del recodo que formaba el río, justo en lo alto de las majestuosas escaleras, justo después de Agar o de Jordan, o del Parque Luxmoore o de Fellows' Eyot —¿qué lugares eran ésos y cómo conocía él sus nombres?—, encontraría el tesoro, el maravilloso…

Los despertó el sonido del clarinete de Slightly. Era la misma melodía que había tocado para las brujas, allá en el laberinto:

*Nadie podría quererte más que yo.*
*¿Es que ya no vas a volver?*

Le gritaron que se marchara, pero él siguió tocando.

Habían instalado el campamento por la noche, sin saber lo cerca que estaban ya de la montaña. Ahora, en la luz rosada del alba, se erguía ante ellos, altísima, con la cumbre entre las nubes y la base catorce pisos bajo tierra. El Monte de Nunca Jamás se extendía a lo alto y a lo ancho: acantilados de granito y precipicios de mármol, cornisas de piedra pómez y laderas de pizarra. Tenía forma de magdalena glaseada, con abruptas pendientes que subían hasta un montículo desigual cubierto por una capa de nieve. Los glaciares habían abierto surcos en espiral que formaban círculos y más círculos. El rayo había dejado las laderas desnudas. Los truenos se revolcaban sobre sus barrancos. Y el Monte de Nunca Jamás era tan vasto que hacía rebotar el viento, como la tierra firme hace rebotar el mar.

—¡Oh, Peter! —exclamó Tootles—. ¿Por qué no vuelas hasta la cumbre y nos traes el tesoro?

—¡Niña perezosa y rebelde! —gritó Peter, y Tootles se asustó tanto que corrió hacia Wendy para que la abrazara—. ¿Qué son ustedes, exploradores o ratas cobardes con sangre de horchata? ¡Dirigirlos es como tener que arrastrar una pesada ancla! ¡Son un cargamento de carne podrida! ¡Son un desperdicio de provisiones, eso es lo que son!

—¿Qué provisiones? —preguntó el Primer Gemelo, que acababa de acordarse de lo hambriento que estaba. Su hermano trató de hacerle callar, pero ya era demasiado tarde. Peter desvió sus improperios de Tootles al Primer Gemelo, y después a cada uno de los niños, diciéndoles que eran unos renegados y unos quejosos, unos rebeldes y unos marineros de agua dulce.

—Lo único que les pasa es que están cansados, Peter —dijo Wendy con dulzura—. Cansados y hambrientos. ¿No podríamos…?

—¿Tú quién eres, el abogado del barco? De modo que eres tú quien los ha puesto en mi contra, ¿eh? ¡Debería habérmelo imaginado! ¡Chicas! ¡No sirven más que para convertirse en madres, y todo el mundo sabe lo que son las madres! —Wendy ahogó un gritito. Las mejillas de Peter estaban de un rojo encendido y se daba violentos tirones de los faldones de su levita, sudando de rabia y pugnando nervioso por quitársela—. ¡Fuera esta levita, Ravello!

Éste se precipitó hacia él, pero sólo para tratar de convencerle de que no se quitara la levita roja.

—El aire es helado, *milord*. Le suplico que no se desabrigue.

Peter se quitó la levita de un tirón y la lanzó a su mayordomo.

Alrededor de la base de la montaña, enormes araucarias, de troncos oscuros y retorcidos, se aplastaban contra acantilados verticales, como villanos acorralados contra la pared. Grandes nidos de avispas se balanceaban de cada rama. Peter se alejó entonces de la Compañía de Exploradores y empezó a trepar a los árboles —palmo a palmo— presumiendo de su agilidad con saltos y piruetas, demostrando lo fácil que era, incluso para aquellos que no tenían el suficiente polvillo de hada para volar. Los Darling vacilaban, desalentados por la monstruosa montaña.

Ravello abrió el arcón, dobló la levita y la guardó en su interior. La manera misma en que la manejaba traducía la tierna admiración que profesaba a su dueño. También sacó cuatro brazas de cuerda: uno de los extremos lo ató al asa del arcón, y el otro a su cinturón. Después se puso a trepar obstinadamente.

—Yo recomendaría presteza, *piccoli esploratori* —les confió amablemente. Su voz casi parecía silenciosa después de la ferocidad del capitán Peter Pan—. Hay Rugientes por todas partes.

Aquellas palabras fueron suficientes. Los exploradores se ciñeron sus abrigos a la cintura y subieron a los árboles, como marineros trepando por las jarcias hacia la cofa en medio de las estrellas.

La subida se hacía agotadora. Las ramas más finas se partían bajo sus pies; las agujas de abeto les pinchaban la piel; la corteza se caía a trozos bajo sus dedos y el olor de la resina los mareaba. Pero lo peor de todo era la propia resina, que los cubría con su masa viscosa, les pegaba los dedos entre sí y les atenazaba las rodillas. Las agujas de pino se les quedaban enganchadas en los brazos, las piernas y el pelo, cubriéndolos totalmente como un manto. Al principio sólo se acercaban algunas abejas aisladas, curiosas y torpes, que chocaban contra los rostros de los niños y zumbaban en sus oídos. Pero cuando al trepar agitaron el árbol, la sacudida sacó una colmena de la grieta que la albergaba y, entonces, decenas y centenares de abejas salieron de ella y se aglutinaron en enjambres, atraídas por los rostros llenos de resina, pegándose a las manos de los niños.

—¡Ay! ¡Me ha picado una!

Después acudieron también mosquitos de todas clases, tábanos, moscardones y mariquitas. Las sombras de los niños se quedaron pegadas a la resina, haciéndoles detenerse en seco y amenazando con sumir sus pies en las tinieblas.

Curly cometió el error de mirar hacia abajo y vio que la tierra había empequeñecido con la distancia y ahora no era mucho más grande que un jardín en miniatura. John cometió el error de mirar hacia arriba y vio que casi habían alcanzado la cima de los árboles, y que por encima de ellos no había nada más que roca gris y nieve. Se arrastraron hasta una estrecha cornisa y se tumbaron allí, con la nariz asomada al vacío, demasiado cansados para cerrar los ojos. Así pudieron ver al Hombre Deshilachado efectuar su lento ascenso por la pared rocosa.

De haber trepado por los árboles, su maraña de ropa se habría enredado en cada rama y cada astilla, y se habría deshilachado por completo, exponiendo su piel. Por ello evitó las araucarias y en su lugar trepó por la pared rocosa, sin agilidad ni rapidez, pero sí con una determinación imperturbable (subir un palmo, encontrar el equilibrio, subir otro palmo). El pesado arcón colgaba de su cinturón como el péndulo de un reloj: *tictac, tictac.* Cuando llegó junto a los niños se tumbó con muchísimo cuidado en la estrecha cornisa de roca. Wendy tuvo un impulso y cedió a la curiosidad de alargar la mano para tocar la extraña piel lanuda. Percibió un olor a huevos de serpiente, jarabe para la tos y león.

—¿Vendrán los Rugientes a perseguirnos, señor Ravello? —le preguntó.

—No, señorita, no lo creo.

—¿Y habrá comida? —preguntó el Segundo Gemelo.

—Sin duda alguna. Huevos de águila. Pepinos de montaña. Y maná.

—¿Maná?

—Maná bueno y malo. Tengan cuidado con cuál comen. El maná creó al hombre, pero sólo el maná bueno.

—¿Cómo sabe esas cosas, señor Ravello? —quiso saber Curly.

El Hombre Errante se puso a izar el arcón poquito a poco. Los niños podían oír cómo le rechinaban los dientes debido al esfuerzo.

—Oh, soy un hombre errante, *mon petit marquis.* Escucho lo que dicen unos y otros.

Las últimas abejas se acercaron para alejarse inmediatamente después, como un nadador que pierde seguridad al darse cuenta de que ya no hace pie.

*Cloc, cloc.* Las abejas cedieron paso a unos guijarros que cruzaban las ramas de los árboles y caían sobre la cornisa. *Cloc, cloc.* Pronto algunos empezaron a golpear a los exploradores —«¡Ay! ¡Ay!»— y éstos cayeron en la cuenta de que estaban sufriendo el ataque de un enemigo más grande que las abejas.

Unos enormes pájaros grises de escuálidas patas y garras como tenazas los sobrevolaban describiendo círculos en el cielo a la vez que tiraban piedras para echar a los intrusos. La cornisa era el lugar donde se posaban por las noches y no estaban dispuestos a compartirlo con nadie. Los pedruscos caían como el granizo. Se levantó un viento frío.

Tootles suspiró ruidosamente y expresó con palabras lo que todo el mundo estaba pensando.

—Esto ya no es divertido.

A veces los juegos se apoderan de la persona que los inventó. En el País de Nunca Jamás siempre ocurre así, y jugar no es jugar: es real, lo cual es algo maravilloso que hace que el cerebro te cruce el cráneo en zigzag a toda velocidad, te mande pequeños calambres de calor al estómago y te deje la boca seca; y todos los pájaros son arpías, todos los troncos son cañones, todas las cortinas son fantasmas y todos los ruidos son monstruos... Es el mejor momento del mundo, y sabes que lo recordarás toda la vida.

¡Pero, demonios, qué miedo da!

Peter Pan se puso de rodillas, con su camisa blanca ondeando al viento y su larga melena oscura agitándose, golpeada por las ráfagas. Sobre su rostro se dibujaba la sonrisa más maravillosa.

—Amigos míos, hermanos, hemos venido aquí...

—¡Y hermanas! —interrumpió Tootles irritada.

—Y hermanas, claro. Hemos venido aquí para ser exploradores. Para buscar un tesoro. ¿No es cierto? ¿Y qué pensábamos? ¿Que sería fácil? ¿Que sería seguro? ¡Miren ahí! ¡Miren! —y todos miraron hacia donde él señalaba, el paisaje que habían atravesado, frondoso y verde en la distancia, duro y desnudo en la cercanía; una jungla de esfuerzo y penalidades—. ¿Acaso pensábamos que los caminos serían practicables? No. ¡Pero lo conseguimos! ¿Acaso pensábamos que hasta aquí llegaban todos los días personas normales y corrientes? ¡No, sólo personas como nosotros! ¿Queríamos acaso hacer algo fácil? ¿Queríamos acaso dar un paseo por el parque? —lo miraron, con los puños levantados por encima de su cabeza, el viento atrapado entre sus dientes blanquísimos, y sus clavículas sobresaliendo como dos alas encima de su corazón. La piel de sus muñecas estaba surcada de cicatrices blancas allí donde se habían clavado las finísimas esquirlas de metal, que habían saltado de las hojas de su espada y la del capitán Garfio, cuando se habían batido en duelo a muerte. Peter Pan estaba espléndido.

—¡Pero nosotros no somos como tú, Peter! —protestó Curly—. Algunos de nosotros nos cansamos… Y nos asustamos…

—Pongamos que el tesoro no merece la pena, después de todo lo que hemos pasado… —dijo John.

—Entonces no sería un tesoro —murmuró Ravello con una lógica aplastante.

—No todo el mundo puede ser rico —prosiguió Peter—. No todo el mundo puede ser fuerte o inteligente. No todo el mundo puede ser apuesto. ¡Pero todos podemos ser valientes! Si nos decimos que podemos hacerlo; si nos decimos de corazón: «No te eches atrás»; si nos comportamos como héroes… ¡todos podemos ser valientes! Todos podemos mirar al peligro a la cara y alegrarnos de enfrentarnos a él, y desenvainar nuestras espadas y decir: «¡Estás muerto, peligro! ¡No me das miedo!». El valor está ahí, para quien quiera tomarlo: no se necesita dinero para comprarlo. ¡No se necesita ir al colegio para aprenderlo! El valor lo es todo, ¿verdad? ¿No les parece, chicos? ¿Tengo o no tengo razón? ¡El valor lo es todo! ¡Si perdemos el valor, lo perdemos todo!

Unas horas antes, nadie habría dado ni un paso más por el niño que los había llamado ratas cobardes y rebeldes, y los había amenazado con matarlos de hambre y abandonarlos a su suerte. Pero ahora sin embargo, si Peter Pan se lo hubiera pedido, todos y cada uno de ellos se habrían puesto de pie sobre las alas de un avión en pleno vuelo, o habrían saltado del trampolín más alto hasta un simple charco. Se sacudieron las agujas de pino incrustadas en los brazos y las piernas, se sacaron los aguijones de las abejas y se prepararon para escalar las pendientes rocosas del monte.

Ravello tuvo la amabilidad de sacar una navaja y les cortó las pegajosas sombras —«Ahora no podrán retenerlos mientras escalan»—, que después guardó a buen recaudo en el arcón. Cachorrito debió de pensar que cortar las sombras era doloroso, pues se precipitó a agarrar con sus dientecillos afilados la chaqueta de Ravello, tirando de ella con todas sus fuerzas. Se soltaron madejas enteras de lana que empezaron a deshilacharse, dejando al descubierto una bota cubierta de extrañas protuberancias, manchas y rozaduras. El dueño del circo alargó la mano a una velocidad vertiginosa y, agarrando a Cachorrito por el cuello, lo levantó del suelo y se lo acercó a la cara. Los niños temieron por él, pensaron que Ravello iba a arrancarle el hocico o a tirarlo por el precipicio. Pero se limitó a mirar a los ojillos saltones de la criatura y le susurró unas palabritas tiernas. Le preguntó: «Animal, ¿tienes el más mínimo deseo de crecer y llegar a ser un perro grande?». Cachorrito se lo tomó muy en serio y dejó de morderlo. Aquello dijo mucho de las aptitudes del Hombre Deshilachado como domador de animales.

También convenció a Peter Pan de que volviera a ponerse la levita de color rojo escarlata —«Es el color del valor, señor; dará ánimos a los demás»—. Después afiló su navaja sobre una piedra y tendió la mano para alcanzar la masa oscura, pegajosa y hecha jirones que rodeaba los pies de Peter.

—¡Yo no me separo de mi sombra! —gruñó éste, apartando la navaja de un pisotón.

Ravello se llevó al cuerpo la mano malherida, pero no protestó. Había que ser muy valiente para enfrentarse con un niño como Peter Pan.

# El País de Ninguna Parte

Slightly había sido desterrado al País de Ninguna Parte donde nadie le dirigiría la palabra. Por supuesto Luciérnaga de Fuego también estaba allí, y nadie podía impedirle hablar con él.

—Los odiamos, ¿verdad? —le preguntó el hada, a quien, ahora que Slightly era más alto, le había dado por llamarle «Mayor Slightly».

—Mmm… —contestó éste dubitativo. Nunca había llegado a acostumbrarse del todo a eso de odiar a la gente y, ahora que era mayor, no le parecía muy honroso odiar a alguien más pequeño que él. Estaban sentados al pie del Monte de Nunca Jamás, masticando colmenas vacías que el hada de los dedos ágiles había birlado de los árboles.

—Nos gustaría cortarlos en trocitos y usarlos como leña para el fuego, ¿verdad? —preguntó Luciérnaga de Fuego.

—Probablemente no —contestó Slightly, aunque no le hubiera importado tener algo de leña pues estaba refrescando mucho. Las colmenas no llegaron siquiera a rozar los bordes de su hambre. Luciérnaga de Fuego se las podía apañar comiéndose las notas musicales, pero Slightly (si no hubiera sido él mismo, es decir, manso como un corderito) habría matado a alguien sin pensárselo dos veces para conseguir un bocadillo de ensaladilla rusa.

—Supongo que nunca llegaremos a ver lo que había en el cofre del tesoro de Garfio. ¿A ti qué te hubiese gustado que hubiera, Luciérnaga de Fuego?

—¡Caramelos de limón rellenos de pica-pica! —contestó el hada a la velocidad del rayo (aunque claro, también podía ser una mentira).

Curiosamente, cuanto más crecía Slightly, mejor podía recordar el pasado, por lo que ahora volvía a acordarse de Cadogan Square, y de los Jardines de Kensington, e incluso, mucho, mucho tiempo atrás, de un profesor de piano que le ponía cuchillas de afeitar bajo las muñecas para obligarle a arquearlas sobre las teclas. (Por ese preciso motivo había decidido tocar el clarinete en lugar del piano). El Mayor Slightly recordaba incluso la primera vez que había estado en el País de Nunca Jamás...

—Cuéntame un cuento —exigió Luciérnaga de Fuego.

—¿Por qué? ¿Es que también te los comes?

—Sólo las oes, las aes, las íes y las ues. Las kas pinchan demasiado y las zetas me zumban en los oídos. Las letras que tienen puntitos encima se me pegan en los dientes, y las eses a veces se me cuelan dentro de la ropa y me hacen cosquillas. Ah, y que sea con final feliz, Mayor Slightly, porque si no, me entra dolor de barriga.

De modo que Slightly se metió el agradable calorcillo de Luciérnaga de Fuego en el bolsillo de la camisa —«¡Ah, y asegúrate de que salga algún duende!»— y le contó el cuento que tenía en la cabeza en ese momento.

—Un día los piratas encontraron la guarida subterránea de Peter Pan. Se mantuvieron al acecho y consiguieron capturarnos a todos los niños perdidos, uno tras otro, conforme íbamos saliendo de la guarida; también a Wendy, a Michael y a John. Pero no pudieron atrapar a Peter, porque estaba durmiendo como un tronco y no salió. Entonces el canalla de Garfio sacó un frasco de veneno (nunca iba a ninguna parte sin él) y vertió unas gotas en la medicina de Peter, para que se la bebiera al despertar y... ¡MURIERA!

—Me está entrando dolor de barriga —le advirtió Luciérnaga de Fuego.

—Pero el hada Campanita, que era leal, sincera y valiente, ¡lo vio todo y supo lo que tenía que hacer!

—¿Entonces esa tal Campanita era inteligente?

—Era sencillamente fantástica. No me interrumpas.

—¿Y hermosa?

—Era hermosa a su manera, un poco pálida y delgaducha, pero sí, era hermosa. ¿Me dejas seguir con el cuento?

—¿Y era un hada femenina?

—Sí y muy, muy femenina. ¿Quieres que te cuente el cuento sí o no?

—¿Y decía mentiras?

—Una vez dijo que Wendy era un pájaro y que Peter quería que la matáramos de un tiro.

La mentira era tan enorme que hasta Luciérnaga de Fuego se quedó sin habla.

—Peter se despertó, y estaba a punto de beberse la medicina cuando Campanita se interpuso y se la tomó en su lugar, y entonces…

—¡Ay, ay, ay! ¿Por qué has tenido que decirme eso? ¡Ah! ¡Me duele muchísimo la barriga! ¡Buf, odio los cuentos!

—… Y entonces Campanita CASI se muere, pero NO se murió porque Peter Pan la quería demasiado. Y entonces éste fue tras los pasos de Garfio y se metió sin ser visto en el *Jolly Roger,* y nos liberó a nosotros, que estábamos allí prisioneros, y se batió a espada con Garfio, una estacada tras otra, esquivando las suyas —«¡Toma, y toma, y toma! ¡Vas a morir!»— y lo fue empujando hasta la barandilla del barco y lo tiró por la borda… *plaf…* ¡y justo fue a parar a las mandíbulas del cocodrilo!

*¡drilo!… ¡drilo!… ¡drilo!* El final del cuento siguió retumbando de un lado a otro sobre las paredes rocosas del Monte de Nunca Jamás: un eco maravillosamente amenazador.

—¡Guauuu! —Luciérnaga de Fuego estaba tan emocionado y entusiasmado que el bolsillo de la camisa de Slightly se chamuscó ligeramente—. ¡Fuera el capitán Garfio, que se hunda en el fondo del mar!

—No sé si está muy bien que te alegres por la muerte de un hombre al que nunca conociste —lo reprendió Slightly con severidad.

—¿Por qué no? ¿Acaso no se lo merecía? ¿Acaso no era un canalla y un villano y un bellaco que no servía para nada?

Slightly tuvo que admitir que sí, que en efecto era todas esas cosas.

—Y un gritón, ahora que lo recuerdo —dijo frunciendo el ceño—. Gritaba y amenazaba a sus hombres todo el tiempo, y se pasaba el rato diciendo fanfarronadas y bravuconadas, se creía el más valiente y pensaba que no había nadie como él en todo el País de Nunca Jamás.

Una vocecita intervino entonces para preguntar:

—O sea, justo igual que Peter, ¿no?

—¡Silencio, Luciérnaga de Fuego! ¡No sabes lo que dices!

El duende miró nervioso hacia el exterior, con una expresión de sorpresa en los labios.

—Pero si yo no he dicho nada, Mayor Slightly.

Y entonces Slightly tuvo que admitir que la voz no provenía en absoluto de su bolsillo, sino de su propio corazón: una vocecita traidora y rebelde que aún ahora seguía diciéndole una y otra vez que Peter Pan estaba empezando a comportarse exactamente igual que Garfio.

El sol cayó sobre el horizonte como un cuchillo de cocina, y la noche era tan negra como una rodaja de morcilla. O, por lo menos, así le parecía a un chico al que habían castigado sin cenar. Los pensamientos del Mayor Slightly eran más negros todavía, tumbado en el suelo con los ojos cerrados, intentando conciliar el sueño. Pues había caído en la cuenta de algo verdaderamente espantoso: una idea que se le incrustó en la cabeza como un hierro candente.

—¿Te acuerdas de esa gente que descubrí desde lo alto cuando estábamos jugando? —le preguntó Luciérnaga de Fuego, susurrando en la oscuridad.

—Duérmete, Luciérnaga.

—Pero te hablé de ellos, ¿te acuerdas?

—¿Quiénes? ¿Los incas y los aztecas?

—No. Los otros. Los que acechaban y merodeaban escondidos. ¿Te acuerdas?

—No —dijo Slightly con firmeza. No quería volver a jugar a ese juego. Quería dormirse, porque dormido no sentiría el frío, ni ninguna idea dolorosa se le clavaría como púas ardientes en la cabeza—. Cuentas unas mentiras muy bonitas, querido —le dijo, pues no quería ser antipático—. Pero cuéntamelas mejor por la mañana, si no te importa.

Desgraciadamente, Luciérnaga de Fuego no estaba mintiendo.

Y las púas ardientes que se le clavaban en la cabeza eran tan reales como el pie que le aplastaba ahora la cadera y la mano que le atenazaba el cuello. Abrió los ojos y descubrió a dos docenas de chicos descomunales que blandían mazas y antorchas.

—¡Lo ensartamos en el espetón, lo asamos y nos lo comemos! —dijo uno de ellos.

Slightly se lanzó sobre su clarinete, como se lanzaría una madre sobre su hijo. Pero los demás pensaron que era un arma y lo tiraron al barro de una patada. También le dieron patadas a Slightly.

—Eres un miembro de la Liga. Eres uno de los suyos. Te he visto con él.

Una oleada de orgullo recorrió a Slightly de arriba abajo antes de recordar que ya no pertenecía en absoluto a la Liga de Peter Pan; ya no era más que un niño cuyos brazos y piernas han crecido demasiado y que ha sido desterrado.

—No deberían hablar conmigo —dijo—. Me han enviado al País de Ninguna Parte —Slightly, que no sabía nada de los Rugientes, todavía no era consciente del peligro que corría.

—¿Hablar contigo? Bah… —gruñó un muchacho grandote con los lóbulos de las orejas hechos trizas—. Sólo queremos matarte.

Un hada que quisiera alimentarse de las vocales de los Rugientes pronto acabaría muriéndose de hambre, pues ahora que ya eran muchachos mayores apenas hablaban. Pensaban que habían capturado a uno de los niños de Peter Pan, y un destello asesino brillaba en sus ojos. Vivían por y para el día en que lograran tenderle una emboscada al propio Peter Pan y vengarse de haber crecido y de que los hubiera desterrado. Mientras tanto, estaban dispuestos a conformarse con matar a algún miembro de su Compañía de Exploradores. Ravello no mentía cuando había dicho que eran peor que piratas, más difíciles de domar que los osos, totalmente despiadados.

—¿Dónde está Peter Pan? ¡Habla o muere! —dijo el mayor de todos.

Justo en ese momento, Luciérnaga de Fuego escapó del bolsillo de Slightly y se comió la cera de la oreja de uno de los Rugientes.

—¿Peter Pan? ¿Peter Pan? Lo odiamos, ¿verdad, Mayor Slightly?

—Está escalando la montaña —contestó Slightly, que no pensaba que hubiera ningún problema en decirles la verdad.

—¡Ha ido a traernos el tesoro! —intervino Luciérnaga de Fuego con su vocecita aguda, pues le pareció que era el momento de decir una mentira bien bonita—. Se lo hemos ordenado nosotros.

—¿El tesoro? —ésta es una palabra mágica independientemente de lo mayor que se haya hecho uno.

—Queremos cortarlos en trocitos y utilizarlos como leña para el fuego —dijo Luciérnaga de Fuego entusiasmado.

Y con esto los Rugientes creyeron que Slightly y compañía iban tras los pasos de Peter Pan, tan decididos a matarlo como ellos mismos lo estaban. De paso se enteraron también de que había un tesoro, y la idea les gustó mucho. Doblando sus largas piernas se sentaron en el suelo, con cuidado de no rozarse unos con otros. (Slightly pensó que pasarían menos frío si se arrimaran más, pero como acababa de entrar en esto de la adolescencia todavía no sabía muy bien cómo funcionaban las cosas). Una a una, sus antorchas se fueron apagando.

Estuvieron un rato sentados así en silencio, pero al final Slightly no aguantó más y preguntó lo que llevaba un rato carcomiéndole el corazón.

—¿Por qué crecieron? ¿Lo saben?

Los chicos encogieron sus grandes hombros huesudos.

—Porque Peter Pan nos envenenó, claro.

—Nos envenenó a todos.

—Lo envenenó todo.

—Oh, no creo… —empezó diciendo Slightly.

Pero los niños perdidos hace mucho tiempo se mostraron categóricos. Durante los años duros y salvajes de su exilio, al final habían llegado todos a creer una única versión de la historia:

Érase una vez, al principio del fin, cuando siempre era verano, Peter Pan tomó un frasco de veneno y lo vertió en la Laguna. Primero murieron las sepias y luego las sirenas. Las olas color turquesa crecieron mucho, mucho, y se volvieron grises primero, y luego encanecieron de espuma. En tierra firme los árboles del verano se pusieron colorados y se les cayeron todas las hojas. El veneno destiñó el sol, chupó la savia a las flores y les arrebató el trino a los pájaros. El tiempo pasó allí donde nunca debía hacerlo. Incluso el clima se transformó: las brisas crecieron hasta convertirse en fortísimos vientos que derribaron los árboles y los tótem de los pieles rojas. En el cielo las nubecillas como cabello de ángel se convirtieron en grandes nubarrones torpes, cargados de rayos y de truenos. Las hadas, nerviosas por toda la electricidad que había en el aire, entraron en guerra unas con otras.

—Y nos envenenó también a nosotros, aprovechando un descuido nuestro. Nos hizo crecer y luego nos echó por habernos hecho mayores, y nos mandó al País de Ninguna Parte igual que ha hecho contigo —la sentencia sonó especialmente triste pues era la frase más larga que un Rugiente había pronunciado jamás.

Slightly tragó saliva con dificultad.

—¿Quién les ha contado todo esto?

Una vez más los chicos se encogieron de hombros. Una vez más sus labios dibujaron muecas y sus ojos se movieron detrás de sus párpados semicerrados. Sus dedos agarraron piedras y las lanzaron contra la montaña, como si se las lanzaran al propio Peter Pan.

—Alguien.

Todos contestaron algo parecido.

—Un hombre.

—Un viajero al que conocí un día.

—Me dio trabajo un tiempo.

—A mí también. Hasta el incendio.

—Un hombre errante.

Algo frío besó la mejilla de Slightly. Un copo de nieve. Algo más frío que la nieve se instaló en su corazón. Al ponerse de pie, la costura de su abrigo, tan pequeño ya que apenas le llegaba a los codos, se dio de sí y se rasgó. Se sintió mareado, no sabía si por el baile de los copos de nieve alrededor de su cabeza o por el miedo que le atenazaba el corazón.

—Tengo que escalar la montaña —dijo—. ¿Quiere alguien mostrarme el camino?

—¿Para matar a Peter Pan? —preguntó uno, incorporándose con sumo interés.

—Mmm —contestó Slightly—. ¿Por dónde debo empezar la escalada?

Pero incluso para los temibles Rugientes, la montaña era algo inalcanzable, un lugar de un peligro inimaginable. Nunca se habían atrevido a poner un pie allí.

—¿Pero tan aterrador es entonces el Monte de Nunca Jamás? —preguntó Slightly, que temblaba a pesar de su determinación.

—Antes has dicho que en lo alto había un tesoro —dijo un joven de barba sucia—. ¿Crees que todavía estaría allí si alguien hubiera conseguido llegar hasta la cumbre sin morir en el intento?

—¿El Monte de Nunca Jamás? —dijo otro, hablando consigo mismo—. ¿Fue así como lo llamó él? Otros lo llaman con un nombre distinto.

Otros lo llamaban La Cumbre sin Retorno.

# Adversarios imaginarios

Es del todo cierto que sin sus sombras los exploradores al principio se sintieron ligeros, despreocupados
y felices: incluso cuando empezó a nevar y esto provocó pequeñas avalanchas de piedrecitas sueltas que caían sobre ellos, abriéndoles heridas en las rodillas. ¡Pronto llegarían
a la cumbre y el tesoro de Garfio sería suyo! ¿En qué consis-
tiría el tesoro? ¿En tejidos bordados de oro o en ricos manjares turcos? ¿O serían pistolas de plata? ¿O tal vez bridas de
cuero rojo de Marruecos? ¿Las coronas de dieciséis soberanos
orientales? ¿Las llaves de un palacio de cristal?

*¿Libros de cuentos?*, pensó Wendy para sus adentros.

—¿Se acuerdan? —preguntó Tootles alegremente—.
¡Mamá solía llamarnos su «más preciado tesoro»!

—¡Y papá decía que debía guardarnos en el banco porque valíamos más que todo el oro del mundo!

Wendy le lanzó una rápida ojeada a Peter, pues sabía
cuánto detestaba oírles decir ese tipo de cosas. Siempre que
se mencionaba a las madres, su amigo se miraba las manos
y flexionaba los dedos. Una vez esos mismos dedos tiraron

y tiraron de una fría aldaba de latón, golpearon el cristal de una ventana y trataron en vano de abrir un cerrojo. Una sola vez, nostálgico de su hogar, Peter volvió volando a su casa desde el País de Nunca Jamás, pero al llegar encontró cerrada la ventana de su habitación. Jamás le perdonó a su madre que la cerrara.

Pero afortunadamente Peter no estaba escuchando. Estaba demasiado ocupado escalando, aupándose hacia arriba con la sola fuerza de sus brazos. De vez en cuando sus pies flotaban en el aire sin tocar la roca, como un buzo explorando un arrecife, pero no era lo que se puede considerar volar —por lo menos, no volar de verdad— y sus pobres manos sangraban por mil cortes. Por fin, con un gruñido de agotamiento, consiguió arrastrarse hasta la cima, donde permaneció unos momentos con el rostro pegado a la fría roca, sosteniéndose débilmente con una mano por encima del hombro, mientras con la otra aferraba el borde de su propia sombra. Parecía que se le estaban agotando las fuerzas.

—¿Dijiste que me resultaría más fácil sin mi sombra, Ravello?

—Mucho más fácil, *bellissimo generalissimo.* Es un hecho de sobra conocido: a esta altitud las sombras duplican su peso.

—¡Pues entonces, hazlo! ¡Líbrame de ella! ¡Es un engorro, me pesa y nunca me ha gustado!

Con un ágil movimiento, con un gesto indoloro y una cuchilla que ni siquiera era visible bajo la manga de su chaqueta, Ravello cortó la sombra de Peter. Mientras la doblaba cuidadosamente en cuatro y la guardaba con delicadeza en el arcón, susurraba con voz suave y melosa sus propias opiniones sobre el tema de las madres. (Al parecer él tampoco las tenía en gran estima).

—Estamos todos mejor sin ellas. A fin de cuentas, ¿para qué sirve una madre si no es para arruinarnos la vida? Oh, con su vestido de rayas, las enaguas ahuecadas por detrás y su cuello de cisne, bien puede suscitar las miradas de envidia de una cohorte de muchachos. Tal vez esté muy elegante saboreando una copa de champán en los jardines del director. Pero cuando le parece que la hierba está demasiado mojada como para sentarse en el suelo a ver a un chico jugar al cricket en el patio de los alumnos de quinto en el internado de Eton, verle empezar a batear o placar al contrincante, o cuando la orilla del río junto al cobertizo está demasiado embarrada para su gusto como para quedarse a ver a un remero orgulloso e inmóvil sobre su trainera en Dreadnought el día de la Procesión de Botes, o cuando el día de la fiesta de Wall Day está demasiado ocupada con su modista, o se ríe alegremente al enterarse de que un niño no ha superado el examen de adaptación al colegio porque no recordaba dónde estaba la tienda y dónde el patio, o cuando no le da ánimos a ese niño antes del combate de esgrima… entonces ese niño está perdido, ¿no les parece? O cuando el día de los discursos en la fiesta del Cuatro de Junio un muchacho mira al público desde la tribuna, con los versos de Ovidio en los labios, aprendidos de memoria a costa de grandes esfuerzos, preparado para recitarlos delante de todo el colegio, y no encuentra allí a su madre… Aunque hasta eso es mejor que cuando, en una de sus escasas visitas al internado, hace elogio de las matemáticas y habla con desdén de todo aquello en lo que su hijo destaca, como el boxeo y la caza, y sólo le pregunta por la gramática y las declinaciones del francés y lo que sabe de los etruscos. Sí, yo les digo que las madres prefieren tener un hijo que no practica ningún deporte pero que gana el primer premio de conjugación y análisis sintáctico, ¡que un bateador que consigue cuatro veces seguidas la máxima puntuación en el campo del Threepenny o que logra que el adversario no puntúe un solo tanto en el campo del Sixpenny! Y cuando por fin, a pesar del desaliento, todo juega a favor de ese niño y el Destino pone en su mano un bastón de prefecto, y las nubes se preparan para descargar toda su gloria sobre la cabeza del muchacho, mostrarle lo mejor y otorgarle la prueba más brillante de su excelencia... ¿se puede tolerar, acaso, que entonces le ordene que no gaste tanto dinero en munición, en traineras y en la matrícula del colegio? ¿Y se puede tolerar que se preocupe, se impaciente y le destroce sus trofeos mientras el pobre desgraciado hace el equipaje en su habitación, atormentado todo el tiempo por el sonido, que le llega por la ventana abierta, de un bate de cricket golpeando una pelota, los gritos de ánimo de los jugadores, el entrechocar de los floretes, el silbido de las jabalinas y Dios sabe qué más...? ¡Ay! La crueldad despiadada de las madres ha arruinado mundos enteros. ¡Mundos enteros, les digo yo! ¡Mundos enteros!

El susurro se había convertido en un rugido. Cuando por fin Ravello percibió el silencio que había caído sobre él, miró a su alrededor y se encontró con que todos los exploradores lo observaban fijamente.

—¿En qué lengua habla? —preguntó John—. ¿En esquimal?

Pero Wendy se acercó a Ravello, allí donde estaba agachado junto al arcón, ordenando y volviendo a ordenar su contenido hasta dejarlo todo en perfecto estado. Apoyó una mano sobre su trémulo hombro y sintió temblar el montón de lana tosca y grasienta.

—¿Es usted por casualidad un niño perdido, señor?

—¡Por supuesto que no! —Ravello se puso en pie de un salto con sorprendente agilidad—. ¡De ninguna manera, señorita! No, no. No lo soy. Por supuesto que no.

—¿Ha visto alguien a Cachorrito? —preguntó Curly.

A la mañana siguiente, nada más despertarse, los niños se miraron nerviosos las muñecas y los tobillos, para comprobar que no hubieran crecido durante la noche. Como le había pasado a Slightly. Por muy dura que fuera su expedición, cualquier penalidad era preferible a ser desterrado lejos del Monte de Nunca Jamás, rechazado por crecer. Como le había pasado a Slightly. ¿Por qué le había ocurrido a él y no a ellos? Ignorar el motivo era lo peor y lo que más les preocupaba. Decidieron que casi con total seguridad era porque Slightly llevaba ropa de adulto cuando llegó al País de Nunca Jamás.

Después de todo, la ropa es una parte esencial de lo que es una persona.

El camino hacia la cumbre pasaba por chimeneas rocosas y crestas nevadas. Trepaban con dificultad por escurridizas pendientes de mármol para luego resbalar otra vez pendiente abajo, arrastrando a los demás, en una caída que solía terminar con todos amontonados unos encima de otros, magullados y jadeantes, y entonces tenían que volver a emprender la subida. Las rocas estaban unidas entre sí por hilos de hierro, carbón y fósiles. Los barrancos las separaban de pronto, por lo que a menudo los exploradores se encontraban al borde de un precipicio, contemplando un abismo sin fondo.

—¿Ha visto alguien a Cachorrito? —volvió a preguntar Curly, y una vez más buscaron y buscaron, pero no encontraron nada.

Una vez más lo llamaron:

—¡Cachorrito! ¡Ven aquí, Cachorrito! —pero las cornisas nevadas que se erguían amenazadoras por encima de sus cabezas crujían, gruñían y se hundían formando guirnaldas, como si estuvieran a punto de derrumbarse con la próxima vibración.

—Estará esperándonos al pie de la montaña y nos lo encontraremos al bajar —Wendy tuvo esta idea brillante para que los más pequeños no lloraran, pero hizo una mueca cuando recordó las grietas y los desprendimientos de rocas, las abejas y los árboles cubiertos de resina. El Monte de Nunca Jamás no era lugar para un cachorrito diminuto.

Los cambios que habían alterado los bosques y las colinas del País de Nunca Jamás también habían afectado a la montaña. Antaño había manantiales de agua dulce que lanzaban despedidos chorros de rocío sobre mantos de flores silvestres y nidos de pájaros. Ahora el hielo se acumulaba en el corazón de la montaña, partiéndola en dos y cubriéndola de glaciares que rodaban sobre ella como torrentes de lava gris y sucia. Los glaciares amontonaban grandes rocas en torres de equilibrio precario. Al acercarse a uno de ellos los exploradores sintieron elevarse ante ellos un repentino muro de frío: era tan sólido que habrían podido dibujar en él si hubieran llevado encima tizas de colores.

—¿Cómo volveremos a entrar en calor? —preguntó el Primer Gemelo con dificultad, pues le castañeaban los dientes.

—Tomando té caliente y magdalenas —contestó su hermano—, cuando bajemos.

—¿Cómo volveremos a bajar? —preguntó Tootles.

—Despacito y con cuidado —contestó Peter soltando una risotada despreocupada—. ¡O muy rápido y sin cuidado, si te resbalas pendiente abajo!

Aquí y allá una capa de azúcar blanco, que en realidad era nieve, cubría el hielo sucio y gris, ocultando las enormes grietas que amenazaban con tragarse a los incautos viajeros. El ancho camino de nieve serpenteaba hasta la cima. Peter lo tomó sin echar una sola vez la vista atrás, de manera que los demás se sintieron obligados a seguirle. Pero el frío atravesaba la suela de sus zapatos, congelándoles hasta el tuétano de los huesos de las pantorrillas, los muslos, las caderas, la columna y los omóplatos. Ravello los unió a todos entre sí con una cuerda, como a alpinistas de verdad, pero Peter se negó, no quiso de ninguna manera que lo ataran.

—¡Piensen sólo en el tesoro que los espera en la cumbre! —dijo, y con el frío su aliento parecía el de un dragón—. ¡Piensen sólo en mi tesoro! —sus gritos provocaron que una avalancha de nieve se precipitara desde lo alto de la ladera y viniera a estrellarse contra sus pies, borrando sus huellas.

De pronto todos se detuvieron. En lo alto de las fauces abiertas de un barranco, el glaciar que se alzaba ante ellos formaba un delgado brazo de hielo, como un puente de cristal barato y resquebrajado. Era tan resbaladizo que los Darling se pusieron a cuatro patas para cruzarlo. Era tan fino que a través de él podían verle el rostro a la muerte segura que los aguardaba abajo.

—¿Es esto una búsqueda del tesoro normal y corriente? —preguntó Tootles—. ¡Alguien podría dejar la vida en ella!

Peter esbozó una sonrisa feroz, se puso apresuradamente en pie... y cruzó a grandes zancadas el estrecho puente de hielo, gritando:

—¿Que si esto es una búsqueda, Tootles? ¡Sí! Ser o no ser. ¡Eso es lo esencial de la búsqueda! —los demás se lo quedaron mirando con la boca abierta—. ¡Eh, ustedes, vamos! El valor lo es todo. ¡Si perdemos el valor, lo perdemos todo!

Estaba tan sólo a unos pasos del otro lado del precipicio cuando miró hacia abajo y, allí en medio del hielo resplandeciente, descubrió algo que le hizo perder el equilibrio, algo que le hizo perder la seguridad. Peter soltó un grito tan terrible que todos los alegres pajaritos levantaron el vuelo y abandonaron inmediatamente la montaña, para no volver jamás. Por espacio de unos segundos, el pánico más absoluto se apoderó de él. Entonces, como un tonto, trató de correr. Las suelas de sus botas resbalaron sobre la superficie, Peter estiró los brazos y cayó de bruces al suelo... entonces se deslizó sobre el puente y se precipitó al abismo.

Ravello dejó escapar un grito, tiró a un lado la cuerda que sujetaba, y en tres saltos —«¡Enseguida llego, mi señor!»— se plantó en el lugar donde Peter colgaba, agarrado a los carámbanos de hielo que se habían formado debajo del puente. El peso del dueño del circo abrió un agujero en el suelo, por el que cayó, y sólo se salvó de precipitarse en picada a una muerte segura porque en el último momento extendió los brazos y sus anchos hombros cubiertos de lana no cupieron por la grieta.

—¡Agárrese a mis piernas, muchacho! —le dijo a Peter—. ¡Agárrese fuerte!

—¡Lo he visto! —la voz de Peter se oyó desde debajo del puente—. ¡He visto a Garfio!

El cuerpo de Ravello, atrapado por el hielo, se estremeció de frío.

—Su recuerdo, tal vez. Su silueta dibujada en el aire.

—¡No, no! —la vocecita sonaba aterrada y perpleja—. He visto mi reflejo en el hielo y era… —los carámbanos a los que se agarraba Peter estaban a punto de fundirse o de partirse. Pronto caería al barranco que se abría por debajo de él. Pero el recuerdo de ese reflejo lo preocupaba casi más, pues el hielo es un espejo fiel. En él había visto los largos tirabuzones en los que Ravello había enroscado sus cabellos, había visto su piel oscurecida por el sol y también la levita roja y las botas de caña alta.

—¡Agárrese a mis piernas, señor! Yo tiraré de usted hasta arriba.

—No puedo volar. ¿Por qué no puedo, Ravello, por qué no puedo?

El dueño del circo empezó a resbalar, alargó los brazos para sujetarse —provocando un chirrido como el de una hoja de afeitar— y se mantuvo agarrado al puente. Peter Pan transfirió su peso de los carámbanos a las piernas de Ravello.

—¡Agárrese fuerte, señor, no vaya a ser que tire de mis botas y caiga al vacío!

No es que Peter Pan pesara más que un almohadón de plumas, pero aun así a Ravello le costó un esfuerzo titánico aupar su propio cuerpo, sus piernas, sus botas —y a Peter agarrado a ellas— por el agujero hasta el puente, y una vez allí, hasta el círculo de seguridad que formaban sus brazos.

—¿Por qué no puedo volar, Ravello, por qué?

—Todo a su debido tiempo, señor —ronroneó éste con tono consolador.

Los dedos de Peter se hundieron en el manto lanudo en un intento por apartar de sí a su mayordomo.

—¡No me toques! ¡Nadie debe tocarme! ¡Vuelve atrás y tráeme el arcón, criado! —pero sus manos se enredaron en la lana.

Con sumo cuidado Ravello liberó con dificultad cada uno de los dedos helados de Peter de las hebras de lana y los frotó para calentarlos. Su voz era un susurro persuasivo.

—¿Y en qué consiste exactamente este tesoro que con tanto ahínco buscamos, señor?

Peter miró hacia la montaña. Todavía les aguardaban unas cuantas horas de escalada, pero él ya sabía lo que contenía el cofre del tesoro allí custodiado. No acertaba a saber quién le había transmitido ese conocimiento y, sin embargo, ahí estaba en su cabeza, junto con los recuerdos de un lugar en el que nunca había estado y un entusiasmo que no podía refrenar.

—¡No sé cómo se llaman, pero brillan tanto y son tan hermosos, y hace TANTO tiempo que deseo poseerlos!

Ravello dejó escapar un suspiro de satisfacción. Con las cuatro brazas de cuerda y un cuidado infinito consiguió que los demás exploradores cruzaran también el puente de hielo, y tras ellos vino el arcón sobre sus ruedas de muelles. Justo cuando esas mismas ruedas llegaron al lugar por el que Peter se había caído y por el que habían tirado de él hasta ponerlo a salvo, se oyó un fuerte *¡crac!* y el puente entero se partió y cayó al barranco. A punto estuvo el arcón de arrastrar en su caída a Ravello, pero éste, profiriendo un rugido gutural que le salió del fondo de la garganta, aguantó el tirón sin soltar la cuerda y salvó al arcón y a sí mismo de precipitarse hacia la destrucción.

Los Darling acudieron todos a ayudarlo y, aunando sus fuerzas, consiguieron izar el peso muerto del arcón, que se balanceaba y se columpiaba del extremo de la cuerda como un ahorcado. Descubrieron que Ravello se estaba riendo solo, un rato y otro rato. Con una risa sardónica se burlaba de sí mismo, y sus carcajadas tenían el mismo sonido que el agua acumulándose en el fondo de un barco.

# No es él

n el País de Nunca Jamás un cofre del tesoro contiene el deseo más valioso de aquel que lo busca, aquello que éste quiere más que a nada en el mundo.
Quienes habían deseado que contuviera doblones de oro y
monedas de nueve y de diez, quienes habían pensado en tia-
ras, collares y relojes de bolsillo, quienes habían deseado que
se tratara de libros de cuentos y de huevos Fabergé ya no querían que fuera ninguna de estas cosas. Ahora lo único que
querían era un fuego que les quitara el frío y una comida
caliente, un edredón de plumas y un caldito humeante. Es
cierto, Curly deseaba desesperadamente no haber perdido a
Cachorrito, pero se apresuró a tachar de su mente ese deseo; un cachorro encerrado en un cofre del tesoro no era en
absoluto un pensamiento alegre.

Pero daba igual lo que desearan. Todos sabían que los deseos de Peter serían mejores que los de cualquiera de ellos, y que
sería él quien decidiera lo que habrían de encontrar cuando por
fin levantaran la tapa del cofre del tesoro del capitán Garfio.

\*\*\*

Cantaron para animarse a subir hasta la cumbre. La bandera arcoíris ondeaba con valentía por encima de sus cabezas.

*A la cumbre, vamos hasta lo más alto;*
*Desde la mayúscula hasta el último punto;*
*Desde el primer sorbo hasta la última gota;*
*Ahí es donde vamos: ¡hasta lo más alto!*

*Vamos hasta arriba; hasta arriba vamos.*
*Desde que despunta la aurora hasta el último rayo de sol.*
*No importa lo que digan miedosos e incrédulos.*
*Allí es donde vamos; ¡hasta arriba vamos!*

*Hemos atravesado vientos, incendios y el frío rocío del mar;*
*Hemos luchado con dragones y mantenido los osos a raya;*
*¡No se atrevieron a quedarse y enfrentarse a nosotros!*
*Porque saben adónde vamos; hasta arriba vamos.*

—Pero si no hemos luchado con dragones y osos, por lo menos no de verdad —dijo el Primer Gemelo.

—¡Pero podríamos haberlo hecho! —contestó el Segundo.

*Vamos hasta arriba; hasta arriba vamos;*
*Desde el domingo por la mañana hasta el sábado.*
*¡Comemos peces voladores camino de Mandalay!*
*¡Vamos hasta arriba; hasta arriba vamos!*
*¡Y si no nos crees no importa, pensamos irnos igual!*
*¡Nos vamos hasta arriba, sí! ¡Hasta arriba vamos!*

Y antes de que pudieran darse cuenta, ahí estaban: ya no podían subir más alto. Las laderas de la montaña caían a su alrededor como el manto de un rey y las nubes coronaban sus cabezas.

Desde la cumbre del Monte de Nunca Jamás se ve más allá de todo aquello en lo que uno cree: se ve más allá de todos los obstáculos y de cualquiera que se interponga en nuestro camino; se ve hasta el pasado más remoto, y también se ve el futuro, hasta donde uno quiera llegar. Uno puede ver dónde se equivocó, y todo lo que ha progresado desde entonces. Puede ver desde arriba a sus enemigos y superar todos sus miedos. ¡El mundo entero está a los pies de un niño en la cumbre del Monte de Nunca Jamás! Los exploradores se repartieron por la cresta nevada y observaron la isla entera, señalándose unos a otros los lugares más importantes. Podían divisar el lejano Bosque de Nunca Jamás, calcinado y humeante. Podían atisbar la lejana Laguna amarilla y el fino estrecho que llevaba hasta el océano, con su fiero oleaje. El rumbo que habían seguido a bordo del *Jolly Peter* seguía impreso en el mar: un surco de espuma blanca que describía círculos y piruetas, para terminar hecho añicos contra la Roca Imantada. Podían divisar el Arrecife del Dolor y las rocas rayadas que ocultaban el Laberinto de las Brujas.

—¡Oh, Peter, mira! ¡Mira! —exclamó Wendy—. ¡Ahí están los árboles donde nos encontraste las bayas para desayunar!

Pero a Peter no le interesaban las vistas. Estaba registrando la cumbre en busca del tesoro, apartando la nieve a patadas, entre quejidos de agotamiento, frío y frustración. El mapa del tesoro, reducido a jirones, se agitaba al viento entre sus manos. «¿Dónde está? ¿Pero dónde está?» mascullaba una y otra vez.

Desde que el País de Nunca Jamás había resbalado lentamente del verano al invierno, la nieve se había asentado sobre el Monte de Nunca Jamás, tapando lugares que antes siempre habían estado al descubierto. Capas profundas de mullida suavidad habían envuelto su cumbre rocosa, convirtiéndola en una bóveda blanca que ocultaba el tesoro prometido en el mapa.

—¿Puedo ayudarlo a buscar, señor? —gritó Ravello, siempre más lento en su caminar que los niños y que tan sólo ahora estaba llegando a la cima.

—¡NO! ¡No puedes subir hasta aquí! —le contestó Peter, también gritando—. ¡Éste es MI sitio! ¡No puedes subir hasta aquí!

—No —dijo el dueño del circo, como si fuera una verdad muy obvia—. No, ya lo sé —concedió, y se contentó con observar el panorama que se extendía por debajo, mirando con mucha atención e inclinando la cabeza para escuchar.

Peter cavó en la nieve con su espada hasta que el filo serrado quedó romo.

—Frío —dijo Ravello, lo cual era la pura verdad.

Peter cavó con un trozo de pizarra, amontonando la nieve que iba sacando, hasta que el pelo se le quedó blanco.

—Más calentito —dijo Ravello… lo cual era absurdo.

Peter cavó con sus propias manos pues las tenía ya demasiado frías como para sentir dolor.

—Bastante más calentito —comentó Ravello desde su lugar de observación un poco más abajo.

Y entonces sonó a hueco, Peter sintió una superficie dura y lisa que no le desolló los nudillos y vio una mancha roja bajo la nieve. ¡Había encontrado el cofre del tesoro!

Tenía un gran candado, pero Wendy acudió con su espada y, juntando la fuerza de sus cuatro manos —¡oh, qué frías estaban las de Peter!— consiguieron abrir el cierre. Entonces éste avanzó hasta la tapa curvada del cofre, levantó ambos puños en el aire, e inclinando hacia atrás su cabeza coronada por rizos negros y brillantes, soltó un graznido:

¡AAAALTOOOO!

Fue un sonido mitad de alondra, mitad de halcón. Fue un grito de triunfo, y también un grito de guerra y de venganza. Era mitad de niño bueno, mitad de delincuente juvenil. Fuera lo que fuera, no era su habitual quiquiriquí, y terminó con una tos que lo dobló en dos.

—¡Caliente! —susurró Ravello, y cerró los ojos en un éxtasis de felicidad.

Se levantó la tapa del cofre, y con ella también el viento, por lo que una columna de nieve se elevó en el aire formando un gran remolino por encima de sus cabezas. Incluso aquellos que habían pensado que estaban demasiado cansados y tenían demasiado frío como para que les importara lo que contenía el cofre se sorprendieron deseando con todas sus fuerzas que contuviera lo que más querían en el mundo.

—¡¿QUÉ?! —Peter profirió un grito de decepción y metió las manos en el cofre, apartando a manotazos ramas, hierba seca y turba. El Primer Gemelo había deseado calor, por lo que ahí estaba el combustible para encender una hoguera.

Desesperado, Peter se llevó las manos a la cabeza. Éstas estaban cubiertas de algo brillante que no era nieve. Wendy había deseado polvillo de hada para poder volar de vuelta a casa, por lo que ahí estaba el polvillo de hada.

Había hojas de té y masa para hacer pan, espaguetis fríos y puré de patata, todo ello mezclado con las demás cosas, pues los Gemelos estaban muy hambrientos cuando pensaron en lo que más deseaban.

También había lo que suele haber en un cofre del tesoro —doblones de oro y bolsas de diamantes— porque John Darling no había sido capaz de imaginarse un cofre del tesoro que contuviera algo distinto. Y, después de todo, también estaba la tiara de Tootles y unos cuantos rollos de seda india.

*¡Cachorrito, Cachorrito, Cachorrito!*, pensó Curly, pero ya era demasiado tarde para desear que el perrito perdido estuviera en el cofre del tesoro del capitán Garfio. Curly se echó a sí mismo la culpa de que, en algún recóndito lugar de esos inhóspitos glaciares, un pequeño cachorrito vagaba perdido porque él no había sido capaz de desear a tiempo que lo encontraran.

Incluso Cachorrito (dondequiera que estuviera ahora) había sido más hábil en sus deseos que Curly, porque allí, atascado en los goznes del cofre, había un jugoso hueso esperando. Pero no había ningún cachorrito para comérselo.

Sin embargo, aunque esperaban encontrar maravillas de todo tipo, ¡nadie entendía qué estaba haciendo allí Campanita!

En una esquinita de la tapa, de un capullito de hilillos finos emergió, cual mariposa de una crisálida, una preciosa y grácil hada no más grande que la mano de un niño. Recién despierta se desperezó, quejándose soñolienta de que alguien se había dejado una ventana abierta.

—¿Cómo se puede dormir en medio de tanta corriente? —parpadeó una vez, y luego otra más—. ¿Peter? ¿Eres tú, Peter Pan?

Los Darling estaban encandilados. Se turnaron para sostener al hada sobre la palma de la mano.

—¡Pensábamos que a tu edad ya te habrías muerto! —dijo Tootles (lo cual a Wendy le pareció una falta de tacto).

—Y así era —dijo Campanita—. O estaba hibernando. No es fácil distinguir una cosa de la otra —luego se quejó de que todos tenían las manos demasiado frías para que ella pudiera sentarse, y de que Peter no le hacía caso—. ¡Las hadas se mueren si no se les presta atención, ¿saben?!

—¡Peter, mira! —exclamó Wendy—. ¡Es Campanita! ¿Es que descaste que estuviera aquí? ¿Es ella tu tesoro? —le resultaba extrañísima la idea. Pero después de todo, era muy noble por parte de Peter valorar a una amiga por encima del oro, de la plata, o de un bocadillo de mantequilla y miel.

Pero Peter seguía rebuscando en el cofre del tesoro. Sacó un libro de cuentos y lo tiró al suelo, destrozando un huevo pintado.

Campanita volvió a mirarlo.

—Oh —dijo con voz soñolienta—. Pensé que era Peter Pan, pero no es él. Es el otro —y dicho esto, volvió a quedarse dormida.

Y allí por fin, llenando por completo la mitad del cofre, estaba el verdadero tesoro, aquel por el que lo habían arriesgado todo, aquel que los había llevado hasta el Promontorio sin Retorno. Peter lo sacó todo con mucho cuidado: una copa, un trofeo, un bastón, una estatuilla, un sombrero de copa, una placa en forma de escudo de caballero, una gorra con franjas circulares rojas y blancas, y por último un remo con la pala pintada de azul y de verde, que estrechó con cariño contra su pecho.

Wendy tomó un trofeo en cuya base había cincuenta nombres grabados y una inscripción que rezaba: «COPA SPENCER DE TIRO AL BLANCO 1894».

—Es todo muy bonito, Peter, pero ¿por qué? —Peter no contestó, pero sacó otro trofeo del cofre y lo miró: era un brillante cáliz bañado en plata.

Curly estaba amontonando todo el combustible para encender una hoguera. Cada segundo que pasaba, los horizontes del norte, sur, este y oeste se iban fundiendo, lamidos por lenguas de nieve en suspensión. Se cernía sobre ellos una ventisca. John llamó a Ravello para que trajera una cerilla para encender el fuego.

Pero Peter seguía contemplando la copa que sostenía en las manos, estremeciéndose de los pies a la cabeza. Su expresión embelesada se tornó en horror cuando vio que le devolvía la mirada su propio reflejo. Era el mismo que había visto en el puente de hielo. Alargando el brazo hacia un lado, tomó la mano de Wendy.

—No soy yo mismo —dijo en un susurro—. Wendy... No... soy... yo.

Justo en ese momento, la silueta del mayordomo de Peter Pan surgió en la cumbre de la montaña. Ahora que el tiempo había empeorado, no parecía el momento más adecuado para quitarse la capucha de la cabeza. Sus rasgos ya sólo quedaban ocultos por el torbellino de copos de nieve.

—¡Ah! ¡Aquí, Ravello! —lo llamó John—. ¡Una cerilla, por favor!

El mayordomo no pareció oírlo, aunque a Peter sí lo había oído perfectamente.

—¿Que no es usted, dice? ¡Oh, es cierto! ¡Cuán cierto es! Hace ya diez leguas que no es usted mismo —una vez más soltó aquella risa que era como una marea creciente anegando una playa—. No es usted, no, pues se ha convertido en Garfio. El capitán Garfio. ¡El capitán James Garfio, el azote del País de Nunca Jamás!

La sola mención de ese nombre se clavó en sus pechos como un garfio de acero. Ravello se dirigió hacia el cofre del tesoro, recogió con cuidado una de las copas, se la llevó a los labios y la besó larga y dulcemente. También aprovechó para apartar a Peter de una patada.

—Aquí está la prueba —dijo, abrazando el trofeo—. He aquí el tesoro, ¡el mismo que el capitán Garfio dejó aquí hace muchos años! ¿Son éstos juguetes de niños? No. ¿Acaso tienen algo que ver con Peter Pan? ¡No! ¡Tan sólo Garfio, con su voluntad de hierro, su alma dura como la piedra, podría encontrar el mismo tesoro que dejó aquí hace tantos años! ¡Mira pues cómo te preparé para el papel, chico! ¡Mira cómo te preparé para este momento! ¡Mira cómo te guié para que desearas lo adecuado, y para que encontraras el tesoro adecuado!

¡Ah, pero me lo pusiste tan fácil! ¡Tan ridículamente fácil! ¡Qué favor me hiciste, Peter Pan, por tu propia voluntad! ¡Qué amable favor me hiciste el día en que te pusiste mi segunda mejor chaqueta!

# Resignarse a morir

¡**G**ARFIO!
El dueño del circo acusó el golpe y se estremeció de pies a cabeza, como hacen los perros cuando se les han mojado las orejas.

—Lo fui una vez, pero ya no —dijo—. Soy el hombre que una vez fue Garfio. ¡Miren a éste, vean si ven a Garfio! —y señaló a Peter Pan con el garfio de hierro que llevaba en el lugar de la mano derecha—. ¡Miren la chaqueta roja que viste! ¡Miren los rizos que le llegan hasta los hombros! Ustedes deberían saberlo mejor que nadie: ¡si visten las ropas de otra persona, se convierten en esa persona!

Peter se llevó los dedos helados a los botones de la levita roja (la segunda mejor levita de Garfio) y sacó los brazos de las mangas. Pese a la tormenta helada que envolvía la montaña en remolinos de un frío tan punzante como el alambre de espino, la chaqueta cayó al suelo a su espalda y su delgada túnica ondeó al viento alrededor de su cuerpo.

Ravello soltó una carcajada.

—¡Puedes despojarte del vestido, pero no del hombre en

el que te has convertido! ¡Sólo un alumno de Eton puede quitarse la vieja corbata del colegio! —y era cierto que, por mucho que Peter tirara de la corbata blanca, no era capaz de deshacer el nudo que la ceñía a su cuello—. ¡De cuán buen grado dejabas que, peinándote, te sacara la imaginación de la cabeza! Con qué facilidad aceptabas que volviera a ponerte la levita cada vez que, al quitártela, alejabas de ti sus poderes escarlatas… ¡Pero veo que tus amigos no me creen, Peter Pan! ¡Así que díselo! ¡Díselo! ¡Diles que has soñado los sueños de Garfio, que has rememorado sus recuerdos, que has sentido sus decepciones infantiles, que te has dejado llevar por su mal genio! —empezó a llenarse los grandes bolsillos de su extraño atuendo de copas y trofeos, gorras y condecoraciones—. ¡Te has convertido en James Garfio, y he aquí la prueba! ¡Éstas son las cosas más valiosas para él, y sólo TÚ podías desear que aparecieran en el cofre! Por eso te necesitaba.

—¡No! ¡No! ¡Yo soy Peter Pan! —protestó Peter, quitándose las brillantes botas de cuero—. ¡Yo siempre seré joven y no hay nadie como yo! ¡Soy el niño único!

El Hombre Deshilachado soltó un espantoso bufido de desprecio.

—Llámate lo que quieras, mosca efímera. Tu verano ha terminado y ha llegado el invierno.

Los más pequeños, que estaban demasiado helados como para entender del todo lo que estaba ocurriendo, permanecieron de pie, inmóviles, rodeándose el cuerpo con los brazos para entrar en calor.

—¿No podemos volver a casa volando, Wendy? ¿Marcharnos a algún lugar donde no haga tanto frío?

Wendy asintió enérgicamente y fue de uno en uno y a todos les frotó la cabeza con polvillo de hada.

Ravello la observó mientras lo hacía. Cuando terminó, le preguntó con mucha dulzura:

—¿Cómo? ¿Sin sus sombras? Me temo que es imposible, *stupidi bambini*. Pueden tener polvillo de hada. Pueden tener pensamientos alegres (aunque permítanme que lo dude). Pero nadie puede volar sin sombra. ¿Por qué, si no, creen que se las quité? —abriendo el cofre sacó sus sombras, enrolladas como una persiana, rígidas y quebradizas a causa del frío. Los Gemelos se dirigieron hacia él, con las manos extendidas. Con un gesto burlón, él sostuvo las sombras por encima de sus cabezas, lejos de su alcance.

—¿Qué, vas a exigir un rescate a cambio de nuestras propias sombras? —quiso saber Peter.

—En absoluto, moscarda. Yo no mantengo cautivo a nada ni a nadie. Me horroriza el confinamiento. Pregúntale a cualquiera de mis animales. ¡Liberaré a sus sombras para que escojan su propio camino! —entonces Garfio abrió la mano que le quedaba y dejó escapar las sombras, entregándoselas a las fauces del viento voraz. Las siluetas de seis niños cayeron al abismo dando tumbos, chocando unas con otras y amalgamándose en una única bola mugrienta. Cada uno de los exploradores sintió un dolor lancinante cuando el vendaval hizo jirones sus sombras.

—Garfio, eres un villano y un canalla. ¡Sólo el diablo roba las sombras de los hombres!

Ravello hizo un gesto desdeñoso con una de las mangas de su chaqueta.

—En el caso harto improbable de que vivan lo suficiente, les volverán a crecer. Con cada dolor que le acaece a un hombre, su sombra aumenta de tamaño. ¿No han visto que arrastro tras de mí una sombra tan larga como una mancha de tinta sin fin? Pero claro, es que no han escuchado mi triste historia, ¿verdad? ¡Oh, pues deberían, deberían! ¡Sé que a los niños les gustan mucho los cuentos! Así que déjenme que les cuente. La historia del capitán James Garfio. Un hombre al que tuve mucho aprecio hace tiempo, lo reconozco. Un hombre con la fuerza y la vitalidad necesarias para escalar cualquier montaña, para encontrar cualquier tesoro… Escúchenme con atención.

Y empezó a contarles la historia de su vida:

—Érase una vez, hace mucho tiempo, un niño llamado James Garfio. ¿Por qué a los niños les cuesta tanto creer que los adultos alguna vez fueron niños también? Era un niño como ustedes… ¡Sólo que mejor! ¡Destacaba! Díganme cualquier deporte, y les diré que James Garfio lo dominaba. ¡En los campos de deportes del colegio de Eton podría haber escrito su nombre en letras tan grandes que las constelaciones lo habrían visto desde el espacio exterior! Que se pudra el Latín. Al cuerno con las Matemáticas. Que las lenguas extranjeras sigan siendo un misterio. ¡Garfio era un deportista! Ganar lo era todo para él. ¡Si hubiese podido ver su nombre escrito en las copas de la vitrina de trofeos de Eton, su corazón se habría llenado de gozo para siempre! Igual que tú, Peter Pan, renunciaste a todo para ser joven por siempre jamás, yo… ¡Ay, yo no! *Él,* Garfio, renunció a todo para ser el mejor, el más rápido, el más fuerte, el más alto, el más resistente… ¡Por todos los demonios, con qué firmeza sostenía yo el bate de cricket!

El viento del norte silbó alrededor del Monte de Nunca Jamás. Cada vez que Ravello guardaba silencio, el viento tomaba el relevo, asustando a los niños.

—Pero las madres son como son. Y antes prefieren pagar a sus modistas que ocuparse de insignificancias como gastos de colegio. De modo que un vano frufrú de tafetán puso fin a los sueños de James Garfio. Su madre vino el día de la Fiesta del Deporte para sacarlo, para sacarme a *mí*, del internado. Los demás niños competían por trofeos que, de haber pasado un solo día más, habrían sido de Garfio, por honores y laureles que habrían sido... —se interrumpió, imaginando la mano extendida del director del colegio, oyendo los gritos de júbilo de sus compañeros... Levantó la cabeza; sacó pecho. Pero entonces la decepción lo golpeó de nuevo, como un retorcijón de estómago—. Como Garfio no podía ganarlos en buena lid, vació la vitrina de trofeos y se llevó todas las copas y los premios. Su tesoro. Sus objetos de deseo.

Los exploradores dejaron escapar un gritito ahogado.

—¿Robaste los trofeos de tu colegio?

Ravello se sacó un pañuelo lleno de agujeros y quemaduras de ácido y se sonó la nariz con él.

—No es un gesto de muy buena educación, lo reconozco, pero si las madres son como son, también los niños son como son. Y en mi caso son piratas. Así empezó la vida delictiva de James Garfio. En el camino de vuelta a casa lo decidió todo: abandonaría su hogar y su familia y se iría al País de Nunca Jamás, ¡el único lugar del mundo donde un niño puede forjar su propio destino! Hizo el viaje en dirigible. Y se estrelló aquí, en este lugar. En este lugar dejó su tesoro y se arrastró hasta la Laguna para llevar una vida de pillaje y codicia. Pero su corazón lo dejó aquí arriba, con la intención perpetua de volver algún día y encontrarlo. ¡Y lo habría hecho! Lo habría hecho... ¡De no ser por Peter Pan!

»Peter Pan, esa mosca en la carne. Esa espina en la piel. ¡Esa infección en la sangre! Primero me arrancó la mano derecha... La mano de Garfio, quiero decir. La mano con la que bateaba, la mano con la que sostenía el timón, la mano con la que remaba, con la que empuñaba el florete y con la que... Pero olvidemos eso. ¡Luego condenó a Garfio al estómago de un cocodrilo! ¡Ja! ¿Piensan que esta montaña es un lugar espantoso para morir? ¡Pues tendrían que ver cómo es la vida en el interior de un cocodrilo marino! Una tumba sin luz y sin aire, inundada de jugos gástricos; un despertador sin pilas, atascado en la espalda, y muy poco espacio para moverse. ¡Qué tumba más terrible! Se alimentaba de los huevos del cocodrilo, que era una hembra. ¿Sabían que era un cocodrilo hembra? ¡Oh, cuán bien llegó a conocer Garfio la anatomía interna del cocodrilo adulto hembra!

»Cada día el ácido de los jugos gástricos lo quemaba y el hedor lo asfixiaba... Pero me negué... No, Garfio se negó a resignarse a morir. Se acabaron los días en que jugaba al cricket; mientras estaba ahí, sufriendo las consecuencias del cambio radical en su vida, ¡Garfio sólo pensaba en vengarse!

»Y allí empezó todo, espontáneamente, sin que él moviera un dedo. Pues el frasco de veneno que siempre llevaba en el bolsillo de mi chaqueta se resquebrajó, y el veneno se fue vertiendo poco a poco en el estómago del cocodrilo, en la Laguna, en… —hizo un amplio gesto con el garfio extendido, que abarcó todo el paisaje azotado por el viento que soplaba alrededor del Monte de Nunca Jamás—. Por fin, cuando el animal murió envenenado, le desgarró la carne con el garfio para salir de la tripa de la criatura, y con lo que sobró de la piel se hizo un par de botas. ¡Yo no estaba dispuesto… ¡Maldita sea!, *él* no estaba dispuesto a resignarse a morir.

»Pero el hombre que salió a la luz desde la oscuridad del vientre del animal no era Garfio. Era lo que quedaba de ese hombre. La levita escarlata, los pantalones bombachos, el cabello brillante habían desaparecido. Y el orgullo, también. Se había disuelto todo: la carne, el cabello, la levita, el rubor de sus mejillas y su alma, en la bilis del cocodrilo. ¡Y el sueño!... ¡Ah, tremenda agonía!, tampoco era ya capaz de conciliar el sueño! Lo único que se salvó fue esta… ¡esta blandura de hombre! Una cosa como esponjosa. Una cosa como muerta. ¡Desde mi garbo hasta mi ropa interior, todo quedó reducido a lana! ¡La dureza de acero de Garfio se corroyó y no quedó más que Ravello, el Hombre Deshilachado! ¡Incluso mi querido barco se presentó ante ti, Peter Pan, y no ante mí! Por mucho que lo intentara, no lograba mandarlo salir de la Laguna, no podía atraerlo hacia mí, pues ya no me quedaba ni un ápice de magnetismo. ¡Todo el hierro que había en mi alma se oxidó mientras yo yacía inmerso en la inmundicia de la tripa de ese cocodrilo!

»Me consoló un poco ver que también el mundo había cambiado durante mi confinamiento; ver cómo mi frasquito de veneno había hecho de las suyas en el País de Nunca Jamás; filtrándose por el Bosque de Nunca Jamás y por los pantanos; ¡saturando los meses de verano hasta tal punto que el año entero se retorcía en espasmos de dolor!

»Como digo, no quedaba mucho de Garfio en este triste hombre reducido a una chinchilla. Tan sólo el acuciante impulso de un deseo vehemente. Tan sólo el antiguo, el profundísimo deseo de recuperar su tesoro del lugar remoto donde lo había dejado. Y ahí estaba la ironía más grande en esta la más infernal de las Divinas Comedias: ¡ya no tenía la capacidad de desear! No podía desear, como tampoco podía dormir. Sólo la voluntad de hierro de James Garfio podía abrir ese cofre del tesoro y encontrar mi…, su…, nuestro…, ¡por todos los demonios!, el tesoro que se hallaba dentro.

»Y, entonces, pues me busqué un suplente. Un representante. Un sustituto. El único en el País de Nunca Jamás cuya fuerza de voluntad era igual a la del capitán Garfio. ¿Cómo no me estás agradecido? ¡Oh, lo que daría yo por volver a tener el aspecto de Garfio, por volver a fanfarronear como Garfio, por volver a bramar y a aterrorizar como Garfio! ¡Deberías estarme agradecido, Peter Pan! Piensa en cómo te alimenté a fuerza de halagos y de sed, cómo te despojé de tu esencia y la sustituí por mal genio y tiranía. Mira cómo, con una levita, una corbata y un par de botas, te convertí a ti, al mocoso que eras, cuando no eras más que un simple niño, en el mayor pirata de todos. ¡Te convertí en el capitán Garfio!

—¡NO! No. No. ¡Yo soy Peter Pan! —protestó Peter—. ¡Yo siempre seré joven, y nadie en el mundo será nunca como yo! Y tú, Garfio, siempre serás mi peor enemigo y no descansaré hasta que…

—Silencio. Estás muy exaltado, muchacho —Ravello agitó una mano lánguida, como si estuviera espantando una mosca—. Ahora que has perdido, deberías cultivar la paciencia. Como yo. Un tiempecito en el interior de un anfibio marino te aplacaría; permíteme que te lo recomiende… Pero basta de rencores. Dame la mano. Has cumplido con tu misión, capitancito. Ya tengo lo que he venido a buscar. Estrechémonos la mano y reconciliémonos —y le tendió la mano buena, la izquierda, cubierta con su manga extralarga, para ayudarle a levantarse. Peter le lanzó una estocada con su espada, pero la hoja dentada simplemente se enganchó en la lana de la manga, y la mano que se ocultaba debajo aferró la suya con una fuerza extraordinaria—. ¡Qué fiereza! Me pregunto en qué te habrías convertido si hubieras llegado a la edad adulta; si no hubieras optado por una infancia eterna. ¿Habrías sido pirata como yo?

—¡Jamás!

—¿No? Piloto, entonces. ¡O actor, saliendo diez veces a saludar bajo los aplausos de tus enardecidos admiradores! ¡Un hombre de categoría, no lo pongo en duda! Un héroe… ¡Ah, no, espera! ¡Ya lo tengo, claro! ¡Un explorador! ¡Un descubridor de nuevas tierras! ¡Escribirías tu nombre en letras doradas en los mapas de los trece continentes!

En las manos de Peter las hebras grasientas de lana empezaron a separarse, a deshilacharse, a deshacerse. El frío que todo lo entumecía, el vértigo que le producía la incesante ventisca, las palabras que Ravello derramaba sobre él como granos de sal, todo le impedía pensar con rapidez. Las palabras iban acompañadas de imágenes, como etiquetas que ondeaban al viento, y casi podía ver de verdad cómo sería su vida si fuera…

—¿Qué, entonces qué? —Garfio lo acosaba sonriendo, sonriendo todo el tiempo—. Un explorador, no. ¿Algo más sencillo? ¿Algo que no te exija tanto?

Peter torció el gesto. ¿Acaso pensaba Ravello que él no era capaz de ser un explorador? ¡Qué absurdo! Pero si Peter casi podía imaginarse…

—¡No le contestes!

Una silueta llegó tambaleándose a la cima, un joven al que ninguno de ellos reconoció hasta que vieron los faldones de su camisa que sobresalían de un abrigo demasiado pequeño para él.

—¡Slightly!

—¡No le contestes, Peter! —gritó Slightly, señalando con su clarinete al Hombre Deshilachado.

Wendy corrió hacia Slightly. Se sintió algo incómoda al verlo tan mayor, pero no pudo evitar echarle los brazos al cuello.

—¡Oh, no te has convertido en un Rugiente! ¡Nos has seguido! ¡Qué frías se te deben de haber quedado las rodillas, pobrecito! ¡Ojalá te hubiera hecho un abrigo más largo!

—¡No le contestes, Peter! —volvió a decir Slightly, sin separar los ojos de Ravello ni por un segundo—. A mí me preguntó exactamente lo mismo, «¿Qué quieres ser de mayor?», y la lana se desmadejó entre mis manos, y en ese momento, en ese preciso momento empecé a crecer. Lo he descubierto todo, Hombre Deshilachado, ¿has visto?

Éste soltó su extraña carcajada, que tenía un sonido como acuático, aunque resultaba obvio que estaba irritado.

—Veo que al crecer te has hecho un poquitín más sabio, sí.

Peter Pan levantó los ojos para mirar a Garfio, incrédulo.

—¿Me habrías hecho crecer? ¡Con el truco de estrecharme la mano!

Garfio afrontó la acusación encogiéndose de hombros con aire despreocupado.

—Yo no. Lo habrías hecho tú mismo. En el momento en que un niño contesta a la pregunta «¿Qué quieres ser de mayor?», ya está muy cerca de convertirse en adulto. Ha traicionado la infancia mirando hacia el futuro. Ha pasado a engrosar las filas de esos oficinistas aburridos, esos desplumadores de pollos y esos embaladores que comprueban las páginas de ofertas de empleo de los periódicos —agarró la mano de Peter con más fuerza todavía y levantó al niño del suelo hasta colocar su rostro a la misma altura que el suyo. Era un rostro espantoso, surcado por las cicatrices del dolor, la añoranza, el ácido y el odio—. ¡Confiesa que sí que has pensado en el futuro cuando te he preguntado! ¡Dime que te imaginaste a ti mismo de mayor, remando con tu canoa por el Amazonas, o arrastrando tu trineo sobre las pendientes heladas rumbo al Polo Sur! ¡Maldito seas, Slightly! Un segundo más y habría hecho lo que ninguna madre ni ningún padre podrían hacer: ¡habría despojado al niño Peter Pan de su infancia!

Slightly siguió señalando a Garfio con un dedo acusador, y sin que su rabia se aplacara ni una pizca, escupió furioso:

—¡Ese hombre les dijo a los Rugientes que tú los habías envenenado, Peter, y que les habías hecho crecer, pero yo digo que fue él! ¡Yo digo que fue él quien los envenenó!

—¡Envenenó al País de Nunca Jamás entero! —soltó Peter con desprecio. Su rostro estaba tan cerca del rostro del pirata que las narices de ambos se rozaban—. ¡Debería desollarte hasta los huesos, villano!

—No encontrarías en ellos más que el odio que siento por ti, Peter Pan —dijo Ravello, derribándolo de un empujón.

Mientras tanto, los Gemelos habían estado recorriendo el lugar de un lado a otro, recogiendo ramillas para hacer una hoguera. En cuanto conseguían apilar dos montoncitos de leña, el viento volvía a esparcirla. (El temporal empeoraba por momentos, azotando la cumbre de la montaña con ráfagas de nieve). Slightly acudió en su ayuda, sujetando la leña en el suelo con bolsas de oro y rollos de seda que iba sacando del cofre del tesoro.

—¡Oh, me alegro tanto de que no te convirtieras en un bandido, Slightly! —dijo el Primer Gemelo sonándose la nariz.

—¡Y de que no te olvidaras de nosotros! —añadió el Segundo.

¿Pero qué otra cosa podía haber hecho Slightly, sabiendo el peligro que corrían? ¿Qué otra opción tenía que no fuera seguirles el rastro por todo el camino hasta la Cumbre sin Retorno? Slightly ya era un adulto, y aunque hacerse mayor es una pesadez y un fastidio, los adultos tienen al menos una cosa buena: no pueden evitar preocuparse y cuidar de los demás.

De modo que Slightly ayudó a los Gemelos a hacer la hoguera que podía salvar a sus amigos de morir congelados en la cima del Monte de Nunca Jamás. John corrió al arcón para tomar una cerilla, pero Ravello lo cerró de una patada con la punta de su bota y lo empujó. Éste rodó hasta el mismo borde del precipicio.

—Dame una cerilla, pirata —exigió John.

—¡No le dirijas la palabra! —ordenó Peter en tono cortante—. Lo he desterrado al País de Ninguna Parte y nadie debe hablar con él. ¡Yo encenderé el fuego, como siempre lo he hecho en la chimenea de la casita de Wendy! ¡Con la imaginación! —pero aunque lo intentó y lo intentó con todas sus fuerzas, aunque se golpeó la cabeza contra el suelo, y se tiró desesperadamente de sus brillantes tirabuzones, Peter no fue capaz de encender la hoguera con la imaginación, como tampoco había sido capaz de imaginarse la comida de la Compañía de Exploradores. Al peinarlo, Ravello le había sacado la imaginación de la cabeza por la punta de cada cabello.

Los Gemelos estaban seguros de poder conseguirlo. Después de todo, ¿acaso no habían prendido fuego al Bosque de Nunca Jamás para matar al dragón de madera? Pero Ravello soltó su risa amarga.

—¡Ja! ¿De verdad creen que eso fue obra de ustedes, *bambini doppi*? ¡Fui yo quien incendió el Bosque de Nunca Jamás! Solté a todos mis animales. Eché a mis ayudantes, eran todos Rugientes. Prendí fuego a mi preciosa carpa… Quemé mis puentes. Pues en cuanto vi a Wendy, supe que mi espera había llegado a su fin. Había llegado la hora de la venganza. ¿Qué es un circo comparado con la dulce venganza?

El aire estaba abarrotado de copos de nieve, como si se hubiera reventado un almohadón de plumas. Ahora que ya no llevaba puesta la levita, Peter tiritaba de frío y pugnó por quitarse la corbata blanca del cuello.

—Ravello, una cerilla. ¡Encendamos primero la hoguera y ya hablaremos después! —gritó Curly.

—Ravello, una cerilla. ¡Rápido! —urgió Tootles—. ¿Es que tú no tienes frío?

—¿Cuáles son las palabritas mágicas que todo lo pueden? —contestó el dueño del circo con una voz aguda y burlona.

Al oírlo, los exploradores sintieron ganas de enviarlo al País de Ninguna Parte para no tener que volver a dirigirle la palabra nunca más.

—Por favor —dijo Wendy fríamente.

—Por favor —dijo también Curly.

—Por favor —añadió John.

Ravello dio un tirón de la cuerda y levantó el arcón del suelo como un perro obediente. Abrió la tapa y sacó una caja de cerillas Lucifer, que agitó suavemente: producía el mismo sonido que el sonajero de un bebé. Sólo quedaba una cerilla.

—Díganme otra vez. ¿Cuáles son las palabritas mágicas?

—¡Por favor! —dijo Tootles.

—¡Por favor! —repitieron a coro los Gemelos.

(«¡Ah! ¡Ahora lo entiendo!», se dijo Peter, que ya había resuelto el enigma).

—¡POR FAVOR! —dijeron todos menos Peter.

—RESPUESTA INCORRECTA —dijo Ravello, frotándose la cerilla sobre su mejilla mal afeitada. La llama iluminó su rostro. Era un rostro espantoso, cubierto de las cicatrices que le había dejado el paso del tiempo, allí donde el tiempo no debería haber pasado. Tan sólo su aristocrático porte de cabeza y el fuego que bailaba en sus ojos castaños y desleídos demostraban que el enemigo más mortal de Peter Pan, el capitán

Garfio, todavía albergaba vida en su interior—. Déjenme que lo piense un momento. ¿Cuáles son las palabritas mágicas que todo lo pueden? Ah, sí, ahora las recuerdo…

Apagó la cerilla de un soplo y dijo:

—¡RESÍGNENSE A MORIR!

# Quemado

El viento se abatió sobre la montaña. Pese a su fuerza, sólo lograba abrir y cerrar una y otra vez la tapa del cofre escarlata del tesoro, todavía medio enterrado en la nieve. Se ensañaba, en cambio, con el viejo arcón desvencijado que Ravello había arrastrado tantos kilómetros sobre sus ruedas, lo sacudía y lo azotaba, y por fin lo empujó rodando como un cochecito sin dueño. Rodó por encima del precipicio y cayó al abismo describiendo una pirueta y lanzando despedidos saleros, platos, tazas, mapas, herramientas y cuerdas. Nunca lo oyeron tocar el suelo; la ventisca se estaba cebando ahora con ellos, salpicándolos de hielo, llenándoles las orejas, los ojos y las manos de nieve.

—¡Ahora tú también vas a morir, Garfio! —gritó Peter Pan.

El pirata circense se encogió de hombros.

—Quizá sí. No tiene importancia. He hecho lo que me había propuesto. Tengo mi tesoro. ¿Qué más me queda por hacer?

—¿Y este tesoro tuyo te ha hecho feliz? —preguntó Wendy severamente (porque las madres siempre llaman la atención

sobre el hecho de que la maldad no provoca alegría, la delin-
cuencia no trae cuenta, y los ladrones no prosperan en la vida).

Una mezcla de perplejidad y dolor alteró el semblante
surcado de cicatrices de Ravello.

—¿Cómo podría saberlo? —preguntó, sacando el trofeo del maratón y acariciando con mimo la inscripción con
su nombre que, como por arte de magia, adornaba ahora la
base de la copa—. La felicidad no es un manjar que yo haya
probado antes. Sí es verdad que experimento en mi interior
una extraña sensación que guarda cierto parecido con la tarta
de chocolate, los fuegos artificiales y la música del composi-
tor Edward William Elgar —a Wendy le parecía que todas
esas cosas sonaban sospechosamente a felicidad, pero no lo
dijo por miedo a exacerbar la maldad de Garfio.

John estaba enfrascado en frotar un trozo de madera sobre otro para tratar de provocar una chispa. Pero hasta los trozos de madera tiritaban de frío. Curly intentaba construir
un *igloo* con nieve, donde poder refugiarse hasta que pasara la
ventisca. Pero los *igloos* no se hacen con nieve blanda. Tootles
declaró que debían cantar para mantener bien alta la moral,
pues eso es lo que hacen los héroes cuando las cosas se ponen muy feas. Y entonces Ravello soltó una extrañísima carcajada y empezó él mismo a cantar:

> *Un tiempo estupendo para salir a remar,*
> *La brisa huele a campos de tréboles,*
> *Los remos horizontales sobre el agua,*
> *A la sombra de los árboles…*

Era una canción del internado Eton. Peter —aunque no quería ser un chico de Eton, y no quería saberse la letra de la canción— no pudo evitar unirse al coro. Así que cantó como si con su voz estuviera disparando cañonazos al pirata y cada palabra pudiera abrirle un agujero en el cuerpo.

*Tal vez el rugby sea más inteligente,*
*Y el cricket un deporte más elegante,*
*Pero nosotros remaremos para siempre,*
*Nuestros botes nos llevarán hacia adelante...*

La ventisca les arrancaba el cabello y desgarraba las costuras de sus abrigos. Les azotaba los rostros con copos de nieve y provocaba avalanchas en la montaña. Se les congelaba la saliva en la boca. Las palabras de la canción tropezaban contra sus lenguas como cubitos de hielo. Si no se hubieran agarrado de los brazos unos a otros, el viento los habría empujado fuera de la cumbre del Monte de Nunca Jamás y los habría lanzado al vacío.

*Y nada en la vida habrá de cortar*
*La cadena que nos mantiene unidos.*
*Y nada en la vida habrá de cortar*
*La cadena que nos mantiene unidos.*

Si suponen que Campanita acudió en su auxilio, tengo que decirles que están muy equivocados. Los deseos de los niños habían traído al hada de vuelta de un lugar extrañísimo, y sus alas tenían aún pegada una capa de improbabilidad.

Campanita se había vuelto a acurrucar en el fondo del cofre del tesoro para echarse otro sueñecito.

—Hace demasiado frío —dijo con voz soñolienta—. Hay demasiado ruido.

> *...Y nuestros rostros serán siempre jóvenes,*
> *Cuando animemos a los remeros de Eton.*
> *Y nuestros rostros serán siempre jóvenes,*
> *Cuando...*

Las palabras se perdieron en el inmenso silencio que los aguardaba. El invierno había atrapado al Monte de Nunca Jamás entre sus fauces y los estaba sacudiendo a todos hasta matarlos.

De pronto, como una avispa que se lanza en picada sobre su presa, algo pasó revoloteando junto a los exploradores, y no era un copo de nieve. Con un fulgor como el de una brasa se acomodó sobre el cierre del cofre del tesoro.

—¡Luciérnaga de Fuego!

En el País de Nunca Jamás un cofre del tesoro contiene lo que más desea en el mundo quien lo busca y, sin que nadie lo supiera, era Luciérnaga de Fuego quien había deseado conocer a Campanita.

Desde aquella primera vez en que la había oído nombrar —«¿Conoces a Campanita?»—, la imagen de esa hada a la que nunca había visto le había intrigado mucho, y cada vez había ido ocupando más espacio en su cabeza, donde brillaba con luz propia en el interior de su pequeño cráneo de duende. Cada cosa que oía sobre ella hacía aumentar su curiosidad.

Había acosado a Slightly con preguntas y había llegado a la conclusión de que una criatura tan maravillosa como Campanita —que había estado dispuesta a beberse el veneno y era capaz de contar mentiras tan grandes como albatros— sencillamente no podía estar muerta. Ahora, al ver a Campanita, la capa de polvillo de hada que lo cubría de pies a cabeza refulgió al calor del flechazo que acababa de sentir por ella y se fundió a la altura de su corazón.

Campanita abrió los ojos, pero debió de parecerle que Luciérnaga de Fuego no era más que un sueño, pues se limitó a esbozar una sonrisita contrita y dijo:

—Qué frío. Hace demasiado frío. Tengo que irme —y entonces la nieve pasó arrasando entre ambos, como un ejército de hadas celosas.

—Las hadas se mueren si las otras hadas no les prestan atención —se quejó Luciérnaga de Fuego, pero Campanita seguía sin hacerle caso. Un par de segundos después, Luciérnaga de Fuego anunció con grandilocuencia—: No pienso encender ninguna maldita hoguera. No PIENSO HACERLO. ME NIEGO. ¡No LO HARÉ!

(Bueno, no deben olvidar que lo que mejor se le daba era mentir). Dicho esto se zambulló como una gota de oro fundido en el montón de madera.

—¡Oh, no! ¡Luciérnaga de Fuego, no! —exclamó Wendy.

—¡Te vas a quemar entero! —gritó Tootles.

—¡Oh, mi querido idiota! —exclamó Slightly.

La hoguera se había hundido bajo el peso del manto de nieve que se había depositado encima. Ya no parecía posible que se le pudiera prender fuego. Pero Luciérnaga de Fuego lo consiguió. Paulatinamente las ramitas blancas se fueron tornando marrones, y después naranjas, y con un chisporroteo las llamas cobraron vida y el viento ensordecedor las alimentó hasta convertirlas en un fuego imponente. El calor corporal de Luciérnaga de Fuego había encendido la hoguera, cuyas llamas triunfantes, visibles desde cualquier punto de la isla, coronaron la cúspide del Monte de Nunca Jamás.

Algunas de las llamaradas tenían el mismo color que Luciérnaga de Fuego. Parte de las cenizas que se elevaban hacia lo alto parecían alitas chamuscadas. Los exploradores apartaron sus rostros del fuego y se taparon los ojos para no ver lo que estaba a punto de ocurrirle al valiente duendecillo… todos, excepto Peter. Se acercó tanto que las llamas dibujaron un halo de fuego a su alrededor y se le quemaron las cejas; se inclinó para observar el fuego y gritó el nombre del hada, extendiendo el brazo que sujetaba la espada para intentar salvar a Luciérnaga de Fuego de un final atroz. El fuego redujo a astillas la espada.

—¡Ten cuidado, Peter! —exclamó Wendy cuando unas brasas alcanzaron los pies de su amigo.

—¡Juré que no te abandonaría en todo el viaje! —contestó éste—. ¡Pero, demonios, vaya un duende estás hecho!

—¡Qué tremendo mentiroso! —añadió John, sobrecogido.

—¡Como Campanita en el pasado! —dijo Curly.

Entonces, ésta se despertó por fin de verdad. Estaba ocurriendo algo emocionante. Había vidas que pendían de un hilo. Había gente que la recordaba con cariño… Además, había otra hada que estaba acaparando toda la atención. Eso bastó para despertarla.

—¡Espera, jovencito!

Campanita se lanzó a toda velocidad hacia el fuego con la intención de seguir a Luciérnaga de Fuego, pero sus movimientos seguían torpes y lentos por el sueño, y Peter Pan alargó la mano y la atrapó, agarrándola con fuerza sin soltarla.

—Ya hemos tenido bajas suficientes por hoy —dijo con tono malhumorado.

Es extraño porque no es que hubiera muchas ramillas y muchas briznas de hierba seca. Entre unas cosas y otras, entre los huesos de perro, la seda, la comida y el oro, en el cofre apenas había combustible para que los Gemelos encendieran su hoguera. Era una fogata muy pequeñita. Y, sin embargo, el fuego que provocó resultó más grande y más luminoso que el de cualquier farol en las noches de la Armada. Será tal vez que la leña mágica arde mejor.

Gracias al fuego pudieron cocinar el pan y los espaguetis, y con un poco de nieve derretida prepararon varios litros de té. Mandaron señales de humo para pedir ayuda (aunque la ventisca hizo todo lo posible por borrarlas). Por fin el humo pudo más que los copos de nieve y los arrastró en su camino, como una bufanda ondeando al viento. La montaña sintió calor en su cumbre y recordó su infancia. (No olviden que antaño había sido un volcán). Quizá la montaña (a diferencia de Peter o de Garfio) sólo tuviera recuerdos alegres de su niñez, porque rememorarla le hizo sonreír.

Oh, ya sé que no es frecuente —quizá no ocurriera nunca, ni antes ni después—, pero la montaña sonrió; no hay otra forma de expresarlo. Todos sus picos se volvieron hacia arriba. Flexionó los músculos de sus cuatro caras —la cara norte, la cara sur, la cara este y la cara oeste—, los glaciares se resquebrajaron, los puentes de hielo se partieron y la nieve tuvo que soltar su presa. Emergieron los árboles, estupefactos, y se sacudieron la nieve del pelo. La hierba se abrió paso a través del hielo, primero débil y rala, y después frondosa, como una barba que se precie. Las cascadas se deshelaron y el agua cayó a borbotones, salpicando a las flores de alrededor que, del susto, se abrieron enseguida.

En la cumbre del Monte de Nunca Jamás, el cazador y su presa, el héroe y el villano, el niño, el adulto y el duende estaban dispuestos en círculo, rozándose, mirándose unos a otros con circunspección. Vieron cómo la ventisca se perdía en la distancia aproximándose al mar que se extendía a lo lejos, y pronto ya no era mucho más grande que el delantal de Wendy que un golpe de viento arrancó de la cuerda en la que estaba tendido. El fuego se consumió por fin.

—Supongo que tendré que ir a buscar a ese tontorrón —dijo Campanita con voz de hastío (aunque sus alas vibraban y mostraban más de una docena de alborotados colorines). Y retorciéndose para librarse de la mano de Peter Pan, se lanzó sobre la hoguera humeante y al instante desapareció, produciendo un leve chisporroteo. Dos hadas pequeñitas no iluminan mucho, pero de pronto el aire parecía más oscuro sin ellas.

—Tú y yo tenemos que luchar —le dijo Peter al Hombre Deshilachado.

—¿Con qué? —se burló éste, apartando la mirada—. Muéstrame tu arma inexistente. Además, los dos somos *oppidans*, alumnos de Eton. No es de buena educación pelearse, especialmente en presencia de dos damas —y llevándose una mano a su cabello chamuscado para saludar a Wendy y a Tootles, se alejó dando un alegre saltito con sus botas de cocodrilo.

Peter se abalanzó tras él.

—¡Terminemos con esto aquí y ahora, cobarde! —sintió un garfio de hierro pasar rozándole la mejilla cuando Ravello se dio la vuelta rápidamente, para mantenerlo a distancia.

—¿De verdad piensas que puedes elegir, polilla? —le espetó—. ¿Es que nunca has jugado a un juego llamado Consecuencias? —y arrebatándole el mapa hecho jirones, fingió que escribía con su garfio a guisa de pluma.

—ÉRASE UNA VEZ: un niño llamado Peter Pan.

EN UN LUGAR LLAMADO: el País de Nunca Jamás.

EL CHICO CONOCIÓ A: un pirata llamado James Garfio.

Y AMBOS: lucharon a muerte.

Y COMO CONSECUENCIA...

—¡A James Garfio se lo comió un cocodrilo! —lo interrumpió Peter con tono triunfante.

—¡Ah, sí! —replicó Garfio—. ¡Pero toda consecuencia acarrea otras consecuencias, muchacho! Cualquier cosa que hagas vuelve a ti para atormentarte: cada enemigo que entregas a los cocodrilos y cada niño al que destierras. ¿De verdad crees que volverás a ver el Bosque de Nunca Jamás ahora que te he arrancado las alas? Una vez me encerraste en una tumba: una tumba de cocodrilo. ¿De verdad crees que puedes matar a un hombre que ha resurgido de entre los muertos? Lee los libros de historia... ¡Ah! Se me olvidaba: no sabes leer,

¿verdad que no, *ignoramus minimus?* Déjame entonces que te diga una cosa: no es una gran hazaña para unos exploradores alcanzar su objetivo. Lo que acaba con ellos es el camino de vuelta a casa. Está corriendo el tiempo, oigo el tictac del reloj roto. ¡Prepárate a afrontar las consecuencias de tus acciones pasadas! No necesito matarte, Peter Pan: ¡esa tarea se la reservo al País de Nunca Jamás!

# Mala suerte

La hoguera quedó reducida a un montón de carbón negro. Los Gemelos sacaron dos trozos de madera carbonizada con los que pintaron la silueta de Ravello sobre una roca, para después tirarle piedras. Wendy, que había estado observando el rostro de Peter desde que se había marchado el pirata, tomó otro trozo de madera y escribió en grandes letras sobre el saliente de roca más alto:

EL MONTE DE PETER PAN

—¿Y bien? —preguntó, retrocediendo orgullosa unos pasos y limpiándose los dedos en su vestido de estampado pirata.

—Y bien, ¿qué? —contestó Peter con expresión de perplejidad, pues no podía descifrar lo que ponía. Entonces Wendy dibujó al lado un gallo con el pico abierto que gritaba «¡**Quiquiriquí!**», y Peter lo entendió y sonrió. Era una sonrisa pequeña y cansada. Sus dedos seguían aferrando como un garfio la corbata blanca de Eton que le ceñía el cuello como ciñe la soga el cuello de un ahorcado.

John, que también quería dibujar algo en la roca, sacó otra ramita carbonizada de la hoguera y… ¡descubrió que en la punta había un hada sentada, cubierta de hollín de los pies a la cabeza! Un hada que parecía un borrón de tinta sobre la página de un cuaderno.

—¡Luciérnaga de Fuego! ¡Estás vivo!

—Naturalmente —dijo el borrón de tinta. Todos se arremolinaron a su alrededor y Tootles le improvisó una bañerita utilizando una taza llena de té fresquito.

Pero mientras el hada se zambullía en el baño, mezclando el té negro con el hollín, otra voz a sus espaldas dijo:

—No crean una sola palabra de lo que dice. ¡Este chico es un TREMENDO mentiroso! —y un hada igual de mugrienta que la anterior salió con dificultad de la hoguera y sacó a Luciérnaga de Fuego sin miramientos de la taza de té— . Las damas primero —dijo, metiéndose ella. Todos tuvieron que cerrar los ojos mientras el hada se bañaba para limpiarse el hollín.

—De modo que las hadas son incombustibles —dijo John, que tenía una curiosidad científica por este tipo de cosas.

—Sólo los miércoles —declaró Luciérnaga de Fuego categóricamente.

—Me parece que hoy es viernes —observó Curly.

—Cielo santo. Pues entonces debo de estar muerto —contestó Luciérnaga de Fuego.

Después de eso Campanita y Luciérnaga de Fuego ya sólo hablaban el uno con el otro porque estaban enamoradísimos. No parecían oír nada de lo que les decían los otros; no mostraron el más mínimo interés cuando los demás se pusieron a amontonar la basura y el tesoro, cuando izaron la bandera arcoíris, ni cuando observaron la isla con el catalejo de Garfio.

—¡Si piensan venir con nosotros, dénse prisa! —les dijo Peter. Pero las hadas no le prestaron atención.

—¡Las personas se mueren si las hadas no les prestan atención! —les dijo Slightly en tono burlón. Pero los dos enamorados se limitaron a meterse dentro del cofre del tesoro y cerraron la tapa de un ensordecedor portazo. Cuando Curly volvió a abrirlo, vieron que dentro ya no había nada ni nadie. Ni siquiera los restos fríos de un plato de puré de patatas.

Bajar debería haber sido tarea fácil. El frío ya no era tan intenso. La montaña ya no estaba tan resbaladiza. Más abajo, el aire no era tan fino y difícil de respirar. Aquí y allá iban encontrando restos del naufragio del arcón: una rueda de cochecito de bebé, un par de pinzas de cocina, una caja de cerillas vacía. Y sin embargo, con cada cuesta, cada precipicio y cada peligro que iban superando, Peter se iba volviendo más pálido, más lento y más cansado. Se dio tantos tirones de la corbata de Eton que el cuello se le puso rojo sangre. Tropezaba, se tambaleaba y se caía constantemente, y cada vez le costaba más trabajo volver a levantarse.

—Instalemos aquí el campamento, capitán —propuso Slightly cuando llegaron a una cornisa cubierta de hierba. Pero se encontró con que seguía desterrado y en el País de Ninguna Parte, pues Peter no quería dirigirle la palabra. Los demás se sentaron allí mismo en el suelo, agotados, pero Peter siguió caminando, con la cabeza gacha y los hombros encogidos, rodeándose las costillas con los brazos.

—Yo no me mezclo con adultos —refunfuñó—. Los adultos no son dignos de confianza —pero su voz sonó más abatida que desafiante. Después se apoyó contra el acantilado y tosió y tosió, hasta que sus rodillas cedieron bajo el peso de su cuerpo; tosió y tosió, hasta tocar el suelo con la frente; tosió y tosió hasta que se derrumbó de costado… y desapareció por completo al caer al vacío desde la cornisa.

Un poco más abajo, el capitán James Garfio —o Ravello, si prefieren— estaba sentado, rodeando con sus largas piernas el nido de un pájaro y practicando agujeros con su garfio en todos los huevos, uno por uno, para comerse su contenido. Por primera vez en su vida le estaba costando un gran esfuerzo no silbar de pura alegría (aunque todo el mundo sabe que silbar trae muy mala suerte).

Arrancó una brizna de hierba y, sujetándola entre dos de los dedos de su mano buena, silbó una única nota trémula. Unas oleadas recorrieron los helechos de la llanura que se extendía a sus pies y le arrancaron una sonrisa.

Entonces, sin avisar, un niño bajó resbalando por la pendiente escarpada situada a su espalda y a punto estuvo de hacerlo caer. Creyendo que lo atacaban, el capitán Garfio se puso en pie de un salto con el garfio, clavado aún en uno de los huevos. Pero el niño simplemente dio un salto hacia delante cuando llegó a la altura de sus tobillos, y al aterrizar se quedó tumbado como si estuviera muerto, con los párpados entornados.

Antes de que Garfio tuviera tiempo de reconocer a Peter y de atravesarlo con su garfio como a un huevo más, muchos más niños cayeron resbalando por la pendiente, lanzándole piedras y tierra, y gritando como diablos:

—¡Déjalo en paz!

—¡Suéltalo!

—¡No lo toques!

—¡Nadie debe tocarlo!

—¡Yo te cuidaré, Peter! —exclamó Tootles, y acudió corriendo junto a él—. ¡Yo me ocuparé de ti!

John se precipitó hacia Garfio, espada en mano.

—¡Esto es obra tuya, canalla!

—Yo… —empezó diciendo el pirata, demasiado atónito como para contestar o para alegrarse.

Los exploradores se arrodillaron alrededor de su capitán.

—A lo mejor se ha agarrado una pulmón-manía, por ir por ahí en mangas de camisa en medio de una ventisca —dijo Tootles—.

La niña trató de cubrir a Peter con la levita escarlata, pero Wendy dejó escapar un grito de horror y acudió corriendo a arrebatársela de las manos, y tirársela a Garfio.

—¡Lo has matado, ¿verdad?! —gritó.

—¿Yo? —preguntó Garfio.

Tootles puso la mano en la frente de Peter, le midió el pulso, le acarició el pelo y apoyó la cabeza sobre su pecho para escuchar los latidos de su corazón. Después se inclinó hacia atrás sollozando y declaró…

—¡Peter está muerto!

Entonces un escalofrío recorrió el País de Nunca Jamás e hizo que el horizonte se doblara por la mitad y los reflejos salieran despedidos de todos los lagos, los estanques y las lagunas de la isla.

Los miembros de la Liga de Peter Pan cubrieron a su capitán con la bandera arcoíris.

En el espantoso silencio que siguió volvieron a surgir las acusaciones.

—Ha muerto por haber pasado tanto frío —dijo el Segundo Gemelo.

—¡Mejor morir que ser como tú! —exclamó John, y pinchó el rostro de Garfio con la punta de su espada.

—¡No! Ha sido esa corbata que llevaba al cuello. ¡Lo ha estrangulado hasta quitarle la vida! —dijo Wendy.

—¡Tu corbata! —gruñó John, y pinchó a Garfio en el cuello cubierto de lana.

—¡O lo obligaste a pensar lo que sería de mayor, y eso le partió el corazón! —dijo Slightly.

—¡Sea lo que sea es culpa tuya! —replicó John, pinchando a Garfio con su espada en el pecho.

—¡O tal vez odiaba tanto ser Garfio que fue y se murió a propósito! —sugirió el Primer Gemelo.

—¿Qué, ya estás contento? —preguntó John, y pinchó a Garfio en la hebilla de su cinturón.

—O tal vez Garfio lo envenenó con la sal —dijo Curly—, o con el cepillo, o con el betún, o con el té, o con las bayas, o… o…

—¡… Igual que envenenó a todo el País de Nunca Jamás! —rugió John.

Garfio dio un paso a un lado astutamente para esquivar la siguiente estocada de John.

—Todavía no está muerto, estúpidos —dijo entre dientes, y señaló el pequeño cuerpo que yacía en el suelo.

Apenas fue nada, como cuando la superficie de un río se altera ligeramente si un pez pasa nadando por debajo, pero es cierto que la bandera arcoíris registró un movimiento casi imperceptible.

—¡Si no lo está, desde luego no es gracias a ti! —exclamó John y volvió a pincharle con su espada.

Garfio soltó un suspiro de exasperación, pisó la hoja con una de sus botas de piel de cocodrilo y partió la espada en doce trozos.

—¡Ni lo he envenenado, ni lo he estrangulado, ni lo he matado de frío! —dijo Garfio, retorciéndose irritado—. ¿Acaso no lo protegí del peligro y las penalidades? ¿Acaso no lo salvé de una muerte segura en el puente de hielo? Confieso que no lo hice porque le tuviera mucho aprecio, pero lo hice de todos modos. ¿Es que no lo entienden? ¡Necesitaba a este mocoso! ¡Para mi espléndido plan! ¿Hacerlo enfermar, dicen? ¡Pero si confiaba en él para recuperar mi tesoro! Él era más Garfio de lo que yo mismo soy: ¿creen que me habría envenenado a mí mismo? ¿Acaso no estaban presentes cuando los abandoné a merced de la isla? ¿Cuando confié a la tierra y al fuego la tarea de matarlos a todos? ¡Si alguna vez levanto una mano para acabar con Peter Pan será esta mano! —y blandió su garfio, primero ante el rostro de John, y luego ante Peter Pan. Cuando amagó cortarle el cuello los niños gritaron, pensando que eran testigos de un asesinato a sangre fría, y Slightly llamó a Garfio «cobarde» y «monstruo». Pero el garfio se limitó a agarrar la tela de la corbata blanca que ceñía el cuello de Peter y, tirando de ella, levantó al niño del suelo para dejarlo al alcance de su otra mano.

En lo que se tarda en chasquear los dedos, el nudo blanco se desató y Peter cayó hacia atrás, y al hacerlo se golpeó la cabeza contra el suelo. Exceptuando ese golpe, estaba ileso.

—¿Y ahora está satisfecha la señora? —le dijo Garfio a Wendy, y volvió a agacharse en el suelo, de espaldas al resto del grupo.

Tootles se arrodilló y murmuró al oído de Peter:

—¿Estamos jugando a los médicos, Peter? ¡Oh, por favor, di que sí! Yo soy la enfermera, y tú eres mi paciente y tienes que ponerte bueno y estarme agradecido por siempre jamás —pero el niño tumbado en el suelo no se movió. Cuando fingió que le daba de beber una medicina, ésta rebotó en sus labios y no llegó a entrar en su boca. Estaba empapado en sudor y respiraba afanosamente. Tootles murmuró—: no estás jugando bien, Peter. No estás jugando nada bien.

El Primer Gemelo hizo un ovillo con la levita escarlata y la estrechó contra su cuerpo, como si fuera el propio Peter.

Así, la banda de exploradores volvió a formar un círculo una vez más en las pendientes del Monte de Nunca Jamás. Esta vez no sufrían por el azote del viento y de la nieve, sino ante la terrible posibilidad de que el niño que yacía en el suelo se estuviera muriendo, que todavía pudiera morir, y ellos no supieran por qué, ni cómo evitarlo.

Había dos lunas aquella noche. Junto a la luna de medianoche, ojerosa de preocupación, estaba su trémulo reflejo, que había salido de la superficie del mar en busca de compañía. Las caras inquietas de ambas observaban desde lo alto las pendientes del Monte de Nunca Jamás, ofreciendo el consuelo de su luz.

# Adiós a la infancia

Recordando las palabras de Peter, enviaron a Garfio al País de Ninguna Parte, se negaron a volver a dirigirle la palabra, e hicieron como si nunca hubiera existido. Pero él no se movió de su sitio, allí se quedó, hecho un ovillo, con los ojos brillando en la oscuridad, abiertos de par en par como de costumbre. ¿Era para ser testigo de la muerte de su peor enemigo, o porque estaba demasiado oscuro como para bajar la montaña, o simplemente porque le gustaba llevar la contraria?

—Vete —le dijo John—. Te hemos desterrado. Son las normas. Tienes que irte.

—Las normas ¿de quién? —replicó Garfio—. Váyanse ustedes. Yo estaba aquí primero.

—¿Qué pasa, estás esperando a que se muera Peter? —le preguntó Wendy.

—Tal vez.

—Sólo los malos deportistas desobedecen las reglas —dijo John malhumorado, y se prometió a sí mismo no volver a dirigirle la palabra... hasta que se le vino a la mente una pregunta que exigía respuesta—. Y bueno, además no me creo lo que has dicho. Pensaba que antes de venir aquí habías sido un pirata, no un escolar. «Le dijo el contramaestre a Barbanegra: "es el pirata más cruel y despiadado que jamás surcó los mares"». ¡Eso oí yo contar sobre ti!

—¡Bah! Mentiras. Difamaciones por parte de mis enemigos. ¡Nunca he servido a las órdenes de nadie! Por qué habría Garfio de estar a las órdenes de una rata sin modales que no sabía ni sumar dos y dos. No creo siquiera que Barbanegra pudiera escribir Eton sin faltas de ortografía, por no hablar ya de llevar la corbata del colegio. No lo habría tolerado a bordo de un barco mío ni para fregar el puente.

—¿Y dónde están ahora los canallas de tus amigos piratas? —preguntó John, tratando de que su voz sonara altanera y desdeñosa, aunque en realidad lo que quería era saber la respuesta. (A John le hubiera gustado ser un pirata, salvo por todo aquello de tener que robar y que matar).

—Los mandé a cumplir su cometido en la guerra —contestó Garfio—. Como todo hombre debe hacer. Al principio me mandaban tarjetas postales desde Bélgica y desde Francia. Luego se olvidaron de hacerlo, supongo. Ya no recibí más postales. Me imagino que se lo estaban pasando demasiado bien. Supongo que estaban demasiado ocupados viviendo a lo grande del botín de guerra. Gastándose lo que sacaban del pillaje en manjares y mujeres francesas. No tenían ganas de volver a la monótona vida a bordo del *Jolly Roger*.

Wendy asintió.

—A mí también me gusta imaginarme eso —dijo— siempre que pienso en mi hermano Michael —sus miradas se cruzaron durante un brevísimo instante en el que se entendieron el uno al otro perfectamente.

—Pero veo que tú en cambio no te fuiste a la guerra —dijo John con sarcasmo.

El pirata le lanzó una mirada letal y, con un susurro que era a la vez un rugido tan frío como un río subterráneo, dijo:

—¡Gracias a ése que está ahí me declararon NO APTO PARA EL DEBER!

—¡Silencio! —dijo la enfermera Tootles asustada—. Deberíamos dejar dormir a Peter. Dormir es bueno. Hace maravillas para la salud.

Garfio, que llevaba veinte años sin dormir, soltó una risita amarga y les dio la espalda, arrebujándose en su chaqueta de lana.

De repente Curly se puso en pie de un salto.

—¡Lo que Peter necesita es un médico! —declaró desesperadamente—. ¡Un médico de verdad!

Todos miraron desde lo alto de la cornisa a los bosques y las junglas del País de Nunca Jamás que se extendían sin fin ante sus ojos, preguntándose cómo podían hacer surgir un médico de aquel inmenso caos. Los médicos surgen en estanques de antisépticos, en llanuras de linóleo impoluto o en sábanas almidonadas. El País de Nunca Jamás no es su hábitat natural. Y, sin embargo, Curly ya sabía dónde podían encontrar uno; se notaba en la expresión tan decidida de su rostro. Respirando bien hondo se acercó a donde estaba sentado el pirata, envuelto en su chaqueta.

—Pregúntame —dijo, hundiendo los dedos de ambas manos en las mangas de Ravello—. Pregúntamelo ahora.

Slightly se levantó de un salto.

—¡No, Curly, no!

—Pregúntame, Ravello.

Siguió entonces un coro de preguntas perplejas y preocupadas por parte de los demás niños, que no entendían lo que estaba pasando. Garfio miró a Curly con el ceño fruncido y trató de zafarse de él, pero éste no lo soltaba, feroz como un terrier.

—Pregúntame, Garfio. Pregúntame qué quiero ser de mayor.

—¡Pero, Curly! —protestó Slightly, tratando de apartarlo de allí—. ¡Piensa en lo que estás haciendo! ¿Es que quieres ser como yo, quieres ser mayor como yo? ¿Y no poder volver nunca a casa, es eso lo que quieres? A mí ya no me queda nada más que convertirme en un Rugiente. ¿Quieres ser un Rugiente, Curly?

Curly tragó saliva con dificultad y empezó a dar tirones de la madeja de lana grasienta que era a la vez la manga y el brazo del pirata. El rostro de Ravello se contrajo de dolor, y dijo:

—Escucha a tu amigo, Curly. Si Peter Pan sobrevive, ¿de verdad crees que te lo agradecerá? Te echará, como echó a todos los demás. No tolerará a ningún adulto en su Compañía de Exploradores —los ojos del hombre parecían líquidos a la luz de la noche, y allí donde tenían que haberse visto los reflejos de las estrellas no había más que chispas y trocitos de cáscara de huevo—. El mocoso se está muriendo, Curly. Nada puede salvar ya a Peter Pan... Oh, ¿pero quién soy yo para disuadirte de seguir el destino que has elegido? Dime pues, Curly: ¿qué quieres ser de...

—¡Médico! —lo interrumpió Curly, hundiéndole a Garfio los dedos en el brazo hasta casi tocarle los huesos. Tan impregnada estaba la lana de veneno, que anuló la magia del País de Nunca Jamás y dejó que el Tiempo atravesara los poros de la tierna piel de Curly. Mientras sus puños se iban llenando de hebras de lana deshilachadas, sintió cómo los petardos y los cohetes abandonaban su cabeza para dejar sitio al brillo apagado de la inteligencia y la sensatez. Percibía un olor a cloroformo y medicinas. Vio en su imaginación un desfile de batas blancas, como fantasmas almidonados. Sintió los bolsillos llenos de jeringuillas, termómetros y bisturís. Curly deseó con tanto ahínco ser médico que allí mismo empezó a crecer, dejó caer su abrigo como quien muda de piel, e incluso dejó atrás su corona de rizos. Los dolores del crecimiento eran espantosos, pero aguantó sin soltar a Ravello.

Y cuanto más crecía, mejor recordaba lo que era ser médico, después de todo, lo había sido una vez antes, allá en Grimswater, antes de la expedición al Monte de Nunca Jamás. Ahora ya recordaba sus estudios en la facultad de medicina y su trabajo en el Hospital de Grimswater. Y, mientras tanto, sus manos se iban llenando de la lana que era a la vez la ropa y el brazo de Ravello. Dejó al descubierto el garfio de acero y las cicatrices que le había provocado el cocodrilo. Ravello se puso en pie con un grito tan espantoso que le helaba a uno la sangre en las venas, pero cuando terminó de incorporarse, vio que no era más alto que el Doctor Curly Darling, médico generalista.

—Lo siento mucho si le he hecho daño, señor —dijo Curly (ahora que era médico no le gustaba hacerle daño a la gente) y se sacudió de las manos las hebras de lana arrugadas, que cayeron al suelo alrededor de las botas de cocodrilo del pirata. Instintivamente, los niños se alejaron de Curly. (Los médicos dan casi tanto miedo como los piratas, en parte porque siempre tienen las manos frías, y en parte también porque tienen una letra que no hay quien la entienda. Y sólo vienen a verte cuando te encuentras demasiado mal como para hacerte amigo de ellos).

El doctor Curly sacó un estetoscopio del bolsillo, se arrodilló junto a Peter y escuchó el tenue latido de su corazón. Era el sonido del País de las Hadas, en guerra consigo mismo. Era el sonido de la juventud eterna muriendo, muriendo, muriendo.

Pero también oía otra cosa con claridad. Partió la punta de su espada —qué pequeña parecía ahora en sus grandes manos frías— y con ella abrió un agujero justo encima del corazón de Peter y, utilizando las pinzas que había en el arcón, sacó algo pequeño, gris y con manchitas de hollín.

—Creo que esto puede ser la causa del problema —dijo.

Cuando aún estaba en su casa en Cadogan Square, al soltar el último estornudo de su resfriado, Wendy había tomado un pañuelo y se lo había metido en la manga del vestido, un pañuelo de mujer adulta metido en la manga de un vestido de niña. Y, sin ella saberlo, dentro del pañuelo había… ¡una hebra de niebla londinense!

En el Bosque de Nunca Jamás, al limpiarse Peter la sangre de la cara con el pañuelo de Wendy, había inspirado por la nariz esa misma hebra, que había quedado enroscada alrededor de su corazón, aprisionándolo cada día más.

Ni el incendio del Bosque de Nunca Jamás, ni el naufragio, ni el roce de las brujas, ni la presión hostil de las hadas habían logrado acabar con Peter Pan; tampoco el hambre ni el frío; ni la sal de Ravello, ni sus palabras tentadoras eran lo que estaba matando a Peter; ni siquiera el frasquito de veneno de Garfio —que había hecho estragos en todo el País de Nunca Jamás— había llevado a Peter al borde de la muerte. Pero sí lo había hecho una hebra de niebla londinense.

El doctor Curly se levantó con esfuerzo del suelo (como sólo les pasa a los adultos).

—Vamos, Slightly. Es hora de irnos —dijo. Luego, cortó una puerta en el aire con su bisturí de cirujano, la franqueó y, al hacerlo, dio inicio a su destierro.

—¿Adónde vas? —dijo Garfio, que seguía estrechando contra sí uno de sus brazos, deshilachado hasta los huesos.

—He incumplido la norma y he crecido —dijo Curly pacíficamente—. Y yo, a diferencia de algunos, sé respetar las reglas del juego. Para curarse el brazo le recomiendo dormir mucho, Ravello. Como bien dice la enfermera Tootles, el sueño lo cura todo. El sueño y el tiempo —y dicho esto se marchó, arrastrando a Slightly consigo. Bajaron la montaña resbalando pesada y ruidosamente, a la luz de las dos lunas.

Con un hondo suspiro y una inspiración más honda todavía, Peter Pan se incorporó. Llevándose una manita al pecho, sintió la vida latirle en la sangre, inclinó la cabeza hacia atrás y gritó:

«¡Qui-qui-ri-quí!»

\*\*\*

234

Era maravilloso ver a Peter Pan recuperado. Podía dar volteretas, caminar con las manos y saltar de cornisa en cornisa
con la agilidad de una cabra montés. De hecho, al no ser ya
un pirata y, por lo tanto, haber dejado a un lado todas sus su-
persticiones, silbaba a todas las cabras salvajes que vivían por
allí y montaba a sus amigos sobre sus lomos para que bajaran
fácilmente a medio galope las pendientes y los precipicios del
Monte de Nunca Jamás, hasta llegar a la deprimente llanura
que se extendía a sus pies. Nunca se habían divertido tanto
como entonces, ni en sus mejores aventuras. A Ravello lo
abandonaron detrás, lisiado y tan lento como un caracol comparado con la Liga de Peter Pan.

Ahora ya nadie habría podido confundir a Peter con ningún pirata dandy. Los brillantes tirabuzones, que con tanto
cuidado le había peinado Ravello, pronto se enmarañaron y
se desordenaron. Ahora los llevaba peinados de cualquier manera y el sol los iba aclarando. Las mariposas revoloteaban alrededor de los brillantes colores de su túnica; sobre sus alas
transportaban polen, haciéndole estornudar.

—Cada vez que estornudo —fanfarroneaba—, ¡unos as-
trólogos en China descubren un nuevo planeta de colorines, como una pompa de jabón!

Fue a sonarse la nariz, y cuando Wendy le arrebató el pañuelo, soltó una risa y se apañó con la manga de su túnica a
guisa de pañuelo. Luego se inventó una canción verde sobre
unos babuinos y todos se pusieron a cantarla a voz en grito
durante el camino que les quedaba hasta las araucarias.

Todos, menos Wendy. Ella no cantaba. Tomó el pañuelo
con ambas manos, lo apretó con fuerza y se puso a llorar

desconsoladamente. Los demás dejaron de cantar —«¡ba-ba-babuiiiiiiiino!»— y se la quedaron mirando.

—¡Todo ha sido culpa mía! —lloraba—. ¡He estado a punto de matar a Peter, y todo por un estúpido estornudo!

Pero a Peter le traían sin cuidado los «por poco hago tal» y los «qué hubiera pasado si». Ni siquiera le importaba volver de la expedición al Monte de Nunca Jamás sin un tesoro que enseñar; buscar el tesoro siempre es más divertido que encontrarlo. Después de todo, ¿qué podría haber deseado él teniendo lo que ya tenía: amigos, libertad, aventuras y juventud? Wendy, sin embargo, lavó el pañuelo en un arroyuelo de agua helada proveniente del deshielo del glaciar (por si acaso todavía quedaba algo de niebla) y luego se lo enganchó al abrigo para que se secara.

Y porque éste una vez había pertenecido a una Wendy Darling adulta, ella se puso a recordar cosas. Se acordó de Cadogan Square y de una niña pequeña llamada Jane, se acordó de facturas de alimentación y de días de colada, de un trabajo administrativo y de un marido, de visitas al dentista y de sacar la basura los martes. De la misma manera que los sueños del País de Nunca Jamás habían alterado su serenidad cuando estaba en Londres, así también los sueños de su hogar empezaron a revolotear a su alrededor, como revoloteaban las mariposas alrededor de Peter Pan.

¡Mariposas y avispas!

Bajar por los troncos de las araucarias no fue más agradable de lo que había sido trepar por ellos. Los insectos les picaban, la savia se les pegaba a los dedos y a las piernas, las agujas de pino les pinchaban la piel y las ramitas se rompían bajo su peso. De pronto, ante un estruendo ensordecedor de gritos, chillidos y aullidos, los árboles empezaron a doblarse, a agitarse y a dar bandazos, lanzando despedidos piñas y nidos de avispas. Los niños se aferraron a las ramas todo el tiempo que pudieron, hasta que Peter dejó el árbol y saltó al vacío, y los demás también se soltaron y cayeron al suelo.

Las ramas más bajas no mostraron ningún interés en recogerlos al caer, tan sólo las redes que habían extendido los Rugientes, que llevaban días emboscados, esperando este momento.

# Consecuencias

Por fin lo tenían, todos esos niños que habían incumplido la norma y habían crecido; todos esos niños a los que Peter había desterrado al País de Ninguna Parte y que lo odiaban por ello, todos esos niños que le profesaban un odio mortal.

Los Rugientes ataron a sus prisioneros a los troncos de las araucarias y se pasaron la mañana tirándoles piñas para divertirse. Mientras tanto, discutían sobre lo que le iban a hacer a Peter Pan, de qué manera lo iban a matar.

—¡Lo ahorcamos!

—No hay soga.

—¡Le disparamos!

—No hay rifle.

—Entonces, ¡le cortamos la cabeza!

—O lo enterramos vivo.

—Lo golpeamos con una piedra.

—O lo ahogamos.

—¡Hagan lo que hagan, no me tiren a los arbustos de brezo!
—rogó Peter, con una sonrisa apenas visible. Wendy le había

contado una vez el cuento de un conejito muy astuto que había sabido liberarse del arbusto de brezo en el que lo tenían atrapado.

Pero los Rugientes no se dejaron engañar. Ellos también se sabían el cuento: se lo había contado el propio Peter, cuando aún eran todos niños perdidos y vivían felices con él.

—¡Tírenlo por la borda! —sugirieron los Gemelos, pensando que los Rugientes olvidarían que estaban en tierra firme y no a bordo de un barco, y entonces se pensarían que Peter se había ahogado.

Pero los Rugientes no se dejaron engañar.

—¡Mátenlo de un susto! —propuso John, pues sabía que Peter era demasiado valiente para que ese truco funcionara.

Pero los Rugientes no se dejaron engañar.

—Déjennos libres y yo seré la madre de todos ustedes —dijo Wendy. Eso no era un truco. Era una propuesta sincera y honrada que les ofrecía con toda la bondad de su corazón. Pero, curiosamente, los Rugientes no querían una madre. Llenos como estaban de rabia y decepción, creían que las madres eran casi tan malas como Peter Pan.

—Los pantanos harán el trabajo —dijo el mayor, y los demás estuvieron de acuerdo con él.

—Nada sobrevive a un pantano.

—¡Todos a la ciénaga! —no había palabra en el mundo que pudiera suavizar esa sentencia de muerte: los Rugientes iban a tirar a Peter y a sus amigos a las arenas movedizas.

—¡Exigimos un juicio! —exclamó Tootles (que antaño había sido juez del tribunal supremo, no lo olviden). Pero ahora se hallaba en un lugar donde no había justicia ni juego limpio. Los Rugientes, que se habían armado con ramas arrancadas de los cornejos cornudos y las cabombas abombadas, procedieron a conducir a los niños hacia el lugar de su ejecución.

No había que ir muy lejos. A ambos lados del camino blando y esponjoso que recorrían se extendían los pantanos, que parecían chupar y lamer los bordes de tierra: una alfombra de musgo color carmesí hizo su aparición para recibir a los incautos y los condenados. Las alturas del Monte de Nunca Jamás seguían irguiéndose imponentes ante ellos hacia el este, bloqueándoles la vista del cielo. Los Rugientes se apoderaron de todo cuanto los niños llevaban en los bolsillos, tomaron entre sus sucias manazas la bandera arcoíris, la arrugaron sin contemplaciones, y después los empujaron a todos hacia el pantano carmesí.

—¡Dénme una espada y me enfrentaré yo solo contra todos ustedes! —declaró Peter—. ¿O es que son demasiado cobardes?

Pero de nada servía apelar al valor o al orgullo de los Rugientes. Cualquier noción de nobleza había muerto el día de su destierro. La gracia de la infancia los había abandonado, sin que ellos tuvieran la culpa, y ya no eran sino hombres huesudos, corpulentos y torpes; ¿por qué había de importarles un pimiento el honor y el juego limpio? Empujaron con sus palos a los prisioneros, obligándolos a avanzar hacia el lodazal.

—¿Quién es el primero? —preguntó el más delgado cuando llegaron al borde del pantano.

—El primero soy yo —dijo Peter Pan—. Siempre —entonces sacó pecho, inclinó la cabeza hacia atrás y de una larga zancada se metió en el lodazal. Después de su enfermedad pesaba tan poquito que su cuerpo apenas alteró la superficie—. Se supone que deben concederme un último deseo —dijo, volviéndose para mirar a sus asesinos—. Les pido que liberen a mis amigos. Ellos nunca les hicieron daño alguno.

Los Rugientes se encogieron de hombros, tanto que éstos tocaron casi sus orejas de soplillo.

—Cualquier amigo tuyo... —dijo el que mejor se expresaba, sin molestarse en terminar la frase—. Y no concedemos deseos. Los deseos son para las hadas.

La viscosa arena lamió pensativamente los piececitos descalzos de Peter, decidió que le gustaba su sabor y se cerró sobre sus dedos y sus talones.

—¡Consecuencias! ¿Acaso no te lo dije? —resonó una voz muy alto por encima de sus cabezas. Y allí, en la cima de la cornisa que se erguía sobre las araucarias, la silueta tullida de Ravello señaló a Peter con un garfio de hierro en lugar de mano—. ¿Qué te dije yo, Quiquiriquí? ¡Toda acción tiene sus consecuencias!

El lodo carmesí se tragó a Peter hasta los tobillos. El chico extendió los brazos a ambos lados del cuerpo para mantener el equilibrio. Uno de los Rugientes empujó a John a la alfombra de fango rojo, y de un codazo hizo avanzar también a Wendy.

No había temor en el rostro de Peter, tan sólo una triste perplejidad al ver que los Rugientes se sentían tan mal tratados.

—Todos juraron cumplir la norma y no crecer. ¿Por qué se hicieron mayores, si no querían que los desterrara?

—Porque nos envenenaron, ¿o no es así? —dijo el más rudo de todos—. Nos envenenó el sucio tramposo de nuestro jefe

—dicho esto intentó golpear a Peter en la cabeza con su palo, pero falló. La expresión de reproche herido que mostraba su rostro habría ablandado hasta el corazón más duro… si los Rugientes hubieran tenido un corazón que ablandar.

—¡Peter no los traicionó! —protestó Wendy—. ¡Ahí está el hombre que lo hizo! —y señaló a Garfio—. ¡Él es quien los hizo crecer! ¡De no haber sido por Garfio, habrían seguido siendo jóvenes siempre, como Peter! ¡Y habrían podido volar, e ir a visitar a sus madres, y cumplir sus promesas, y partir en expedición a buscar tesoros seis días a la semana! —dejó escapar un grito involuntario de asco cuando el puré rojo y viscoso le lamió el bajo del vestido. Peter ya se había hundido hasta la cintura y mantenía los brazos levantados para no mancharse las manos de barro.

—¿Garfio? —el nombre dejó perplejos a los Rugientes—. ¿El capitán Garfio? —les recordó los días que habían pasado en la casita de Wendy, escuchando las historias del infame pirata que había muerto entre las fauces de un cocodrilo antes de que ellos nacieran—. ¡Ése no es Garfio! ¡Es el hombre del circo!

—… El Hombre Errante.

—… El Hombre Deshilachado.

Todos conocían al hombre de la montaña, pero no como James Garfio, sino como alguien con quien se habían topado en su vagabundear de aquí para allá.

—Wendy tiene razón. ¡Él es quien envenenó el País de Nunca Jamás! —gritó Peter, hundido ya hasta el pecho en el fango—. ¡Díselo, Garfio! ¡Diles que el frasco de veneno que llevabas en el bolsillo se rajó y fue vertiendo el veneno que mató al cocodrilo, hizo estragos en la Laguna, dejó que el Tiempo entrara en el País de Nunca Jamás, y convirtió en Rugientes a mis niños perdidos!

Garfio se rió y le hizo una última reverencia a Peter. Ya no era la inclinación servil de un criado, sino el gesto arrogante de un vencedor que saluda ante los aplausos.

Cada uno de los Rugientes recordaba haber conocido al Hombre Deshilachado. Algunos alcanzaban a recordar el tacto grasiento de la lana en sus dedos y haber contestado a la pregunta «¿Qué quieres ser de mayor?». Hasta ese momento, ninguno había caído en la cuenta de que en realidad se trataba del tristemente famoso capitán James Garfio.

Éste vio a los Rugientes soltar sus palos y, como una marea que crece, lanzarse en masa hacia él. Proferían esos rugidos sordos de odio concentrado que les daban nombre. «¡Garfio! ¡Garfio! ¡Garfio! ¡Garfio!», entonaban mientras avanzaban hacia el acantilado y empezaban a trepar por los árboles. En pocos minutos llegarían a la cornisa en la que se erguía el pirata. Éste se llevó los dedos de la mano izquierda a la boca y... silbó.

Fue un sonido vibrante y sorprendente que hizo que los Rugientes titubearan en su progresión montaña arriba, y que el lodazal titubeara también en su ávida actividad de succión. Los arbustos de helechos y brezos de la llanura recibieron unas oleadas de sacudidas y, al mirar hacia abajo, los Rugientes retrocedieron asustados, pues doce leones y una familia de osos, tres tigres y un *cotillo*, varios ponis, un puma y un *palmerio* avanzaban hacia ellos, en respuesta a la llamada de su amo. El instinto dictaba a los animales los caminos más seguros a través de los pantanos, y la lealtad les dictaba su deber: salvar al Gran Ravello del peligro y aniquilar a sus enemigos.

Los Rugientes se dispersaron —¡sálvese quien pueda!—, soltando su botín y dejando abandonada la bandera arcoíris. Como un castillo de fuegos artificiales en el cielo, cinco segundos después ya no había ni rastro de ellos. Algunas de las fieras se lanzaron a perseguirlos, y otras se quedaron donde estaban, olisqueando el aire; otras más merodeaban de un lado a otro, buscando la manera de subir hasta el amo que las había llamado. Los osos se distrajeron con las colmenas de miel que colgaban de los árboles.

Mientras tanto, John estaba en el lodazal, hundido hasta las rodillas, y Wendy hasta la cintura, pero la barbilla y la boca de Peter estaban ya bajo la superficie de las arenas movedizas. Los Gemelos se hicieron con una de las ramas que habían dejado los Rugientes y se la tendieron, acercándose al borde todo lo que se atrevieron. Pero en ese preciso instante, y ante sus mismos ojos, tomando una última bocanada de aire, Peter se hundió en el lodo; de él no quedaron más que dos pálidas manos que sobresalían de la suave superficie de musgo rojo como dos matas de hinojo.

¡Y la rama no alcanzaba hasta ellas!

—¡¡PETER!!

—¡Pásenme esa otra rama! —dijo John—. ¡Y apártense del borde!

Pero tampoco John logró alcanzar a Peter.

—¡Dénme a mí también una! —rogó Wendy—. ¡Y tú no te muevas, John, o te hundirás aún más rápido! —los Gemelos le lanzaron a John una rama, y éste a su vez se la pasó a

Wendy. Ésta la tendió hacia Peter, estirando los brazos todo lo posible.

Al entrar en contacto con la madera rugosa, las pálidas manos se convirtieron en puños, aferrándose a la rama. Entonces Wendy tiró de ella, John tiró de Wendy, los Gemelos tiraron de John y poquito a poquito emergieron a la superficie primero unas plumas rojas, después unas hojas color cobre, una manchita de barro marrón y por último unos brillantes ojos azules.

Fue como ver aparecer la primavera después del invierno.

Como en el cuento del nabo gigante, entre todos consiguieron arrastrar a Peter (y a los demás) hasta tierra firme, y los amigos se salvaron unos a otros del abrazo terrible de las arenas movedizas color carmesí.

Jadeando, tosiendo, escupiendo y quejándose del barro que se les había metido hasta en la ropa interior, los niños estaban tumbados en el suelo, riéndose con el rostro levantado hacia el cielo. Casi nadie hubiera podido distinguirlos de las ramas embarradas que cubrían el suelo a su alrededor. ¡Era un cielo tan bonito! Tenía como trocitos y salpicaduras de arcoíris por todas partes.

Entonces, en su campo de visión, enmarcado en ese pedazo de cielo, apareció el hocico brillante de un oso. Y a sus oídos encharcados de lodo llegaron ásperos rugidos de leones discutiendo cuál iba a ser su próximo bocado. Y sobre sus rostros sintieron el cálido aliento de veinte fieras distintas que avanzaban hacia ellos, preparándose para matar.

# La levita roja

Si el tiempo de verdad se mantuviera inmóvil en el País de Nunca Jamás, entonces nunca ocurriría nada de nada. La boca abierta de un león nunca se cerraría para morder. Un oso voraz se quedaría quieto, como una figura disecada en un museo de ciencias naturales. Pero el tiempo nunca se mantenía tan inmóvil en el País de Nunca Jamás, ni siquiera antes. Allí ocurren cosas todo el rato, unas son maravillosas y otras totalmente espantosas.

Dos segundos más y serían la cena de los felinos. Dos minutos más y no serían más que huesos. Eran muy inferiores en número. Lo habrían sido incluso si sólo hubiera habido un oso, pero no había uno sino cinco. Avanzaban dando pasitos de baile —un, dos, tres; un, dos, tres— como solían hacer antes, cuando estaban en el circo. El aliento caliente de los leones olía a conejo muerto, y los *palmerios* tenían huesitos de pájaro atascados entre sus afilados dientes. Los ponis, que aún conservaban sus penachos de plumas chamuscadas, trotaban de un lado a otro, rodeando y acorralando a los niños: no había escapatoria.

Wendy fingía que todo era una pesadilla y que aquella escena desaparecería en cualquier momento.

Los Gemelos pensaban en las madres y en que en ese instante debía aparecer una para poner fin a ese juego.

John pensaba en una pistola que había encontrado una vez debajo de su almohada —una vez, hace mucho tiempo, cuando era mayor— y que si se la hubiera traído consigo, ahora…

Pero el Primer Gemelo se acordó de la levita roja. Se la había bajado de la montaña, atada a la cintura. Se la quitó y la lanzó al aire. La prenda interceptó la trayectoria del zarpazo de uno de los osos. El tejido quedó enganchado en las garras del animal, que lo arrastró consigo, tratando de zafarse de él. Los leones, excitados por el movimiento, se lanzaron de un salto hacia la levita, mandando despedidos chorros de saliva que caían sobre los niños como chaparrones. Que fuera roja no significaba nada para ellos, pues ninguno podía distinguir los colores, pero el tejido desgarrándose y los destellos que lanzaban los botones a la luz del sol los atraían y los ponían nerviosos. Mientras con las patas traseras pisoteaban a los niños, con las delanteras las fieras del circo se peleaban por la levita roja.

Pero a Peter sí le importaba que fuera de color rojo. Había estado mirando el cielo y ahora el rojo le importaba tanto que se puso a gritar a pleno pulmón:

—¡Rojo! ¡Rojo! ¡Rojo! ¡Rojo! ¿Lo ven? ¡Rojo!

Del cielo caían copos de un color que todos habían visto antes. Era como un confeti de hadas. Un puñado, un manojo, un montón, un pelotón, un aluvión, un torrente de hadas.

Mientras los animales miraban sorprendidos hacia el cielo, dando zarpazos a la extraña cascada de belleza que se abatía sobre ellos, los niños aprovecharon para escabullirse y esconderse entre los juncos que crecían a las orillas del pantano. De modo que cuando el ejército de hadas azules se lanzó con avidez sobre la levita roja, tan sólo pudo derribar a las fieras. Nada pudieron hacer las garras y los dientes para oponer resistencia a tal matanza. Las fauces abiertas pronto quedaron atascadas de hadas que se clavaban como espinas; las zarpas pronto quedaron clavadas al suelo bajo el peso de miles de hadas. Leones, osos, *cotillos*, tigres y demás quedaron sepultados por una masa tan grande de hadas enrabiadas que pronto no asomó ni un bigote, ni un rabo, ni una sola oreja.

—¡Suéltenlos!

De alguna manera, saltando, arrastrándose, deslizándose y luego rodando pendiente abajo el resto del camino, Ravello logró bajar los acantilados que se erguían sobre la base del Monte de Nunca Jamás. En cuestión de segundos ya estaba abajo del todo (aunque las araucarias no se mostraron indulgentes con él), corriendo hacia el escenario de la batalla.

—¡Suéltenlos! ¡Apártalas, Peter Pan! ¡Ayuda a mis fieras!

Como un enjambre de langostas, las hadas formaban una red vibrante, titilante y chisporroteante por encima de los animales cautivos. Eran hadas del Ejército Azul, y creían que acababan de lograr una gran victoria sobre las fuerzas del Ejército Rojo. Lo pensaban con una sola mente, como las hormigas de un hormiguero piensan todas con un único cerebro. Y ello les dictaba que no debían moverse hasta haberles arrebatado la vida por completo a sus enemigos, los partidarios del rojo.

Ravello no dejó de correr un solo momento, blandiendo el remo que había encontrado en el cofre del tesoro. Los cornejos cornudos se le clavaban al pasar, como si quisieran decirle que ya era demasiado tarde.

—¡Suéltenlos, alimañas! ¡No pueden respirar! ¡No pueden moverse! —y se puso a apartar a las hadas a golpe de remo, lanzando hacia arriba sus diminutos cuerpecillos. Un padre tratando de sacar a su hijo sepultado bajo un montón de escombros no habría cavado con más desesperación de lo que lo hacía Ravello. Pero era en vano: las hadas que apartaba volvían rápidamente a lanzarse hacia la melé—. ¡Ayúdame, Peter Pan! ¡No te quedes ahí parado! ¿Es que no los oyes llorar? ¡Tienen miedo! ¡Se están asfixiando! ¡No pueden moverse! —y él mismo jadeaba como si le faltara el aire, como si se hallara otra vez en el vientre del cocodrilo y se estuviera ahogando . ¡Ayúdame a liberarlos, Peter Pan! ¡Échame una mano, enano perezoso!

—¿Para que nos devoren? ¿Estás loco? —Peter adoptó su postura favorita, de pie con las piernas separadas y las manos en la cintura, desafiantemente joven.

—¡Son animales! ¡Yo no los lancé sobre ustedes! ¡Siguieron sus instintos! No tienen malicia. ¡No son como estos… estos… insectos! ¡Tranquilos, pequeñines míos, ya estoy aquí! Calma, chiquitines, ya está aquí vuestro Ravello… ¿A qué estás esperando, Peter Pan?

Éste inclinó la cabeza hacia un lado y esbozó una sonrisa traviesa.

—¿Cuáles son las palabritas mágicas que todo lo pueden? —preguntó alegremente.

Ravello se puso rígido y se irguió cuan largo era.

—Y pensar que toleré que te ciñeras ese despreciable cuello con mi corbata del colegio. Cuando era tu criado, debí habértela apretado más, ¡mucho más!

Peter levantó una mano y con los dedos lo apremió a que le contestara.

—¿Cuáles son las palabritas mágicas?

Ravello se lo quedó mirando fijamente.

—Ahora veo por qué los pantanos te escupieron, por qué no quisieron tragarte —dijo.

Pero Peter volvió a repetir su pregunta con voz cantarina, decidido a obligar a Garfio a decir «por favor» por primera vez en su censurable vida.

—¿Cuáles son las palabritas mágicas...?

—¡PIEDAD, MISERICORDIA! —rugió Ravello, y los horizontes del País de Nunca Jamás se tensaron como la cuerda de un arco, y el Norte y el Sur se pusieron del revés.

Entonces Wendy acudió corriendo al lugar donde los Rugientes habían dejado tirada la bandera arcoíris y la recogió del suelo. Alisó las arrugas y la tela soltó un quejido tan fuerte que los niños dieron un respingo. Después, la extendió encima del montón de hadas como un mantel.

—¡Tomen, hadas! ¡Aquí tienen una nueva bandera! ¡La más bonita de todo el País de Nunca Jamás! ¡Y ahora márchense y métanse con alguien de su tamaño!

Deslumbradas y distraídas por un tejido tan brillante, las hadas cayeron hacia el cielo, llevándose consigo la bandera, repartiéndose entre sí sus colores —«¡Yo me quedo éste!, ¡Yo quiero este otro!»— mientras se marchaban a luchar con un enemigo de su tamaño y no cincuenta veces más grande.

—Peter... ¿cómo sabías que eran del Ejército Azul? —le preguntó John en un susurro.

—¡Probé suerte, y acerté! —Peter estaba exultante de alegría.

Los animales del circo de Ravello estaban más aplastados que figuritas de papel de fumar. Yacían en la hierba con los ojos vidriosos, sin aliento, con las patas rotas, las colas torcidas y los bigotes mordidos por las despiadadas hadas. Ravello se arrodilló junto a ellos y se puso a acariciarlos, a estirar sus frágiles miembros, susurrándoles palabras de ánimo. Sólo se detuvo para mirar furioso a Peter con unos ojos color barro incandescente.

—Ahora me enfrentaré contigo, Peter Pan —dijo—. ¡Ahora me enfrentaré contigo!

—Estoy preparado, Garfio.

Uno a uno los animales se levantaron sobre sus temblorosas patas, gimiendo y quejándose, alzando las zarpas para tocar la muñeca de Ravello, en recuerdo de algún número de circo que en el pasado les había valido una recompensa de su amo. Después se alejaron tambaleándose para lamerse las heridas, confundiéndose con el amarillo de las colmenas esparcidas por doquier y con el pardo del suelo de tierra. A su paso se agitaron los arbustos de helechos y de brezo de la llanura, y después todos desaparecieron. No quedó un solo animal en la sombra del Monte de Nunca Jamás.

Entonces Ravello avanzó hacia Peter, extrayendo su garfio de la maraña de lana de su manga izquierda. Parecía no ver siquiera a los demás niños, pero se cernió sobre Peter como un corsario sobre un barco con tesoro.

—¡Prepárate, mocoso! —era un Rugiente hasta la médula.

—No tengo espada, pirata.

—Entonces esta vez la ventaja es mía. La última vez que luchamos tú tenías el poder de volar. Nunca me pareció que eso fuera jugar limpio. ¡Prepárate, te digo!

\*\*\*

Si piensan que resbaló y se lo tragaron las arenas movedizas, están muy equivocados.

Si piensan que volvieron las hadas, o que John se dio cuenta de que se había traído la pistola después de todo, o que regresaron Slightly y Curly, o que Tootles llamó a la policía, entonces es que aún no han entendido lo mortalmente peligroso que puede ser el País de Nunca Jamás.

—¡Consecuencias! —dijo Garfio, apuntando con el garfio a la cabeza de Peter—. Todas nuestras acciones tienen consecuencias, ¿lo ves?

Peter esquivó el golpe inclinándose, saltó hacia un lado y se escondió detrás de los árboles; pero Ravello corrió tras él, blandiendo una daga en la mano derecha y describiendo molinillos con la izquierda. Cuando el garfio rasgó la túnica de Peter, salieron disparadas las plumas rojas, como gotas de sangre. Sus pies descalzos sufrieron al pisar los afilados guijarros del suelo: se agachó para recogerlos y se los tiró a Ravello, pero al chocar contra él tan sólo levantaron nubes de polvo de su ropa lanuda, y sólo uno provocó un sonido parecido al de un huevo que se rompe. Peter chasqueó la lengua para imitar el tictac de un reloj, pero la idea del cocodrilo ya no lograba asustar a Garfio, sólo enfurecerlo aún más. Una rama retorcida se enganchó en el cuello de la camisa de Peter, levantándolo del suelo. El niño quedó colgando del árbol como una fruta madura. Garfio se detuvo un momento para saborear la visión de su enemigo retorciéndose en vano para zafarse, incapaz de salvarse. Entonces se paró a considerar en qué parte del cuerpo de Peter debía asestar la estocada mortal.

Ah, por cierto…

¿… Acaso dije que no quedaban animales en la sombra del Monte de Nunca Jamás? Me refería a que no había animales de circo. Pero sí había uno que se había acercado hasta allí para levantar la patita junto al tronco de un árbol. Como todo en el País de Nunca Jamás, este animal estaba un poquito… cambiado. Como consecuencia de haberse enredado en las hebras de lana de Ravello, el pequeño Cachorrito había envejecido desde que se había caído de la montaña. Y cuando un cachorro de la raza Newfoundland envejece, se puede decir que cambia bastante.

Ahí estaba: un perro la mitad de alto que un caballo, tan juguetón como siempre pero treinta veces más grande. Cachorrito era ahora tan grande como su tatarabuela Nana, la perra niñera, y su cariño y lealtad por los niños era proporcional a su tamaño. Acudió en auxilio de Peter ladrando, mordiendo, gruñendo y clavando las uñas. Se lanzó sobre Garfio y ya no lo soltó —no podía, se había enmarañado por completo en su lana—; tiró, luchó, se agitó y mordió al pirata hasta que éste quedó tendido en el suelo como un puñado de cabellos muertos de sirena en la orilla de una laguna envenenada.

John reunió el contenido del tesoro que había quedado esparcido entre los árboles y el pantano carmesí: copas, trofeos y gorras. Miró a su alrededor en busca de algo donde meter todo aquello y encontró la levita roja, hecha jirones y abandonada en el suelo.

—Déjalo —dijo Peter, generoso en la victoria—. No es el tipo de tesoro que a mí me gusta. No lo necesito —y era cierto, porque el niño de la túnica de hojas, los pies descalzos y la piel manchada de barro no guardaba ningún parecido en absoluto con el capitán James Garfio—. Déjalo todo.

A la enfermera Tootles tal vez le habría gustado practicar un poco aquello de poner vendas y cabestrillos, pero no se atrevía a acercarse lo más mínimo al Hombre Deshilachado que yacía en el suelo. De modo que fue Wendy quien por fin se decidió a agacharse junto a Ravello. Ella había cosido paños. Había cosido manteles y delantales. Y una vez incluso le había cosido la sombra a un niño al que se le había despegado. Pero sus habilidades con la aguja no daban de sí lo necesario para acometer esa labor en concreto.

—¿Se está usted muriendo, señor Ravello? —preguntó.

—Me temo, señorita, que estoy… acabado, sí. Le agradezco que salvara a mis animales.

—Fue un poco culpa nuestra que quedaran aplastados de esa manera —le colocó el remo debajo del brazo, como una bolsa de agua caliente, y apiló las copas y los trofeos en una brillante pirámide de plata, para que pudiera contemplarlos en su agonía—. Y algunos de estos trofeos se han abollado un poco, me temo.

—Su valor no depende de su forma, señorita —sus ojos se posaron sobre ellos con una alegría inefable—. ¿Sabe?, quizá los devuelva si alguna vez me invitan de nuevo a la tribuna del colegio el Día de los Discursos.

—Sería un día muy interesante, señor Ravello.

—¡Garfio! Mi nombre es Garfio, señorita. capitán James Garfio.

Wendy le recordó el consejo del doctor Curly.

—El sueño lo cura casi todo, ¿sabe? Debería usted dormir un poco.

Durante un segundo, una sombra de amargo resentimiento oscureció los ojos de Garfio.

—Señorita, hace veinte años que no duermo. ¡No puedo dormir desde lo del cocodrilo!

—Me imagino que eso es porque no ha tenido a nadie que le diera un beso de buenas noches. Por lo menos no desde lo del cocodrilo.

La gran madeja enmarañada que era James Garfio se retorció como una vieja red de pesca atrapada por la marea. Su voz sonaba débil pero no ocultaba la fuerza de sus sentimientos.

—¡Señorita, a mí nunca nadie me ha dado un beso de buenas noches! La mía no era de esa clase de madres… En cualquier caso, sería vulgar, ñoño, sentimental y… y no muy viril que digamos.

Wendy asintió con la cabeza y le dio unas palmaditas en la mano.

—¿Pero cree que merece la pena probar?

—Merece la pena, sí —concedió el capitán Garfio.

Así que a pesar de que era el pirata más cruel y despiadado de los siete mares y odiaba a su amigo Peter Pan más que a la muerte misma, Wendy se inclinó y besó a Garfio en la mejilla y después lo cubrió con los jirones de la levita roja.

—Buenas noches, James —dijo con su voz más maternal—. Que tenga dulces sueños —después lo dejó solo, sabiendo que pronto habría de llegar la Muerte para acunarlo en sus tiernos e indulgentes brazos.

***

Peter lo vio y se sintió furioso, sorprendentemente furioso teniendo en cuenta que ya no vestía la levita roja. Se le encendieron las mejillas y llamó traidora a Wendy.

—¡El capitán Garfio es el enemigo! ¡Si eres amable con mis enemigos, entonces tú también eres mi enemiga! —y se fue a buscar su espada.

Pero ya no tenía espada, claro; miró a los demás, pero ellos tampoco tenían, pues los Rugientes se las habían quitado. Además, nadie quería prestarle a Peter una espada para que matara a Wendy. Desgraciadamente, éste no desistió de su propósito. Conforme iban pasando las horas, iba recuperando el poder de la imaginación. Por lo tanto se limitó a desenvainar una espada imaginaria y la utilizó —«¡Oh, Peter, no!»— para dibujar una puerta en el aire.

—¡Yo quiero una puerta cristalera, por favor! —dijo Wendy desafiante, y Peter, que se quedó algo desconcertado, obedeció y la convirtió en una puerta cristalera de dos hojas.

—¡Wendy Darling, te destierro por socorrer al enemigo! ¡Vete!

—Los quicios de las puertas no están rectos —dijo Wendy, cruzándose de brazos.

John se precipitó hacia delante y abrió las puertas, no porque quisiera que desterraran a su hermana, sino porque lo habían educado bien y sabía abrirle la puerta a una dama. Los Gemelos tenían una expresión muy triste. Wendy le dio las gracias educadamente a su hermano y franqueó la puerta cristalera con la cabeza bien alta.

Peter Pan se había imaginado que Wendy le suplicaría perdón de rodillas y le diría las palabritas mágicas que en este caso lograrían evitar su destierro. ¡Pero ya estaba fuera, en el País de Ninguna Parte, y ni siquiera le había pedido perdón! Intentó torpemente enfundar su espada imaginaria, pero ésta se le cayó en un pie. Y porque no se le ocurría otra cosa que hacer, cerró las puertas cristaleras y corrió todos los cerrojos. Tootles se echó a llorar.

Wendy no parecía muy castigada. Ni siquiera parecía muy desterrada, allí de pie al otro lado de la puerta con los brazos cruzados.

—Aléjense, por favor —dijo severamente, y los niños se apresuraron a retroceder, incluido Peter Pan. Entonces Wendy se agachó, recogió del suelo una gran piedra imaginaria y la tiró contra las cristaleras imaginarias. Se oyó un ruido tremendo de cristales rotos—. ¡Majaderías, paparruchas! —dijo, atravesando el desastre de vidrios y cerrojos hechos pedazos, con cuidado de no rasgarse el vestido con los cristales—. ¡Hay que ver, Peter, qué bobo eres a veces!

John nunca había oído a su hermana decir «majaderías» y «paparruchas», y desde luego no ambas cosas a la vez. Se quedó boquiabierto y se sacudió del pelo un trocito de cristal imaginario. Cuando Wendy se marchó muy decidida por el estrecho sendero que se alejaba de la sombra del Monte de Nunca Jamás, todos los demás la siguieron.

—¿Piensas que lo que acabas de hacer es sensato, hermanita? —murmuró el Primer Gemelo, que tenía que trotar para mantenerse a su paso.

—Sí, sí lo es —contestó Wendy—. Doblé las rodillas y mantuve la espalda recta. Sé que hay que tener mucho cuidado cuando se levanta una piedra muy pesada.

Y ya no se volvió a decir una sola palabra sobre el tema.

Al día siguiente a Peter ya se le había olvidado todo lo de su pelea con Wendy. Siempre se le daba muy bien olvidar aquello que no quería recordar.

# Juntos otra vez

Al no disponer ya del poder de volar, ni de un barco en el que navegar, los exploradores de la Compañía de Peter Pan sabían que tenían que atravesar la isla para llegar al Bosque de Nunca Jamás. Sin el poder de volar, ni el polvillo de hada, ni la compañía de la mitad de la Compañía, el camino se les antojaba larguísimo. Los acechaban Rugientes y fieras heridas, hadas hostiles y arpías sin hogar, desiertos sedientos y jóvenes piratas, brujas, dragones, pantanos y charcos impredecibles.

Estaban subiendo trabajosamente una colina especialmente agotadora, esperando encontrar al otro lado las dunas secas del Desierto Sediento, cuando, por encima de sus cabezas, el cielo se tornó ocre debido a una gran cantidad de polvo en suspensión. Una tormenta de arena, pensaron. Cuando llegaron a la cima de la colina, vieron algo que ninguno habría de olvidar jamás. Allí, a través de las ardientes arenas del desierto, propicias para los espejismos, vieron venir corriendo hacia ellos todos los bisontes, caballos, carretas, indias, perros, guerreros, hachas, tambores, pinturas de guerra, pipas de la paz, trenzas, plumas, mocasines, arcos y flechas que integraban las tribus de las Ocho Naciones indias.

Las señales de humo que Peter había lanzado desde la cumbre del Monte de Nunca Jamás no se habían borrado del todo. Ahora los miembros de las tribus del norte, sur, este, oeste y el quinto punto cardinal cruzaban con gran estruendo el Desierto Sediento tan rápido como sus bisontes y sus caballos podían llevarlos. Al ver a Peter y a sus compañeros exploradores, se pusieron a golpear sus escudos, tambores, mocasines y demás en un triunfante coro de bienvenida.

Las tribus organizaron un festejo en honor de la Liga: era una fiesta que consistía en comer, beber y regalar la mayor parte de sus pertenencias. Los indios hicieron muchos regalos a Peter, a Wendy, a Tootles, a los Gemelos y a John (que estaba que no cabía en sí de alegría). La lástima fue que, como ellos no tenían nada que dar a cambio, tuvieron que entregarles a los indios los regalos que les acababan de ofrecer.

Durante el festín que siguió a esa ceremonia se acercó hasta ellos una hermosa princesa india, les pintó las caras con pinturas de guerra y les dijo que desde ese momento eran miembros honorarios de las Ocho Naciones.

—Hola, Tigresa Lily —dijo Peter. Pero la india lo miró de una manera extraña y le dijo que era la Princesa Agapanthus—. Ah, nunca recuerdo los nombres —añadió Peter—. Ni las caras.

—Gemelos, ¿se puede saber qué les pasa? —preguntó Tootles—. Sólo porque tuvieron que desprenderse de esos machetes…

Pero los Gemelos no lloraban por los machetes. Acababan de recordar que, una vez que iban en autobús a Putney, se habían quedado dormidos y al despertar habían descubierto que ambos llevaban pinturas de guerra.

—¿Volveremos alguna vez a Putney, Wendy? —le preguntaron.

Wendy adoptó su expresión más seria y formal.

—Tendremos que esperar a que las hadas dejen de pelearse y a que nos vuelvan a crecer las sombras. Miren: las suyas ya vuelven a asomar —los Gemelos se animaron mucho con eso, pero entonces, por supuesto, sus sombras volvieron a dejar de crecer, lo cual frustró bastante los esfuerzos de Wendy.

Siguieron avanzando, envueltos en una gran polvareda y escoltados por algunos de los miembros de las Ocho Naciones (sin mencionar al bisonte), por el Cementerio de los Elefantes; cruzaron el Estrecho del Trecho, las primigenias ruinas de la Ciudad de Nunca Jamás y los Laureles de la Academia. Si había Rugientes y leones emboscados entre la maleza, el bisonte y las carretas debieron de aplastarlos, pues de pronto el horizonte se pobló con la exuberancia de los árboles del Bosque de Nunca Jamás, y las tribus se despidieron, alejándose en ocho direcciones distintas, hacia sus tipis, *hogans, kivas* o casas altas, casas redondas, vivacs o cercados; y algunos para dormir al raso bajo el cielo estrellado.

—¿Y nosotros? ¿Dónde vamos a dormir nosotros esta noche? —preguntó Tootles.

\*\*\*

El Árbol de Nunca Jamás seguía en el mismo lugar donde la tormenta lo había derribado, como un gigantesco tachón en el suelo. Qué camino más largo habían tenido que recorrer para volver a casa, y ya no recordaban que su casa no estaba allí donde la habían dejado.

—Mañana todos podemos reconstruir el Fuerte de Peter Pan —dijo éste, pero eso no respondía del todo a la pregunta de dónde iban a dormir esa noche.

Al final fue Cachorrito quien les sirvió de cama. Se tumbó de lado en el suelo y los exploradores se acurrucaron junto a él, en el espacio comprendido entre sus patas delanteras y traseras. Como niñera, Cachorrito no era nada del otro mundo: los lamió un poquito antes de que se durmieran, pero se le olvidó recordarles que se lavaran los dientes y rezaran. No se lo confesó a nadie, pero echaba de menos a Slightly y a Curly, y a ese hombre interesante que olía a huevos, a jarabe para la tos y a miedo. Mientras los miembros de la Compañía de Exploradores contemplaban el cielo cubierto de estrellas, Wendy les contó un cuento de hadas sobre un pajarito blanco que estaba en los Jardines de Kensington. Una brisa cálida soplaba sobre el Bosque de Nunca Jamás.

De repente, sin avisar y con un movimiento tan brusco que lanzó despedidos a los exploradores unos encima de otros, Cachorrito se levantó. Avanzó torpemente hacia los árboles, se puso a husmear y a olisquear y no paró hasta que encontró la vieja guarida subterránea de Peter. Entonces empezó a cavar.

Cuando era un cachorro, no había cosa que Cachorrito deseara más que salir de la guarida subterránea de Peter lo más rápido posible después de haber entrado. Pero ahora que medía casi como un poni, era más ambicioso. Oía y olía que había Algo bajo tierra, y estaba decidido a llegar hasta el fondo. Para cuando los exploradores acudieron al lugar, Cachorrito ya había cavado un agujero lo bastante grande como para enterrar un cofre del tesoro.

John le avisó:

—¡Cuidado, Cachorrito, no vayas a caerte por el…

—¡T

     E

       J

         A

           D

             O![1] —dijo Cachorrito (o algo parecido) y penetró abruptamente en la guarida en la que, en tiempos, había vivido Peter Pan con los niños perdidos. Ahora sí que tenía que emerger ese Algo, ya fuera un tejón, un topo, o una trufa gigante, y los agotados exploradores se quedaron transfigurados, a la espera de ese Algo tan espantoso.

Y en efecto, fueron varias las cosas que emergieron del agujero en el tejado de la guarida, algunas más rápido que otras:

* la luz de una vela;
* ladridos;
* música (que se interrumpió enseguida);
* aullidos de miedo;
* ruido de muebles destrozados;
* LOS RESOPLIDOS DE CACHORRITO;
* la oscuridad de una vela;

---

[1] Nota del editor: "tejado" en inglés es *roof,* palabra que suena como un ladrido de perro.

* ese sonido tan característico que hace la gente cuando alguien les lame el cuello en la oscuridad;
* después, una bandera blanca de rendición. (Bueno, en realidad era rosa y estaba atada a un bastón, pero era el único pañuelo que había y es muy difícil distinguir el rosa del blanco en la oscuridad);
* a continuación, el Mayor Slightly;
* el doctor Curly, médico generalista;
* y por último Smee, antiguo Primer Oficial de Garfio, el pirata más cruel y despiadado que jamás surcara los siete mares.

—¡Bravo, Curly! ¡Bravo, Slightly! ¿Lo han tomado prisionero? ¿Eh, lo han tomado prisionero? ¿Lucharon con él cuerpo a cuerpo? —preguntó John, partiendo en dos la bandera rosa del pirata.

—Por supuesto que no —contestó Slightly, y volvió a encender las velas—. Nos preparó una taza de té. Al parecer el señor Smee lleva años viviendo aquí. Ha convertido la guarida en un lugar muy acogedor.

—Y ahora, ¿en qué la ha convertido? ¿En un refugio de bandidos? —dijo John.

—Más bien en una residencia para jubilados —dijo el doctor Curly.

Ninguno tuvo reparos en hablar con Slightly o con Curly, a pesar de que fueran adultos. (Esto debió de tener algo que ver con aquello de que Wendy hiciera añicos las puertas cristaleras). En cuanto a Smee, iba de un lado a otro poniendo otra vez en su sitio las mesas y arreglando sillas para que todos pudieran sentarse.

—Pensaba que Garfio le había mandado a cumplir con su deber en la guerra —le dijo Tootles.

—A mí y a los demás, sí. Los otros se… perdieron. Yo, después, me quedé solo. Así que viajé alrededor del mundo, dando conferencias sobre cómo era la vida a bordo del *Jolly Roger* y contando que Smee era el único hombre al que James Garfio temió.

—Creo que una vez vi un cartel que anunciaba una de esas conferencias —dijo Curly.

—¿Es eso verdad, señor Smee? ¿Que James Garfio le tenía miedo?

—¡Claro que no, chico! ¿Qué tiene que ver la verdad con el negocio? Pero hay que ganarse la vida. Al final me entró demasiado miedo (de que Garfio se enterara y viniera a buscarme para cortarme la lengua por mentiroso, o algo así). Soy un poco bobo, ya lo sé, pero soñaba que salía retorciéndose del cocodrilo para venir a acosarme, con el garfio resplandeciente y mi nombre bailando sobre sus labios: *¡Smeeeee!* —los exploradores se miraron entre ellos, pero nadie le dio la mala noticia de que sus sueños no estaban muy alejados de la realidad—. Me dio piel de gallina, dejé de dar conferencias y me puse a trabajar vendiendo productos de limpieza a domicilio. Fregonas, bayetas, estropajos, ese tipo de cosas —la guarida subterránea parecía en efecto muy limpia y ordenada, y estaba muy bien surtida de fregonas, bayetas, estropajos y ese tipo de cosas—. Pero echaba de menos este lugar. El País de Nunca Jamás, me refiero —miró a su alrededor como si la pequeña madriguera excavada en la tierra en la que vivía contuviera el País de Nunca Jamás entero—. Así que robé un cochecito de bebé y volví navegando hasta aquí.

—¡Pero si no es usted un niño! —exclamó John.

—Ya, pero había escasez de piratas, gracias a ustedes, así que me dieron permiso. Mataría por un par de monedas de chocolate: supongo que eso me asemeja bastante a un niño perdido.

—¿Pero ya no trabaja de pirata?

—No, ya no. Lo intenté, pero ya no tenía la pasión de antes. No sin un capitán. O un barco. Starkey viene a visitarme de vez en cuando para tomarnos una copita de ron con magdalenas. Nos inventamos alguna que otra historia. Por lo general no echo de menos demasiadas cosas, aunque tengo una debilidad por el talco, y no se encuentra en el País de Nunca Jamás. No se puede comprar con dinero de verdad. Bueno, ni siquiera con monedas de chocolate, ¡es como para no creérselo!

—En el *Jolly Roger* había un poco —dijo Wendy.

—Eso era pólvora, no talco, niña. No es lo mismo... Desde que llegué aquí, llevo una vida tranquila. Hasta esta noche, quiero decir... ¿Qué está haciendo ahora ese horrible perro suyo? Yo no hago mantelitos de ganchillo para que luego me los destrocen así —rescataron el mantelito de la boca de Cachorrito, que había estado deshilachándolo, pues se había acordado del hombre tan sabroso que olía a miedo—. El señor Curly y el señor Slightly me estaban contando algunas de las aventuras que habían vivido de camino hasta aquí. ¿Quieren proseguir, caballeros?

De modo que, pese a la interrupción del derrumbamiento del techo y de la súbita llegada de Peter Pan y compañía, Curly y Slightly retomaron de nuevo su historia.

—Estábamos volviendo del Monte de Nunca Jamás y nos dirigíamos hacia el Arrecife del Dolor, pensando en construir una balsa, o hacerle señas a algún barco que pasara, no sé, algo así. Entonces a nuestra espalda oímos gritos y ruido de pasos que corrían. Al principio pensé que nos perseguían, pero pasaron de largo como alma que lleva el diablo. ¡Eran Rugientes! ¡Gritaban que los perseguían leones y osos! Naturalmente echamos a correr nosotros también, pero esos chicos debían de estar más acostumbrados que nosotros a que los persiguieran, pues pronto nos quedamos rezagados. Seguían corriendo como locos, sin mirar adónde iban, ¿verdad, Slightly?

—Les gritamos que tuvieran cuidado cuando vimos hacia dónde se dirigían. Pero estaban demasiado ocupados corriendo, ¡y se metieron de lleno en el Laberinto de las Brujas!

—Nunca llegamos a ver a los leones, ¿verdad, Slightly?

—No, ¡pero vimos a las brujas!

—En un abrir y cerrar de ojos, estaban sobre los Rugientes. ¡Fue horrible!

—¡Esas mujeres levantaron del suelo a los muchachotes como si fueran bebés! Los estrecharon entre sus brazos con tanta fuerza que en menos de un minuto dejaron ya de luchar. ¿Verdad, Slightly?

—Deberíamos haberlos ayudado. Pero nos escondimos. Habría tocado el clarinete, pero no tenía aire en los pulmones.

—Así que nos escondimos.

—Sí, eso fue lo que hicimos.

Tootles no pudo contenerse y preguntó:

—¿Y se COMIERON las brujas a los Rugientes?

Ambos tardaron unos momentos en contestar. Estaban reviviendo una vez más la horrorosa emboscada en el Laberinto de las Brujas, cómo los Rugientes fueron capturados uno a uno. No podían olvidar los agudos chillidos de triunfo de las mujeres, los rostros lanzándose en picada sobre el cuello, la nariz, o las orejas (no era fácil distinguirlo) de los chicos, y la manera en que cada prisionero poco a poco iba dejando de defenderse y su cuerpo quedaba sin fuerza, entre las garras de las brujas. Slightly y Curly hundieron el rostro entre las manos, sumidos en el dolor por no haber hecho nada por ayudarlos.

Smee, mientras tanto, se estaba comiendo una magdalena.

—Pobrecitos —dijo, masticando alegremente a dos carrillos—. Ahora supongo que tendrán que tragar con todo el ritual: el baño, el corte de pelo, los besos, las nanas de esas mujeres que no saben cantar sin desafinar. Y que si no te olvides la cartera, y tómate esto contra el resfriado, y que si ponte este bañador de lana, y saluda a tu tía-abuela. ¡Demonios!... Pero no sé por qué les han puesto la etiqueta de brujas. Esas mujeres no son brujas —rebuscó en un plumier y sacó una barra de regaliz, que limpió con un cepillito para limpiar pipas, antes de ponerse a chuparla, como si fuera una pipa. Sólo entonces se dio cuenta de que los demás lo estaban mirando fijamente—. ¿Qué pasa?

—Pero se llama el Laberinto de las Brujas. ¡Claro que son brujas! —exclamó Tootles.

Smee soltó una risita despectiva.

—¿Quién les ha dicho eso?

—El capitán...

—¡Nos lo dijo el señor Ravello, el dueño del circo! —intervino John, ahogando las palabras de Tootles. Y le contó a Smee la triste historia de las niñeras a las que sus jefes habían puesto en la calle y entonces se habían vuelto locas de odio y buscaban vengarse a costa de los niños del País de Nunca Jamás—. Lo llamó el Laberinto de las Brujas. A lo mejor usted se refiere a otro lugar.

Smee mordió la punta de la barra de regaliz y la masticó hasta que la saliva se le puso negra.

—¿Rocas rayadas erosionadas por el agua? ¿Cerca del Arrecife del Dolor? Ese señor Ravello que dicen no sabría distinguir una bruja de una calabaza, ni a su tía-abuela de una espada. ¡Ése de ahí es el Laberinto de la Añoranza! ¿Niñeras? ¡Paparruchas! Ninguna criada podría hacerse a la mar en medio de tormentas y tempestades a bordo de un cochecito de bebé, ¡ni por mucho odio que sintiera! ¡Bah, tonterías! ¡Esas damas son las Desconsoladas! Ninguna otra persona emprendería un viaje como ése. Hacen lo que tienen que hacer. Es puro instinto, ¿saben? No lo pueden evitar. Las madres harían lo que fuera necesario por sus hijos. Cualquier cosa.

# Las Desconsoladas

Una vez más estaban en tierra firme; el mar no era más que un lejano destello y la hierba ondeaba bajo sus pies. El Laberinto de la Añoranza, con sus rocas de rayas y sus crestas afiladas como cuchillos, estaba justo delante, a tan sólo unos metros. Llegaba hasta ellos el sonido de la tristeza y una extraña mezcla de viejos aromas.

—Esto es peligroso —dijo Peter Pan. Wendy apoyó una mano en su brazo, pero él se zafó de ella, diciendo—: nadie debe tocarme.

—Pero Slightly y Curly tienen que volver a casa —dijo Wendy por enésima vez—. Son demasiado mayores para vivir en el Fuerte de Peter Pan y no tienen lo que hay que tener para ser Rugientes, o piratas, o pieles rojas.

Y ahí estaba su salida, su salida de emergencia del País de Nunca Jamás: el laberinto. En ese lugar, las madres de los niños perdidos pasaban los años buscando a los bebés que un día perdieron. No siempre se podía culpar de ello a la falta de atención de las niñeras. (Muchos padres no pueden permitirse una niñera). Aunque sean los padres los que se ocupan de ellos, a veces los bebés se pierden, porque se caen de los cochecitos, desaparecen por el desagüe de la bañera, o se les saca de casa confundiéndolos con el gato. Hasta en las casas más ordenadas se cometen errores.

Cuando eso ocurre, el resultado es siempre el mismo. En algún lugar una madre hace las maletas, empuja el cochecito de bebé hasta el puerto más próximo —Grimsby, Marsella o Valparaíso— y se hace a la mar. Con las boyas rojas en la proa, y las verdes en la popa, zarpa en busca de su niño perdido, hasta un lugar desgastado por los millones de lágrimas derramadas. Al no tener la magia necesaria para llegar más lejos en el País de Nunca Jamás, termina varada aquí, en el Laberinto de la Añoranza, alimentándose día tras día de sándwiches vegetales y de la esperanza de que un día su niño aparezca silbando a la vuelta de una esquina del laberinto.

Cuando los Rugientes aparecieron en el laberinto, sin tener ni idea de dónde se encontraban, se lanzaron sobre ellos como los niños sobre un plato de dulces. Mujeres desgreñadas con ojos ávidos los agarraron, escrutando sus rostros, en busca de rasgos familiares, y sus cuerpos, en busca de marcas de nacimiento. Muchachos que llevaban mucho tiempo sin rozarse siquiera unos a otros fueron acariciados, besados y abrazados, bañados en lágrimas y lavados con pañuelos de encaje. Lo que Slightly y Curly habían presenciado no era una matanza, ¡sino un reencuentro!

Entre los Rugientes, una docena de madres habían encontrado lo que estaban buscando y habían abandonado el País de Nunca Jamás con sus hijos, ahora convertidos en muchachos grandotes y malhumorados. En el mismo momento en que subieron a bordo de sus cochecitos en el Arrecife del Dolor, las madres empezaron a enseñarles modales otra vez y a adecentar sus ropas.

Toda madre que busca a su niño perdido sabe encontrar el camino de vuelta a casa. El viaje de vuelta puede ser largo y peligroso, y a veces los yates de lujo o los buques cisterna los pueden atropellar por las autopistas marítimas, pero su instinto para volver a casa es tan fuerte como el de las ocas de Canadá, o el de las palomas mensajeras. Es como si su instinto las guiara como un faro en lo alto de una colina. Es casi como si estuvieran obligadas a llegar a casa, como si no tuvieran más remedio.

Ahora les tocaba a Curly y a Slightly entrar en el laberinto, y nada que hubieran sentido antes, ni siquiera en los momentos que más miedo habían pasado en su expedición al Monte de Nunca Jamás, podía compararse con el terror que sentían en ese instante. Siendo como eran mayores ya —Slightly, un joven de dieciocho años; Curly, un médico hecho y derecho— no podían dejar ver su temor, por supuesto, pero éste se traducía en que no paraban de alisarse el pelo, de arreglarse el nudo de la corbata y de lustrarse los zapatos frotándose los pies contra las perneras del pantalón. (Esto último era un poco difícil para Slightly, pues iba descalzo y no llevaba pantalones. Pero al menos la camisa sí era de su talla, no como el jersey que Smee había tejido para Curly durante el viaje desde el Bosque de Nunca Jamás).

—¡Pero si nosotros ya tenemos madre! —volvió a protestar Slightly—. ¡La señora Darling nos adoptó!

—Sí, querido, pero incluso antes de que mamá te adop-
tara, tú y todos los niños perdidos tenían sus propias madres,
en algún lugar.

—La mía no estará aquí —dijo Curly con mucha tristeza—.
No habrá venido a buscarme hasta aquí, está demasiado lejos.

—Sí que estará —dijo Wendy, y se puso de puntillas para
darle un beso en la barbilla.

—Y aunque no estuviera —dijo Tootles sin mucho tacto
que digamos—, es probable que alguna de estas mujeres piense
que eres su hijo y te lleve consigo a casa.

—Bueno, pues entonces, nada… —dijo Curly.

—Bueno, pues entonces, lo dicho… —añadió Slightly.

—Hasta Londres —dijo John.

—Hasta Londres —contestó Curly.

—Que tengan buen viaje —les deseó Wendy—. Denle
recuerdos a Nibs de nuestra parte.

—No se ahoguen —dijo Tootles, derramando una o dos
lágrimas.

Peter les dio la espalda y no quiso estrecharles la mano.
No lograba entender que alguien quisiera marcharse del País
de Nunca Jamás. Se había ofrecido a tratar de fingir que Curly
y Slightly volvían a ser pequeños, pero en lugar de eso ellos
habían preferido ir al laberinto. Pero él estaba impaciente por
volver al Bosque de Nunca Jamás. Los juegos reclamaban
su atención, y se le estaban acumulando las expediciones pendientes. Además, había que reconstruir el fuerte.

—Venga —les dijo—. Si se van, háganlo ya.

A Curly y al Mayor Slightly también les hubiera gustado ayudar a construir el Fuerte de Peter Pan. Pero la idea

de regresar a casa con sus esposas, volver al trabajo, ver a Nibs, volver a subirse a un autobús de dos pisos estaba empezando a producir cierto efecto en ambos jóvenes. Sacando pecho, se dirigieron hacia el laberinto. Curly se dio la vuelta una vez nada más.

—Era tan chiquitín cuando me perdí. ¿Cómo me reconocerá mi madre? —dijo, y en ese momento parecía el más pequeño de todos ellos.

—Te reconocerá —le aseguró Wendy—. Ya lo verás.

Slightly se llevó el clarinete a los labios y se puso a tocar. Curly caminaba el primero. Sus amigos, inquietos, los siguieron colina abajo, para ver qué les deparaba el destino.

Las mujeres, agotadas por años y años de dolor y preocupación, levantaron la cabeza al oír la música. Parpadearon perplejas al ver a un joven y a un adulto, pues pensaban que ése era un lugar de niños, y los niños eran lo que ocupaba todos sus pensamientos. No se abalanzaron sobre Curly, pues nadie podía imaginar…, ninguna de ellas esperaba… a nadie como él. Él les fue estrechando la mano a todas. Las mujeres se apartaban las greñas de la cara; algunas incluso se inclinaron en una reverencia. Aplacadas por la música y sorprendidas por la situación, dejaron hablar a Curly, y sus amigos que lo miraban lo vieron explicar, describir y señalar el camino por el que había venido.

Entonces, debió de mencionar su propio nombre, pues de entre el corrillo creciente de madres avanzó una mujer, abriéndose paso como un caballo a través del agua, estirando el cuello para ver mejor. Se le alborotaron las trenzas, que durante treinta años se había peinado cada mañana, y se chocó de lleno con Curly. Los exploradores cerraron los ojos… y cuando volvieron a abrirlos, Curly estaba ayudando a su madre a peinarse las trenzas.

Slightly levantó la vista del clarinete en un momento especialmente difícil de la melodía y se encontró ante él a una mujer de facciones elegantes, como las de una artista, y largos dedos delgados.

—Se te olvidó llevarte esto, mi vida —le dijo—, cuando te perdiste —y sacó un sonajero de bebé con cascabeles en cada extremo.

Y en ese preciso instante, todas las melodías de Slightly —las que tenía en la cabeza, las que tenía en su clarinete y las que tenía en el corazón— volvieron a sonar igual que el tintineo de ese sonajero.

Fue entonces cuando los Gemelos se acercaron un poquito más de lo debido al laberinto, y oyeron a alguien llamar:

—¿Marmaduke? ¿Binky?

Esto quizá pueda sorprenderlos si pensaban que los dos hermanos de verdad se llamaban Primer Gemelo y Segundo Gemelo. Pues no es así. Es cierto que se perdieron siendo tan pequeños que sus nombres eran apenas un recuerdo olvidado. Pero cuando su madre —con las manos aún pegajosas de masa para pasteles y el pelo aún blanco de harina— apareció corriendo y se los quedó mirando, parpadeando y llorando, y después riendo y repitiendo «¿Marmaduke?, ¿Binky?», enseguida los recordaron.

Marmaduke y Binky. Bueno… todos cometemos errores, ¿no? Por suerte, a los Gemelos les gustaron sus nombres a pesar de todo y pensaron que eran los niños más afortunados del mundo. ¡Y es que ahora tenían dos madres! La señora Darling siempre sería su madre verdadera, pues los había acogido cuando eran niños perdidos, los había criado, les había dejado que rebañaran el molde del bizcocho, que lavaran a la perra, que se acostaran sin quitarse las pinturas de guerra y que se sentaran en el piso de arriba de los autobuses de Londres... Pero ahí tenían ahora una NUEVA madre de hacía mucho tiempo, la que les había puesto los mejores nombres del mundo.

Wendy se volvió hacia Tootles.

—Tú también podrías volver a casa así, ¿sabes, princesa? Pero ésta negó con la cabeza muy decidida.

—¡No pienso volver nunca! —dijo—. ¡Pienso quedarme aquí para siempre y jugar con Peter a que somos marido y mujer!

Un zorro en un gallinero no habría causado más revuelo. Wendy miró a Peter, y éste miró a Wendy con una expresión de pánico en los ojos.

—¡Tootles! Sabes muy bien que tienes una familia en Chertsey que te está esperando —dijo John. Pero desgraciadamente, Tootles no recordaba nada de Chertsey, ni del Club de Caballeros, ni de que era juez del Tribunal Supremo.

—¡Seré Tootles Pan, y Peter recogerá flores para mí, y levantará los pies cuando yo barra el suelo, y a los más pequeños les diré: «¡Ya verán cuando vuelva papá, se van a enterar!».

Por alguna razón —no sabría decir cuál— Wendy eligió ese preciso momento para precipitarse hacia el laberinto gritando:

—¡Tootles! ¡Aquí hay una niña llamada Tootles! ¿Ha perdido alguien a una niña llamada Tootles?

Un hombre con el rostro del color del cuero de Marruecos, una peluca de abogado y un grueso libro bajo el brazo
apareció de detrás de una roca. Miró a Wendy severamente y
la reprendió agitando el dedo índice:

—¡No seas absurda, jovencita! —dijo, mirándola de arriba
abajo—. ¿Tratas de hacerte pasar por mi hijo Tootles? ¡Qué
absurdo! ¡Paparruchas! —pero justo cuando estaba abriendo
su libro para ver qué ley había incumplido Wendy, descubrió
a la princesa Tootles, que estaba atándose los lazos de sus
zapatillas de ballet para practicar sus *pliés*—. ¡Ajá! Estás aquí,
hijo —dijo malhumorado, sin dudarlo un momento—. ¡Ya
iba siendo hora! —entonces, en un arranque de alegría in-
controlable, se quitó su peluca de abogado, la tiró al aire y se
puso a bailar ahí mismo.

—También hay padres —murmuró Smee—. Quién lo
hubiera pensado.

Sentado sobre los hombros de su padre, con su peluca en
la cabeza, Tootles se alejó de allí sin volver la vista atrás ni una
sola vez. Wendy miró a Peter, éste miró a Wendy y esta vez
en sus ojos se veía escrita en grandes letras la palabra «GRACIAS».

—¿Podemos ir nosotros también, hermanita? —preguntó
John, contagiado por toda aquella felicidad. Era una extraña
infección: hacía que le doliera el cuello y la barbilla, como
si tuviera paperas. Empezó a mirar aquí y allá en busca de una
madre que lo escogiera.

También el corazón de Wendy estaba lleno hasta arriba
de añoranza de volver a casa y ver a su propia hija Jane. Pero
sabía que ésta no era su salida de emergencia, no era su camino para salir del País de Nunca Jamás.

—Aquí no hay nadie esperándonos, John. Nosotros nunca nos perdimos, ¿recuerdas? Decidimos nosotros mismos llegar volando al País de Nunca Jamás, y también decidimos volver a casa antes de que mamá tuviera que venir a buscarnos aquí —pero veía que John seguía mirando y seguía preguntándose cómo habría sido su vida con otra madre, con una madre distinta: aquella rubia de allí, o aquella pelirroja—. Nosotros nos quedaremos aquí, John, hasta que nos vuelvan a crecer las sombras... y hasta que las hadas dejen de hacer el tonto y podamos pedirles un poco de polvillo de hada... y hasta que reconstruyamos el Fuerte de Peter Pan.

—Bien —dijo Peter muy decidido—. Con ustedes no estoy enfadado. Ustedes sí saben jugar como es debido.

—¡Nada les impide venir conmigo! —dijo Smee, que se había acercado caminando con sus piernas arqueadas de marino—. ¡Necesito una tripulación para mi viaje de regreso! Creo que le haré una visita a mi vieja patria, ahora que a bordo tengo una madre para darme suerte —pese a lo bajito que era, Smee se las había apañado para encontrar a alguien aún más bajito que él: agarrada a su brazo venía una diminuta anciana con el cabello blanco como la nieve y una sonrisa angelical.

Wendy prorrumpió en aplausos.

—¡Oh, es maravilloso! ¿Es ésta su madre, Smee?

Smee le contestó tapándose la boca con la mano para que la ancianita no lo oyera.

—No, qué va... La he robado. Pero ya no ve muy bien, así que nunca se dará cuenta. Y parece muy contenta de haberme encontrado... Bueno, ¿quién más se apunta? ¡Anímense todos!

¡Vengan todos a bordo del *Dirty Duck*, rumbo al Serpentine vía Killimuir!

Ataron unos a otros todos los cochecitos de bebé amontonados desde hacía tiempo en el Arrecife del Dolor y construyeron con ellos una gran balsa. Como los huevos en una huevera, todos los que emprendían el viaje de vuelta a casa se metieron en los espacios de los carritos de bebé, incluso Cachorrito. Había sitio para todos.

El único problema era encontrar dónde meter tanta felicidad.

Ya sólo quedaba Wendy en la orilla.

—¡Ven con nosotros, Peter! —dijo de pronto, tomándolo de la mano—. ¡Oh, sí, ven con nosotros! ¡Sé dónde puedes encontrar hadas! Y cuando ya te haya crecido la sombra, podrás volver aquí volando y…

Peter se zafó de ella.

—Yo no me mezclo con adultos —dijo, dándole la espalda al *Dirty Duck*.

Wendy lo tomó de la otra mano y se lo llevó aparte.

—Tengo un susurro para ti —le dijo.

—¿Un susurro es lo mismo que un dedal?

De alguna manera, lo era. Le puso la carne de gallina y le hizo cosquillas en el cuello, y quería —y a la vez no quería— apartar la cabeza mientras Wendy le susurraba al oído:

—He estado pensando en una cosa.

—¿Ya no quieres jugar a que somos marido y mujer? —chilló Peter muerto de pánico.

Wendy hizo una mueca.

—Peter, imagínate tan sólo que tu madre…

El rostro de Peter se cerró como las cortinas de una ventana.

—No.

—¡Pero, Peter! Imagínate que es como todas ellas: ¡imagínate que todavía espera volver a verte algún día! Tal vez incluso…

Pero los delicados labios de Peter se fruncieron y se tapó los oídos con las manos. Una vez, hace mucho tiempo, había regresado volando a su casa, pero allí se encontró con que la ventana de su habitación estaba cerrada, con el cerrojo corrido, y otro niño dormía en la que había sido su cama. Desde entonces se negaba a escuchar nada bueno sobre las madres.

Los cochecitos de bebé, liberados de sus amarras, sintieron la lejana atracción de la Roca Imantada y el *Dirty Duck* empezó a adentrarse en el mar. John, Curly, Slightly y Smee le gritaron a Wendy que embarcara.

—¡Ven, ven rápido a bordo! ¡No te quedes atrás!

Durante un momento pensó que no podría dejarlo allí, a su amiguito Peter Pan, tan salvaje, frágil y bello como una hoja de otoño arrastrada por el viento. Pensó que no podría soportar perderse todos esos juegos que reclamaban su atención, todas esas expediciones pendientes que se estaban acumulando. Se dio cuenta de que ni siquiera sabía dónde se iba a construir el Fuerte de Peter Pan, si en la cima de los árboles, colgando de los precipicios, o sobre juncos en la Laguna.

Pero en el fondo de su corazón, la niña Wendy era un adulto (igual que todos los adultos, en el fondo de su corazón, son niños). Sentía que el amor por su familia tiraba de ella, igual que la Roca Imantada tiraba del *Dirty Duck*. Justo cuando parecía que el espacio entre la balsa y las rocas de la orilla era demasiado amplio incluso para que pudiera saltarlo un acróbata de circo, Wendy Darling saltó desde el Arrecife del Dolor y aterrizó junto a su hermano, a bordo del *Dirty Duck*.

Siguiendo las órdenes de Smee, levantaron las capotas de todos los cochecitos para atrapar el viento, y la balsa se dirigió hacia la barra. Obedeciendo al impulso de un nuevo pensamiento, Wendy se puso en pie de un salto, haciendo que la balsa se escorara y provocando alaridos de susto en todos sus ocupantes. Gritó al niño que se había quedado en la orilla:

—¡Creo que tu madre cerró la ventana sólo para que no entrara la NIEBLA!

Vio que Peter levantaba las manos para taparse los oídos, pero ya era demasiado tarde. Sus manos se convirtieron en puños cerrados, como si hubiera atrapado sus palabras en el aire. Las había atrapado y las había oído, lo quisiera o no. Wendy agitó el brazo en señal de despedida y lo siguió agitando hasta que el resplandor del agua llenó sus ojos de tinieblas.

Peter contempló la balsa alejarse hasta que llegó a la barra, hasta que el resplandor del agua la hizo desaparecer. Cuando se dio la vuelta dando un saltito, rumbo a su largo camino de regreso al Bosque de Nunca Jamás, le sorprendió ver unos flequitos de sombra recién nacida que le acariciaban los pies. No tenía tiempo de preguntarse qué tristezas habían hecho que volviera a crecer. Los juegos reclamaban su atención. Las expediciones pendientes empezaban a acumularse.

Mientras tanto, no muy lejos de allí yacía en el suelo un viejo enemigo. Yacía tan quieto, tan quieto, que uno hubiera podido pensar que estaba muerto.

Pero, a pesar de sus heridas, Ravello no había muerto. Por primera vez en veinte años, arrebujado en su segunda mejor chaqueta como en una manta y con el beso de Wendy en su mejilla, Ravello por fin pudo conciliar el sueño, un sueño más profundo que la Laguna. Dormir lo cura casi todo, o por lo menos eso dice la gente continuamente.

Soñó con rocas a rayas, crestas puntiagudas como cuchillos y barrancos erosionados por millones de lágrimas. Y en lo alto de una de esas crestas había una mujer con un vestido de rayas, las enaguas ahuecadas por detrás, y un cuello largo y grácil como el de un cisne. Una vez había sido hermosa, pero ahora parecía una estatua de un parque público, estropeada por el viento y las inclemencias del tiempo. Tenía un rostro triste, tremendamente triste, y paseaba la mirada de un lado a otro, buscando algo o a alguien. Con una voz tan quebradiza como el cristal, llamaba una y otra vez: «¡James! ¿James? ¿Dónde estás, James?».

Ravello durmió. El sueño lo cura casi todo: la gente no miente cuando lo dice. Ravello durmió. Y la lana grasienta que formaba su cuerpo, hecha jirones por el perro, el médico y los arbustos de espinas..., se remendó. La lana descolorida y deshilachada se convirtió en carne, ropa y cabello. Volvieron los brillantes tirabuzones. La piel de las cicatrices se alisó. Incluso el color de sus ojos recorrió todo el espectro cromático, desde el marrón oscuro y apagado hasta el fulgor resplandeciente del azul.

Lo que se desintegró fue la suavidad que había acompañado a su falsa personalidad, la de Ravello, y en su lugar apareció la dureza como el acero de la verdadera, la de Garfio. Cuando, veinte días después, el hombre se despertó, fue James Garfio quien se incorporó y se quejó entre maldiciones de lo duro que estaba el suelo; James Garfio quien estrechó entre sus brazos el trofeo con feroz embeleso; James Garfio quien se orientó consultando la brújula que le hacía las veces de corazón; James Garfio quien se puso la levita roja escarlata.

Le sentaba divinamente.

Con ella, volvió a ser el James Garfio de siempre.

La ropa tiene ese poder.

Pero cuando descubrió sus botas de cocodrilo sin brillo, el pasado volvió a él: rememoró una pesadilla.

—¡A por ti voy, Peter Pan! —las palabras emergieron como el calor de un horno abierto—. La venganza será dulce cuando tú y yo volvamos a encontrarnos. ¡A por ti voy, Peter Pan!

# Epílogo

Tienen razón. Cuando volvieron a casa, tenían muchas cosas que explicar. Imagínense la sorpresa de la madre de los Gemelos cuando éstos la tomaron cada uno de una mano y la llevaron corriendo a su casa en Chertsey. Imagínense su asombro cuando sacaron las llaves y entraron en su hogar, diciendo: «¡Hola, ya está aquí papá!». Imagínense lo que dijo cuando les vio intercambiarse la ropa con sus hijos y volver a convertirse —«¡Dios santo!»— en hombres hechos y derechos.

Sus hijos también tenían alguna que otra cosa que decir.

—¡Te llevaste mi uniforme del colegio! ¡Si supieras en qué lío me metiste!

—¡Tendrías que haberte llevado mi pijama verde, no el rojo! ¡El rojo es mi superfavorito!

—¡Mis zapatillas de ballet están llenas de barro! —(esto era en casa de Tootles).

—¡Te llevaste mi mejor camiseta de rugby! —(esto era en casa de Curly). Y—: ¡Oh, papá! *Hiciste* crecer al cachorrito!

En casa de Nibs, éste sentó a sus hijos sobre su regazo y les dijo a los demás, que habían venido a visitarlo:

—Cuéntennos. Cuéntennos todo lo que les ha ocurrido.

A lo mejor piensan que las madres del laberinto se sintieron engañadas al ver crecer de repente a sus hijos hasta convertirse en adultos, pero no. Siempre es mejor encontrar a un hijo perdido, tenga la edad que tenga, que no encontrarlo jamás.

Slightly, que no tenía mujer ni hijos junto a los que regresar, se quedó con la edad que tenía: dieciocho años. Ni siquiera le dijo a su madre del País de Nunca Jamás que era barón, no fuera a ser que le comprara un libro de etiqueta y buenos modales y le hiciera comportarse como tal. Sólo una vez volvió al club de jazz en el que solía tocar el clarinete. Pero cuando se apagaron las luces y se encendieron los focos del escenario, se dio cuenta de que ya no podía tocar tristes melodías de *blues* porque se sentía demasiado feliz. Así que en lugar de eso se unió a un conjunto de música de baile.

En cuanto a Wendy y a John, reunieron todos los restos de esas inquietantes pesadillas —los sombreros, las flechas, los sables, las pistolas y los garfios— y se los dieron a Smee, que montó con ellos un mercadillo en Kensington para vender recuerdos del País de Nunca Jamás. Por supuesto nadie creía que existiera ese lugar, excepto los niños que compraban los recuerdos.

Y mientras tanto, Wendy se lo contó todo a Jane, por supuesto. Un recuerdo por aquí, y una aventura por allí. Jane pensó que eran cuentos; cuando se los volvía a contar a su madre, cambiaba cositas que no le gustaban y añadía detalles que no habían ocurrido; Wendy no decía nada. Era muy bonito volver a oír todas esas palabras retumbando sobre las paredes de la habitación: «el País de Nunca Jamás», «Peter Pan» y «¡Quiriquiquí!» (Jane no sabía decir bien «Quiquiriquí»).

\*\*\*

Quizá, lo que le ocurrió al País de Nunca Jamás no fuera en absoluto culpa de Garfio. Oh, a él le encantaría que creyeran que sí. Pero quizá el frasquito de veneno que guardaba en el bolsillo de su camisa no fuera lo que contaminó el País de Nunca Jamás. Quizá los escombros de la Primera Guerra Mundial —balas, metralla, y todas esas cosas— abrieran agujeros en el tejido que separa el País de Nunca Jamás de nuestro mundo. Y fue entonces cuando se echaron a perder los veranos. El tiempo pasó allí donde se suponía que nunca tenía que pasar, y el verano dejó paso al otoño, y todo se llenó de corrientes de aire helado, y los amigos se enfriaron.

Fuera cual fuera el motivo, su efecto no duró mucho.

¿Saben cómo van desapareciendo los moretones? De negros pasan a ser morados, luego azules verdosos, y por último amarillos. Pues bien, el País de Nunca Jamás se curó justo de la misma manera. La nieve se fundió y regó el Desierto Sediento. Los manantiales volvieron a llenarse de agua y colmaron los ríos. Los árboles quemados del Bosque de Nunca Jamás volvieron a crecer. Por último el sol amarillo regresó y no parecía querer volver a ocultarse (estuvo así varios días seguidos, pues se lo estaba pasando tan bien que no quería irse a la cama). La Laguna volvía a resplandecer, llena hasta los topes de peces, luz y sirenas. Los villanos echaron amarras. Las niñas y los niños perdidos encontraron el camino hasta el Fuerte de Peter Pan.

Las madres vinieron a buscarlos (por supuesto).

Las tribus organizaron festejos y regalaron todo lo que tenían —incluso algunas cosas que no tenían— de pura alegría. Las hadas pactaron una tregua, aunque durante mucho tiempo todavía se veía a bandas de duendes dandis merodeando de un lado a otro, desgarrando cada arcoíris que se formaba en las cascadas de agua para fabricarse túnicas con ellos. Pero no importa: también las cascadas se curaron con el tiempo.

Campanita y Luciérnaga de Fuego también iban de aquí para allá tomados de la mano por todo el País de Nunca Jamás, discutiendo, inventando nuevos colores, jugando a las damas con las estrellas y mordisqueando las letras de la palabra «verbena» para que fuera más fácil de escribir. Montaron un negocio que consistía en venderles sueños a los Rugientes y a los piratas, a cambio de botones y hebillas de cinturón. Era una actividad arriesgada —especialmente la parte de atrapar sueños con una red y una trampa—, pero las hadas estaban tan felices que decidieron no morir en el intento durante al menos cien años.

En cuanto a Peter Pan, tardó siglos en que le volviera a crecer la sombra del todo, pues casi nunca estaba triste. Tan sólo cuando pensaba en Wendy y los demás lo envolvía un poquito la oscuridad, y alcanzaba a ver una pierna, una cintura de avispa, una espada… Quedó, pues, confinado en el País de Nunca Jamás, incapaz de volar, y los Darling no lo vieron en un año entero, desde un verano hasta el siguiente.

Pero no se preocupen, ya le ha vuelto a crecer del todo la sombra. Puede volar tan alto y tan lejos como quiera —más rápido de lo que tarda un sueño en revolotear alrededor de sus cabezas—, más lejos incluso que Fotheringdene o que Grimswater.

Nunca ha abandonado su feísima costumbre de escuchar las conversaciones sin ser visto. Así que aquello que oyeron mientras duraba esta historia no fue el sonido de las páginas del libro, sino el propio Peter Pan, que lo estaba escuchando todo. Si le cuentan un cuento, a cambio tal vez les muestre su posesión más valiosa: el mapa del País de Nunca Jamás.

A cambio de una sonrisa, tal vez les muestre, incluso, el País de Nunca Jamás.

# Geraldine McCaughrean

Nació y creció en Enfield, North England. Es una de las autoras más aclamadas y queridas de la literatura infantil y juvenil. Tras numerosos años trabajando para una editorial londinense, hoy se dedica a la literatura a tiempo completo. Ha escrito más de ciento treinta libros para niños y adultos que han sido traducidos a más de veintitrés idiomas. Con sus novelas ha obtenido los más importantes galardones como Carnegie Medal, Smarties, the Guardian Children's Fiction Award, Blue Peter Book of the Year Award, y Whitbread Children's Book Award, en tres ocasiones, la última en el 2004 con la novela *No es el fin del mundo*.

Geraldine vive actualmente en Berkshire con su marido y su hija.

Su página web: www.geraldinemccaughrean.co.uk

# ÍNDICE

# "Todos los niños crecen, menos uno".

# Vive el año Peter Pan en

## ALFAGUARA

# Alfaguara Infantil y Juvenil es un sello editorial del Grupo Santillana

**Argentina**
Av. Leandro N. Alem, 720
C 1001 AAP Buenos Aires
Tel. (54 114) 119 50 00
Fax (54 114) 912 74 40

**Bolivia**
Av. Arce, 2333
La Paz
Tel. (591 2) 44 11 22
Fax (591 2) 44 22 08

**Chile**
Dr. Aníbal Ariztía, 1444
Providencia
Santiago de Chile
Tel. (56 2) 384 30 00
Fax (56 2) 384 30 60

**Colombia**
Calle 80, 10-23
Bogotá
Tel. (57 1) 639 60 00
Fax (57 1) 236 93 82

**Costa Rica**
La Uruca
Del Edificio de Aviación Civil 200 m al Oeste
San José de Costa Rica
Tel. (506) 220 42 42 y 220 47 70
Fax (506) 220 13 20

**Ecuador**
Av. Eloy Alfaro, 33-3470 y Av. 6 de Diciembre
Quito
Tel. (593 2) 244 66 56 y 244 21 54
Fax (593 2) 244 87 91

**El Salvador**
Siemens, 51
Zona Industrial Santa Elena
Antiguo Cuscatlan - La Libertad
Tel. (503) 2 505 89 y 2 289 89 20
Fax (503) 2 278 60 66

**España**
Torrelaguna, 60
28043 Madrid
Tel. (34 91) 744 90 60
Fax (34 91) 744 92 24

**Estados Unidos**
2105 N.W. 86th Avenue
Doral, F.L. 33122
Tel. (1 305) 591 95 22 y 591 22 32
Fax (1 305) 591 91 45

**Guatemala**
7ª Av. 11-11
Zona 9
Guatemala C.A.
Tel. (502) 24 29 43 00
Fax (502) 24 29 43 43

**Honduras**
Colonia Tepeyac Contigua a Banco Cuscatlan
Boulevard Juan Pablo, frente al Templo
Adventista 7º Día, Casa 1626
Tegucigalpa
Tel. (504) 239 98 84

**México**
Av. Universidad, 767
Colonia del Valle
03100 México D.F.
Tel. (52 5) 554 20 75 30
Fax (52 5) 556 01 10 67

**Panamá**
Av. Juan Pablo II, nº15. Apartado Postal
863199, zona 7. Urbanización Industrial
La Locería - Ciudad de Panamá
Tel. (507) 260 09 45

**Paraguay**
Av. Venezuela, 276,
entre Mariscal López y España
Asunción
Tel./fax (595 21) 213 294 y 214 983

**Perú**
Av. Primavera 2160
Surco
Lima 33
Tel. (51 1) 313 4000
Fax (51 1) 313 4001

**Puerto Rico**
Av. Roosevelt, 1506
Guaynabo 00968
Puerto Rico
Tel. (1 787) 781 98 00
Fax (1 787) 782 61 49

**República Dominicana**
Juan Sánchez Ramírez, 9
Gazcue
Santo Domingo R.D.
Tel. (1809) 682 13 82 y 221 08 70
Fax (1809) 689 10 22

**Uruguay**
Constitución, 1889
11800 Montevideo
Tel. (598 2) 402 73 42 y 402 72 71
Fax (598 2) 401 51 86

**Venezuela**
Av. Rómulo Gallegos
Edificio Zulía, 1º - Sector Monte Cristo
Boleita Norte
Caracas
Tel. (58 212) 235 30 33
Fax (58 212) 239 10 51

ESTE LIBRO SE TERMINÓ
DE IMPRIMIR EN LOS TALLERES
GRÁFICOS DE QUEBECOR WORLD
BOGOTÁ S.A, EN EL MES DE OCTUBRE
DE 2006.